新潮文庫

花のれん

山崎豊子著

花のれん

一

　節季《せっき》になると、船場《せんば》の町並は俄《にわ》かに活気づき、緊張した気配になる。信用取引が盛んなだけに節季の支払いは几帳面《きちょうめん》で厳しい。表口の大阪格子《ごうし》からずっと見通せる店の間は、暗い昼燈《ひるとう》の下で畳が黒光りするほど掃き浄《きよ》められている。漆喰《しっくい》の店庭《みせにわ》は、奥深い裏口まで続く通庭《とおりにわ》になり、打ち水をしたばかりのあとが、絞り模様のように濡《ぬ》れている。この通庭の片側に、店の間、中の間、台所、奥の間が細長く列《なら》び、店の間と中の間は、中振《ちゅうぶ》りのくぐりのれんで仕切られている。

　六畳ばかりの中の間に、大きな支払い台を置き、その中央に主人が坐《すわ》り、両脇《りょうわき》に番頭が控えて支払いを済ますのが節季のしきたりである。集金の出入り商人は、くぐりのれんの外側で順番を待ち、

「お次、お入りやす」

中から声がかかると、一人ずつ中の間の前の通庭へ入り、

「本日の節季、おおきに有難うさんでござります」

と挨拶《あいさつ》する。上《あが》り框《がまち》に並べた木綿座布団《ざぶとん》を勧められても、申し合せたように座布団には腰を下ろさず、上り框の端にちょっと手をかけて、土間に腰を屈《かが》めてしゃがんだままでいる。大番頭が請求書の金額を読み上げ、ほかの一人が算盤《そろばん》を入れ、

「紙箱屋の箱吉《はこきち》はん、〆《し》めて十円五十五銭也だすなあ」

「へえ、お勘定の通りだす」

と応答すると、真ん中に坐った主人が、傍《かたわ》らの手金庫からそれだけの金額を勘定盆に入れ、

「お待ち遠さん」

ここではじめて集金の労を犒《ねぎら》う。

「またどうぞ、ご贔屓《ひいき》に」

上り框に頭を擦《こす》りつけて挨拶し、判取帳に領収の判を捺《お》して、集金を手早く掛取袋に納めて、引き退《さが》るのが、出入り商人の作法だった。

こんな集金の商人で市《いち》がたつほど中の間が賑《にぎ》わい、店先の出入りが多いほど、その

店の繁昌《はんじょう》を触れることになる。商売上の取引はもとより、酒屋、呉服屋などの奥内《おくうち》の掛取、さらにお茶屋や料理屋などの仲居頭の粋《いき》な集金姿でも目だとうものなら、またその店がそれだけ繁昌ということになる。店先で買物するお客の後を腰を屈めてすりぬけながら、厚司《あつし》を着た出入り商人が、

「おおきに、節季有難うはんで――」

と、店で商いする手代、丁稚《でっち》にまで挨拶して帰られると、ぱっと店先が景気づく。節季の日の船場の商家町は、師走《しわす》の売前《うりまえ》のように、気忙《きぜわ》しく、銀行へ金の出し入れの使いに行く丁稚の足どりまで、せかせかと急《せ》いている。

日露戦争後、五年経《た》っていたが、船場の老舗《しにせ》は軒並に商いが賑わっていた。その中で、多加《たか》は二百円の金もない手金庫を横にして辛《つら》い節季を迎えていた。二間間口の店先には、三月というのにまだ春物の新柄の用意もなく、陳列棚はもちろん、通い櫃《びつ》にも貧相《ひんそ》な反物しか納まってなかった。使用人といえば、番頭の米助《よねすけ》と丁稚二人という肩身の狭いような小人数、夫の吉三郎《きちさぶろう》は金繰りのつかぬ苦しさから、その場を留守にしてしまっている。それでも節季のしきたりに従って、中の間に大きな支払い台を置き、吉三郎に代って多加がその前に坐っている。

多加は、朝から何度目もの辛い断わりを重ねていた。仕立物屋や染物屋の小口は何

とか払えたが、京都の呉服問屋、織元などの大口になってくると、もう半額だけで、あとの半額は待って貰《もら》うしか仕方がなかった。番頭の米助では断わりが利《き》かず、近頃、急に荒れ出した多加の指で、せちべんな（しぶい）算盤を弾《はじ》いて、

「この辺で、今日は堪忍《かんにん》しておくれやす、あとはすぐ来月にでも入れさして貰いまっさ」

卑屈な愛想笑いで頼んでみても、素直に宜《よろ》しおますと答えてくれる者はなかった。こんな支払いの悪さが、ここ半年ほど続いてみれば、怒る先方が当り前やと、多加は気の弱い笑い方をして、

「すんまへん、堪忍しておくれやす」

と同じ言葉を繰り返し、頭を下げ通して一銭でも支払いを減らすよりほかは無い。しまいに米代《いや》が一升十二銭と頭に置き、一回頭を下げたら何銭、二回で何円、三回でいくらと卑しい算用をしながら、頭を下げ通して払いを待って貰う。向いや隣の店先からは、いやらしいほどのお世辞《べんちゃら》を並べたてながら出入りする集金人の声が聞えるが、多加の店先から出る集金人はきまって、仏頂面《ぶっちょうづら》で横柄《おうへい》だった。店先の丁稚がおどおど怯《おび》えるように、

「おおきに、ご苦労さんでございました」

二つ折れになって送り出しても、一瞥《いちべつ》もくれず、ふんと鼻であしらうような者が多い。そんな出入り商人の、一人、一人が多加の身を削《そ》ぐように辛かった。昼頃になると、もう丸髷《まるまげ》の根が締めつけられるように凝《こ》って来る。頭と気の凝りでろくに食欲もなく、じっと薄暗い中の間の支払い台の前に坐り続けていた。

「ごめんやす、京都の織京《おりきょう》でござります、今日の節季を戴《いただ》きに――」

という店先からの声を聞くなり、多加は息を詰めた。番頭の米助も膝《ひざ》を硬くしている。断わりようもないほど借金の重なっている京都西陣の織元、織京の主人であった。この人に来られたらもう断わる言葉も、と思っていた矢先だけに、店の間を通りぬけて、中の間の上り框の前に立たれてみると、挨拶のしようも無かった。多加は、いきなり畳に顔をこすりつけた。

「ほんまにすんまへん、今日お払いでけまへんので、もう一ヵ月待っておくれやす」

「御寮人《ごりょうん》さん、今月でもう半年お待ちしてますのんどす、うちも染《そめ》や織《おり》の職人遊ばしてるのやおへん、ちゃんと働かして手間賃払うてるのんどっせぇ、そいで旦《だん》那はんは」

「それが、朝から出かけたまま、留守致しておりまんので――」

「え、この節季にお留守――、大阪の商人いうたら、年中妾宅《しょうたく》住まいしてはる道楽者の旦那はんでも、大事な節季にはちゃんと支払い台の前へ坐るもんやと聞いてますのに、一体、どこへ行かはりましたんどす」

「朝、銀行に金策に行くいうて出たまま、何処《どこ》へ行きはったのかさっぱりわかれ致しまへんので――」

「そんな阿呆《あほ》みたいな話おすかいな、奥にでもいてはらしまへんのどすか、節季やいうのに殺生《せっしょう》な！」

織京の主人の頬骨《ほおぼね》の高い顔が、怒気を含み、骨張った体が節くれだつように硬《こわ》ばり、居丈高になった。

「ほんまに恰好《かっこう》の悪い話で……店の者に探させましてんけど……ねっから行先が……あっちゃこっちゃで……」

「御寮人さん、手前どもは先代からのお取引で、京もの呉服一切を納めさせて戴いてましたさかい、今日まで半年、黙ってお待ち致しとりましたんどす、船場のお取引は、売方は売上帳に記入するだけで、契約書一枚取り交わさんと口と口、手と手を打って売買するのも、節季の払いに信用を置いているからやおへんか、その節季に旦那はんが断わり一つ云《い》いはらんとお留守にしはっては、大阪では商いが通らんようになれしまへんどすか、京商人が、えらい差し出がましいご意見するようですけどな」

柔らかい京都弁であったが、一語、一語が多加の心に粘りつくような皮肉である。

「ええ、そら、うかがわんかてようわかってますけど、なんしご承知のような手元の苦しさでおますので――」

「御都合いいはりまんのどすか、ご都合はどこ様にもおますけど、大阪商人には信用取引いう厳しい約束ごとがおす、御寮人さんも知ってはるように、西鶴《さいかく》や近松《ちかまつ》の芝居や浄瑠璃《じょうるり》でも、この厳しい信用取引が因《もと》で死んだりしはるぐらいやおへんか」

三月末の肌寒い日であったが、多加は、熱気に籠《こ》められたように帯下に汗が滲《にじ》み、乳の間に熱い玉のような汗がぬるりと流れるのを感じた。まるで夫婦で節季逃れの芝居を打っているような情け無さであった。

夫の吉三郎は、今日の節季の朝になってから、

「ちょっと加島銀行へ無理云うて支払いの金、都合して来まっさ」

と、深刻な顔をして出て行ったきり、昼過ぎになっても帰って来ない。番頭と丁稚に心あたりの銀行を探させて見たが、最初に行くと云って出た順慶町の加島銀行へさえも朝から立ち寄っていなかったと聞いて、多加も諦《あきら》めた。はじめから節季の辛さを逃げるための、吉三郎の嘘《うそ》であった。

「いや、御寮人さんがそないに血相を変えて恐縮してくれはっても仕様おへんどす、

ともかく手前の方の店卸《たなおろ》しもおすさかい、旦那はんがお帰りやすまで、ここで気長う待たして貰うて、今日は何とかお払いを頂戴《ちょうだい》さして欲しおすな」

語尾をぐいと多加の胸に押しつけるように云い終ると、あとは口を噤《つぐ》んで中の間の上り框の座布団に腰を下ろし、煙草盆《たばこぼん》を引き寄せるなりゆっくり煙草を喫《の》み出した。女中のお梅が気を利かせて温かい番茶を出したが、番茶には手をつけず、二本目の煙草を喫みはじめ、話の接穂《つぎほ》も出来ないほど押し黙っている。

多加は、どんなことがあっても今日は取りたてて帰ろうとする織京の心づもりを感じ取った。どうすることも出来なければ、辛抱強く根《こん》を続けて断わるよりほかはない。辛抱なら昔から馴《な》れていると心に決め、多加も支払い台を隔てて織京と向い合ったまま、頑《かたく》なに俯《うつむ》いて坐り続けていた。

河島屋呉服店は、吉三郎の父の吉太が創《はじ》めた商いであった。吉太は夜店で古着の商いをしながら、やっと伝《つて》を求めて船場の呉服問屋へ奉公したが、十四、五の丁稚の多い中で、二十歳を過ぎていてはひねた丁稚であった。のれん分けして貰うまで待っていては働き盛りの人間の旬《しゅん》を失ってしまうと分別し、のれん分けを待たず、二十八歳の手代の時に西船場の横堀筋の材木屋のあとへ小さな呉服店を構え、新品と古着の両方の商いを始めた。明治十年ごろの船場の呉服店で古着を商うことは、人の意表に出たことで、節約《しまつ》な御寮人さんや御家《おえ》はん（女の隠居）の人気を得た。新品を買いに来るついでに、流行《はや》りすたれの着物を持って来て、そっと袂《たもと》の下から新品の値段の足しに——と、出すのだった。これを安く買い取り、商家の女中頭や番頭の女房たちに、新品同様の上等の古着として売ったので、瞬《また》くうちに商いが繁昌し、一間の間口を二間間口の店構えに広げた。吉太の女房のきくは、商いの手伝いには役立ったが、一人息子の吉三郎の躾《しつけ》が出来ず、いつも吉太から小言を云われ通しだった。吉三郎をもうけてから十年目に、思いがけず二回目の妊娠をしたが、間もなく六カ月目の流産で、きくも命を奪《と》られた。そんな苦労があっただけに、吉太は、堀江の小堅い米屋の娘であったけれど、健康で甲斐甲斐《かいがい》しい多加を、息子の吉三郎のためにと、望んだらしい。

初めの見合いは、縁談の口をきいた伍之助《ごのすけ》棟梁《とうりょう》の家で、棟梁の凝っている盆栽を眺めながらでもというので、多加の父は気楽に考えて、多加と一緒に姉の佳代《かよ》も連れて同席した。吉太は、顔の道具がぱらっと大きく、いかつい侍役者のような顔をしていたが、息子の吉三郎は死んだ母親に似たのか、大きな切れ長い眼もとに女のような優しさがあり、肉付きのよい鼻と、男にしては赤味のかちすぎる唇をもっていた。父親に似ているところといえば五尺五寸の豊かな上背だけだった。いかつい父親のうしろから、柔和な眼《まな》ざしで黙って姉妹を見詰めていたが、盆栽の話になって来ると、急に、しゃぼてん栽培の苦心を面白可笑《おか》しく喋《しゃべ》り出した。喋りながら、熱っぽい眼で時々、姉の眼をのぞき込むようにしているのを、多加はそれとなく感じた。多加と佳代の顔を等分にみて話しかけているように見えていながら、その実は、姉の佳代に話しかけている。姉の佳代は美貌《びぼう》の自分より先に起った妹の縁談に気を重くしていた際だったから、吉三郎の興味が自分の方にあると気付くと、妙に浮わつき、何時《いつ》もより甲高《かんだか》い笑い声で肩をくねらせた。多加は頼りない思いで父の孫一と、河島吉太の顔を、不安気に見上げた。父は無関心なのか、解《わか》っていて素知らぬ顔をしているのか、律義者《りちぎもの》らしくにこっともせずに、吉三郎のしゃぼてんの話に耳を傾けていたが、吉太は多加と顔を合わせるといたわるように笑ってくれた。優しいお人やと、多加は心の中でほっと安心した。その後も、三度、吉三郎と会ったが、いつも必ず姉の佳代の消息を聞き、浪花《なにわ》あられを姉の土産にことづけたりした。縁談の方には何の支障もなく、見合いをしてから二カ月目に、多加は船場の河島屋呉服店へ嫁《とつ》いだ。

舅《しゅうと》の吉太は、呉服の仕入、値入れから、仕立物屋の仕事の良し悪《あ》しの選び方まで、小まめに多加に教え込んだ。習い覚えで多加が上手な商いをする度に、着物を一枚ずつ新調して増やしてくれたが、多加が嫁いでから半年目に呉服屋の付き合いの宴会から帰って来て急に腹痛を訴え、腹を捩《よじ》って苦しみ出し、すぐ医者を呼んで来たが手の施しようもなかった。生牡蠣《なまがき》の中毒には打つ注射もないというのだった。それでも多加は、店から紅絹《もみ》を持って来て、舅の腹にぐるぐるまき、痛みを止めるようにきゅっとひきしぼった。吉三郎は離れの座敷で頭から布団をかぶり、耳に綿の栓《せん》を詰めて父の苦悶《くもん》する有様から逃げていた。歯ぎしりして苦しんでいた吉太の呻《うめ》きが急に弱まると、顔を土色にひきつらせ、口から粘っこい泡を吹き出して死んでしまった。恐しい死に方だった。多加は、震えながら、冷たい水を手拭《てぬぐい》に浸して、舅の口元をきれいに拭《ふ》き、布団からはみ出した体を仏らしく整えてから、大急ぎで白布を出して死装束を縫いはじめた。たった三年前のことであった。

吉太が死んでからの吉三郎は、頭の上の重石《おもし》が取り除かれたように、俄かに派手に振舞うようになった。父の在世中は、何時も父の後にひっぱりつけられているように窮屈そうで、そのくせ父に云い付けられるとこわいもののように云いなりの仕事をした吉三郎が、横柄《おうへい》で怠《なま》け者になった。店の商いも、芸者や役者衆の相手なら好んでしたが、窮屈な船場の御寮人さんや御家はんの相手はしたがらない。その度に、多加は憚《はばか》るような思いで、番頭の米助と二人がかりで堅い商家相手の商いをして来た。

ふと、多加の眼の前で、織京の主人の骨張った体が動いた。

「御寮人さん、とうとうお帰りやおへんどすな、肝腎《かんじん》の旦那はんは」

辛抱強い沈黙を破り、呆《あき》れ果てたような侮《あなど》りを口もとにうかべている。来月こそ、来月こそと引き延ばす支払いを根相撲《こんずもう》で、今日こそは払わそうという織京の魂胆であったが、吉三郎が不在では事実、取りたてようがなかった。

細い首が折れそうなほど、うなだれていた多加は、頭を上げて柱時計を見ると、五時を示しかけていた。織京が訪れてから四時間からになっていた。

「ほんまに申し訳ごわへん、長い間お待ち戴きましたのに」

「今日は根限りお待ちして、膝詰め談判でと思うてましたけど、わけのわからん節季の雲隠れで、御寮人さんさえ行先わからずの黙《だ》んまり一点ばりでは話になりまへんどす、せっかく京都から来ましたのどっさかい、ほかの集金にでも廻りますわ」

「ほんまに、えらい鈍《どん》なことで」

と云いながら、多加は素早く手金庫から金を包んで、

「ご無礼になるかも知れまへんけど、京都からお出《い》で戴いたんですさかい、無駄足にしましたお足代だけは、こちらでさして戴かんことには」

相手の気を憚りながら、思い切って金包みを押し出した。

「御寮人さん、あんさんお若いのに、えらい気苦労でおすな、お志ようわかりますどすけど、それ戴いたんでは、あとお払い強《きつ》う取れ致しまへん、そやけど、御寮人さん

のその几帳面《きちようめん》な気持、ちょっとでも旦那はんに欲しおます、先代が亡《な》くなってからは、この河島屋はんもほんまに左前どすな、仲間にこない噂《うわさ》がたったんでは、よっぽどしっかりしはらんと持ち直し利けへんどっせえ」

最後に止《とど》めを刺すように、語気を強めると、織京は敷いていた座布団をぱしっと裏返して、出て行ってしまった。終始、無為に手をつかね鈍く背をまるめていた番頭の米助が弾《はじ》かれたように立ち上り、跣《はだし》であわてて店先まで見送ったが、織京は振返りもしなかった。

何時の間に、中の間が暗くなっていたのか、多加は気がつかなかった。織京の主人に席を蹴《け》られてしまってから、へたへたと支払い台の上に肘《ひじ》をついて、崩れるように坐り込んでしまっていた。女中のお梅が、そっと多加のうしろから廻って電燈《でんとう》を明るくした。女の身ではじめて金のない節季の応対をさせられ、多加は眼頭が痛むほど疲れ果てていた。衿《えり》もとがゆるくだらしなくはだけ、朝、自分で結い直したばかりの丸髷も鬢《びん》の毛がほつれて、急に窶《やつれ》を増した。

「御寮人さん、えらい目にあいはりまして、お疲れでござりまっしゃろ、あの、お番《ばん》菜《ざい》、勝手に用意さして貰いましたけど」

夜のお番菜（おかず）は、必ず御寮人さんに聞いてからでなければ整えられないものであったが、お梅は多加の気疲れに気を兼ねて云えなかったのだった。ゆっくり立って、通庭を通り、台所の次の間へ出てみると、もう夜のお膳《ぜん》が並べられ、番頭や丁稚の貧相な箱膳と向い合せに、吉三郎と多加の脚付台《あしつきだい》が整えられていた。

「旦那はんのお出先、まだわかれしまへんのん」

「へえ、織京はん帰りはってからも、番頭はんが心あたり探してはりましたけど、一向に」

お梅は、云いにくそうに答えた。

「へえ、そう、久男はどないしてまっか」

「ぼんぼんは、先に玉子かけのおじやを食べはって、おとなしう、ねんねしてくれはりまして」

多加は、気重に頷《うなず》いたまま、奉公人たちだけで食事をさせて、自分は二階の居間へ上って行った。三つになったばかりの久男が、好物の玉子かけのおじやに満腹して、眠っている。商いの反物の残り布で二、三日前に縫い合して作ってやった掛布団《かけぶとん》が、ふくふくして軽そうだった。昨夜、吉三郎が買って来たばかりのセルロイドの円い転ばし人形が、十六燭光《しょっこう》の暗い電燈の下で毒々しいほど赤い。このセルロイドの玩具を間にして、昨夜も多加が、

「旦那はん、ほんまにお店悪うなって来てますけど、明日の節季は大丈夫でっしゃろか」

遠慮がちに駄目を押してみると、

「また嫁はんが商売に口出すのんか、船場の御寮人さんは表《おもて》の方へ口出しせんもんや、奥内《おくうち》の台所のことや、奉公人の為着《しきせ》に気を配ってさえ居《お》ったらええ、お父はんが死んだら皆わいの采配《さはい》やないか、黙っててんか」

と云うなり、ごろりと寝転んで、詩吟を唸《うな》りはじめた。日露戦争のあとから、流行《はや》っている詩吟に吉三郎も凝って、町の道場にまで通って稽古《けいこ》をしている。豊かな上背をのびのびと伸ばし、筋の通った鼻柱を得意気にひくひくさせながら、朗詠している吉三郎をみていると、いかにも身勝手な一人息子の旦那はんであった。結婚してから四年間、自分一人がぎりぎりと切り詰めた気持で働いて来たような気持もした。自分を本心から愛《いと》しんでないのかといえば、別にそうでもなく、夫らしい気の遣《つか》い方はしてくれ、子供にも人一倍子煩悩《こぼんのう》ではあったが、所詮《しょせん》は商人には向かない人というよりほかはなかった。

「御寮人さん、旦那はんが――」

かすれた声で、番頭の米助が敷居際《しきいぎわ》から伝えた。

「あの、新町から御寮人さんに迎えに来い云うて来てはりますねんけど――」

「え、新町やて――」

「へえ、お茶屋の喜楽《きらく》からお使いが来て、どうしても御寮人さんのお迎えやないと帰らへん云うてはりますそうで――」

「なんやて、喜楽で遊んではる、この節季やいうのに」

多加は、ぐっと腹にこたえた。一日中、集金人の前で、ぺこぺこ頭を下げ倒した情け無さが、一時に噴き上げて来た。

「米助どん、そんな処《とこ》へわてが行けまっか、あんたも朝からのわての辛《つら》さはわかってくれてはるやろ」

「へえ、若旦那さんもあんまりで」

米助は、あわてると、つい吉三郎のことを旦那さんと呼ばず、昔ながらに若旦那さんと云う癖があった。

「あんたが行って来て、ほっとくわけにもいけまへんやろ」

「へえ」

と答えたが、坐《すわ》ったままで居た。米助は、自分が迎えに行っても、結局は多加を迎えに寄こせ、多加やないと帰ったれへん！　と難癖をつける吉三郎の性格を知っていた。といって、断わるわけにもゆかず、のろのろ腰を上げかけた。

「米助どん、やっぱりわてが行きまっさ」

「ほんなら、御寮人さんが――」

米助は救われたようにごくりと唾《つば》を呑《の》んだ。

多加は、大島に、繻珍《しゅちん》の袋帯を締め、畳表の履物《はきもの》をはいて出た。横堀筋を川に沿って歩き、新町橋を越えると、すぐもうそこが新町の花街であった。深い小格子《こごうし》の奥から、表通りに灯《ひ》をつけるように明るい光を投げつけているお茶屋の並びを、眼を伏せながら通った。新町通りを西へ二丁ほど行った角が、喜楽であった。

仲居に案内されて、小庭に面した座敷へ通ると吉三郎は、正面の席で脇息《きょうそく》にもたれて酔いつぶれ、一目で寄席《よせ》芸人と解る紋付羽織をひっかけた芸人衆が、膝の上で扇をパチパチ、開いたり閉じたりしながら盃《さかずき》をあげていた。案内の仲居がとりなすように、

「旦那《だん》はん、お待ちかねの御寮人さんがお見えになりはりました」

そっと吉三郎の肩をゆすぶった途端、吉三郎はびっくりするような大きな声で、

「おい、ガマ口もう一回やってんか」

と指図した。吉三郎と反対側に坐って、扁《ひら》たい不恰好な顔に、ガマ口のように大きな口をパクパク開けている男がいきなり立ち上り、諸肌《もろはだ》を脱いだかと思うと、

「鞭声《べんせい》粛々《しゆくしゆく》、夜河を渡るゥ……」

さびのきいたよく通る声を張り上げた。これに呼応するように吉三郎もふらふら立ち上り、床の間に置いてあった刀を振り回して得意の剣舞をやりはじめたが、大きな眼が妙にすわり、刀をふり廻す手が時々、だらしなくぶら下った。それでも、取巻きの寄席芸人らに、

「よう十八番ッ」

「玄人《くろと》はだし！」

と褒《ほ》め上げられると、悪酔いになるのも忘れて、ガマ口の朗詠する詩吟に合わせて剣舞を演じ続け、演じ終るなり、畳に横になって、

「多加、水、水を持って来い！」

と怒鳴った。多加は、呼ばれても黙って、そのまま坐っていた。

「多加！　水いうたら水や」

甲高い吉三郎の声だった。取り巻く連中は急にバツが悪くなり、座が白けた。

「御寮人さんでっか、今晩はえらいご馳走《ちそう》さんで」

愛想笑いをしながら腰を浮かせかけると、酔いつぶれていたはずの吉三郎が、

「かまへん、かまへん、みんな遠慮することあれへん、多加、金持って迎えに来てく

れたんか」

　節季の金も無いのを知って居ながら、見栄《みえ》を張り、何時ものように贔屓の寄席芸人に取り巻かれていないと気のすまぬ吉三郎であった。方法のつかない気弱い自棄《やけ》遊びである。多加は情け無さで、涙が溢《あふ》れ出そうだった。

「どうもみなさん、お疲れさまでござりました、さあ、旦那はん、今夜はもうお酒過ぎてはりまっさかい帰《い》にまひょなあ」

「なにいうてんねん、さあ大蔵省来てくれたさかい、もう大丈夫や、もう一回やり直そう、多加、お前も一緒にやろうな」

　また飲み直しそうになるのを、さすがに見かねて詩吟を唸《うな》っていたガマ口が、

「旦那はん、もう今晩は、わてらもほかにお座敷もあることやし、やり直しは明日《あした》の楽しみにさして貰《もら》いまっさ、さあ、帰りまひょ」

　手馴《てな》れた調子でとりなし、多加を助けて吉三郎を合乗りの人力車へ乗せた。俥《くるま》に乗るまで、絶対帰《い》なへんとごてていた吉三郎も、俥が動き出すと不思議におとなしくなってしまい、多加の膝《ひざ》にもたれ込み、酒臭い息を吐いて寝てしまった。

　多加には、吉三郎の気持が手に取るように解っていた。こうでもしなければ傾きかけた店の節季にいたたまれず、酔いつぶれて多加に迎えられて帰らなかったら、帰る

恰好《かっこう》がつかないのだった。多加は自分の膝から吉三郎の頭をつき離し、俥から突き落してやりたいほどおぞましかった。店の前へ着き、出迎えに来た米助に手伝わせ、吉三郎の重い図体《ずうたい》を抱えて寝床まで運び込み浴衣《ゆかた》の寝巻に着替えさすと、吉三郎は半ば母親に甘えるようなしぐさで多加に挑んで来た。

翌朝になって、改めて多加が昨日の節季の無責任さを責めると、一昨夜のいきりたちとはころりと変り、

「多加、もう、どないもなれへんほどうちの商売はあかん、金て使いかけたら早いもんやなあ、親父《おやじ》が死んでから三年ちょっとしか経《た》てへんのに、残ってるのいうたら、京都やそこらの問屋の借金と、この店だけや、こうなったら、トコトン無《の》うなるまで遊んで、あとはその時のことや」

二日酔いの冴《さ》えない顔で弱音を吐いたあげく、多加に、

「お前には苦労ばかりかけて、ほんまにすまん」

声を細めるなり、久男の横へすり寄って玩具のガラガラを鳴らした。久男が喜んで小さな手をつき上げて、にっと笑うと、吉三郎も弱々しく笑った。

「あんさん、そんな気弱いこと云《い》いはらんと、もう一回、何とかやり直しまひょうな」

「あかんわ、もう銀行も金貸してくれへんし、たった一軒頼りになる安堂寺町《あんどうじちょう》の金物屋の叔父《おっ》さんも、わいには一生、金貸さん云うてはるから、どないしてもあかん」

吐いて捨てるように、あかんと吉三郎は決めてかかっている。

「そんなこと云うて、ほんなら最後のどん詰りになったらどないしますねん、辛いけど、堀江のわてのお父はんに一回だけ無理頼んで、それで問屋の借金返してやり直しまひょうな」

「堀江のお父はんには、頼みとうない」

「ほんなら、どないしますねん」

吉三郎のガラガラを振る手が、止まった。

「うるさい、どないでもなりよる」

立ち上るなり、二階のてすり越しに、手に持ったガラガラを庭石に叩《たた》きつけ、外へ飛び出してしまった。多加は、火がついたように泣き出す久男をあやしながら出かける用意をした。

堀江中通りで商いする多加の父の孫一は、黙って多加の話を聞いていた。孫一は三人姉妹弟の真ン中に生れた多加には、特に目をかけていた。一つ違いの姉の佳代と多加を台所仕事ばかりでなく、商家へ嫁いだ時の躾《しつけ》に奉公人に混って店番をさせた。米屋の店先に立ってお客がある度に米を計り、米袋に入れて渡す仕事は、若い娘たちには糠《ぬか》にまみれる味気ない汚れ仕事である。それでも多加は、一旦《いったん》、商いを覚えるとむきになって根《こん》を入れた。姉の佳代は孫一が商用に出かけるとすぐ奥へ入ってしまうが、多加は変らず店番を続け、お客の間でも多加の店番の時を選《よ》って来る人が多かった。ずっと後になって解《わか》ったことだが、米を計る時も、袋に移す時も、多加はこぼれた米を一粒、一粒、丹念に拾って桝《ます》や袋の中へ入れ直して応対したからであった。

この多加の気性が、丁稚《でっち》から叩きあげた律義《りちぎ》な孫一に気に入っていた。多加の話をしまいまで聞いて大きく一つ頷いただけで、とりたてて意見がましいことも云わず金を出したが、

「この金も最後の綱にならんじまいやと思うけど、吉三郎はんに対するお前の見込みとわいの見込みが違うてるかもわかれへん、まあ、ここは一回だけお前の見込みを信じてやるわ」

と云い、小堅い米屋で格別、裕福でもない中から、五百円手渡してくれた。姉の佳代は多加より一年ほど縁付きが遅れたが、東船場の器量好みの薬問屋へ嫁ぎ、あと手のかかるのは弟だけになっていた。幼い時から母を亡くしていただけに、こんな時にも言葉少なに温かい助けをしてくれる父の心が、多加の身にしみた。

多加が整えて来た金で、金繰りが続いているうちは、吉三郎もいそいそと京都の問屋へ仕入に行ったり、染《そめ》や仕立の職先へもこまめに廻り、店番も力を入れていたが、一向に商いが挽回《ばんかい》せず金薄《かねうす》になって来ると、もう苛立《いらだ》ちはじめた。多加は職先へ出す仕立物も自分の手におえるものは全部、家で仕立てた。裁《た》ちも、裏布一反分を渡さず、こちらできっちり裁って少しの余分の布も仕立屋に手渡さないほどきつい商いをしたが、苦しい時が長く続きかけると、吉三郎の落着きが、忽《たちま》ち崩れかけて来た。その気持をひきたてるように、

「あんさん、仕立物の仕込みをちょっと少のうしただけでも、大分違うて来ましたわ、この調子やったら来月あたりから、うちへお針子はんをじかに傭《やと》うて家内《いえうち》で仕立したら、少しずつでも儲《もう》けが違うて来まっせ、それに染も京都の西陣あたりへ出さんかて、老舗《しにせ》にさえこだわらなんだら、宇治あたりの家内で染しているところへ出したら、三割方違うて来まっせえ」

と商いの機勢《はずみ》をつけてみても、

「ふうん、そんな小さい利幅《りはば》ではなかなか長い辛抱になるなあ、呉服屋の商いは、牛の涎《よだれ》やとは、死によったお父はんもうまいこと云いよったもんや」

とかえって不機嫌になった。多加は父から貰った最後の資金で、もう一度やり直そ

うと、夜業《よなべ》までして働き、吉三郎の気を商いからそらさぬように気を配っていた。

二

年が明けて松の内も過ぎかけようとしている時、丸山証券から、保証金売買であけた穴埋めをしてくれるようにという電話を受け取った。多加は、あっと声をあげて膝《ひざ》を折ってしまった。京都の問屋まで商用に出かけていた吉三郎も、帰るなりこの模様を聞き、店先からすぐ北浜の丸山証券へ走った。日韓併合の好材料を思惑して、去年の七月に買い込んだ紡績株が、世界市況とともに急に下押しになり、年末から新しい年を越してもますます暴落した。

現金売買ではなく保証金積みの清算取引であっただけに、崩れ出すと脆《もろ》く早かった。もともと多加が実家から引き出して来た五百円で取引先の借金を手当し、堅実にやり直せば、この十カ月ほどの間に何とかやり直せないことはなかった。それには船場《せんば》商人の日常である一にも二にも勤倹、努力、節約を守る《しまつ》よりほかはない。吉三郎は奈落へ転がって行く石を、一度は途中で着実に拾ってはみたが、それをじっと抱えて一歩、一歩、歩む前に、一か八か、いきなり大きくほうり投げてしまったのだった。火急の債務を一応支払い、あとちょっと落ち着いて来ると、伊予絣《いよがすり》や薩摩《さつま》、黄八丈などの地方の問屋の払いを一月遅れ、二月遅れと後廻しにして、その金を北浜の相場へつぎ込んだ。はじめは手堅い現金売買だったが、次第に欲と度胸が出て来ると、保証金売買に手を出した。現金なしの保証金となると、吉三郎特有の、何とかなるやろという野放図な安易さが拍車をかけ、儲《もう》ければその足で寄席《よせ》芸人をひき連れて新町へくり出し、すればすったで、散財した。だが、もうどうにも仕様がなくなってしまった。差引き、千五百円の損、店の商品は問屋への借金のカタに落すとして、後は家を売るしか算段がなかった。

吉三郎はペタリ、ペタリ、畳表の草履《ぞうり》を、風にあおられた古新聞のように、埃《ほこり》まみれにし、頼りない足どりで歩いていた。二月の凍りつくような風が、衿元《えりもと》と、足元から冷たかった。灯《ひ》のつきかかった北浜一帯は、もう大戸を下ろして、店先の軒燈だけが妙に明るい。鈍色《にびいろ》に光っている堂島川の流れを見ながら、吉三郎は生れてはじめて土壇場《どたんば》に追い込まれた自分を知った。

帰って来た吉三郎は、支えでもなければ立って居《お》れないほど大きな体から力を失っていた。早く店じまいした薄暗いくぐり戸から体を押し込むように辷《すべ》り込ませ、そっと二階の奥座敷へ上ったが、久男に添寝している多加を見ると、

「多加、もうあかん、どうにもなれへん、家売るしかしようがあれへん」

といきなり、畳に手をつき、蹲《うずくま》るように体を小さくした。

「どうにもなれへんて、そんな情けない云《い》いぐさ――」

多加は暫《しば》く口も利《き》けなかったが、俄《にわ》かに居ずまいを直した。

「女狂いと違うから思うて、じっと黙ってましたけど、お金もないのに芸人狂い、誰かて芸人衆を引き連れて新町のお茶屋や、道頓堀《どうとんぼり》の芝居茶屋へ上ってワッと散財したいもんだす、そやけど、それも無駄金使うてもええほどの身上《しんしょう》でけてからの話やおまへんか、店が左前やいうことわかってて、ようそんな無茶でけましたなぁ、だらしないうのか、ど根性がないいうのか――」

一旦《いったん》、口を切ると、多加は押えていた吉三郎への不満と恨みが、堰《せき》を切って溢《あふ》れ出した。何の励みもなく安易に過し、どうにもならなくなると、もうあかんと、弱音を吐く男――、そんな夫にあしかけ五年も仕えて来た自分のみじめさが身にしみた。

「一体、どないしてこんなことになりはったんでっか、今晩は納得いくまで聞かしておくなはれ」

それでも吉三郎は、押し黙っている。自分のいやなこと、都合の悪い時は、しぶとい頑固さで押し黙る性格であった。

「こんなことしはって、また黙ったまま、ことをすまそう思うてはりますのんか、そやけど、こっちも今日は聞かして貰《もら》わんと泣くにも泣けまへん」

多加は子供さえ寝ていなければ、吉三郎の大きな図体《ずうたい》を押し倒し、自分もぶっ倒れながら、喚《わめ》きたかった。その気配を察したのか、吉三郎は肩を起し、はじめて多加の顔をまともに見た。

「わいにもよう解《わか》れへんねんけど、どうもわいは商人《あきんど》の性分に合えへん、死んだお父はんに商いを教え込まれてる時も、お前が夜の目を寝ず仕立物して商いしてくれてる時も、ほんまのところ、わいは一回でも性根《しょうね》の通ってたことあれへん、何時《いつ》もしようことなしに結界《けっかい》（帳場格子《ごうし》）の中へ坐《すわ》ってただけや、ところが、店仕舞うて寄席《こや》へ行くなり、体中の力がぐうっと湧《わ》いて来よる、高座の落語や剣舞を聞いたり見たりしてると、わいの体まで一緒になって即《つ》いて行くみたいや、そいで高座のはれたあと好きな芸人らと何処《どこ》かへ遊びに行くねん、店が左前になってからはこれではあかんと思うたけど、行くまで商いのこと気にしてても、行ったら最後、わいの体に即いてるのは寄席のパッとした雰囲気だけや、一日でも芸人の顔見なんだらわいは骨ぬきみたいになってしまうのや」

自嘲《じちょう》するように、吉三郎は笑い、だらしなくゆるんだ角帯をのろのろ締め直した。

突然、多加の眼に強い光が帯び、吉三郎と膝を付き合せた。

「あんさん、そないに寄席や芸事好きでっか、世の中で一番好きなこと、したいことはそれでっか、そない好きやったら、芸人になってしもたらどうだす」

激しい剣幕で云った。

「阿呆《あほ》いえ、芸見たり、芸人と遊んでるさかい面白《おもろ》いのや、自分が芸人になったろとは思えへん」

「それやったら、いっそのこと、毎日、芸人さんと一緒に居て商売になる寄席しはったらどうだす」

「多加、お前、それ皮肉で云うてるのんか」

「今、皮肉云うてる時やおまへん」

「そう云うても、資本《もと》が要《い》るのに肝腎のそれが無いやないか」

多加は言葉が詰った。だが、

「おます、おますやないか、芸人狂いで身上を潰《つぶ》したその道楽が資本《もと》だす、芸人さんに売りはったその顔と付合いが結構な資本になりますやないか」

「それ本気か、多加！」

吉三郎は多加の衿元を摑《つか》んで大きく揺すぶった。多加は何度も、顎《あご》を上下に振って頷《うなず》いた。

「けど、それで、もし失敗したらどないするねん」

「そら仕様がおまへん、この儘《まま》で店を小そうしてやっても、どうせあんさんは上《うわ》の空の商売やし、あんさんの好きなことやってみて、失敗したら諦《あきら》めつきますやろ」

「多加、お前、わいに寄席やれ云うのやな、やり損うても《そこの》あとで悔めへんな」

「悔めしまへん、あんさんが一番好きなことを一番本気になってしはるのやおまへんか、やるからには本気でやっておくれやす、やらん先から失敗すること考える阿呆おますかいな」

「よっしゃっ、おおきに、やらして貰いまっせ」

吉三郎は大きな手で、多加の薄い肩を骨の折れるほど強く摑んだ。

早速、店を引き払い、丁稚《でっち》二人には暇を出し、番頭の米助は宇治の小さな染物屋に使うて貰い、女中のお梅だけは次の商いの目鼻がつくまでという約束で、一時郷里《くに》へ帰らせた。商品の処分をつけて、問屋筋の借金と株の尻拭《しりぬぐ》いをした。あと僅《わず》かに残った金を資本《もと》にして、吉三郎は寄席の売りものを探し廻った。

最初に日頃、贔屓《ひいき》にしていた芸人達に手を廻して、ええ出ものがないかと当らせたが、店仕舞した四月から二カ月経《た》っても恰好《かっこう》な出ものが見当らない。横堀七丁目の家を売り払ってからは、下寺町の横丁の小さな仕舞屋《しもたや》住まいしていたが、持ち金は店を整理した時の五百五十円であった。つい昔の贅沢《ぜいたく》から口の奢《おご》りそうになる吉三郎の口をひねるようにし、多加はおかずもおからや厚揚《あつあげ》などの腹持ちするものばかり選び、四つになった久男を背負いながら近所の仕立物から洗い張まで引き受けて、持ち金を食い潰さぬように財布の口を締めた。吉三郎は毎日のように、以前から贔屓にしていた通称〝ガマ口〟という剣舞師を連れて寄席の売ものを探し歩いたが、大阪の殆《ほとん》どの寄席は、上方落語の桂《かつら》派と三友派が占め、吉三郎などの素人《しろうと》の出る幕ではなかった。

「多加、どうもわいには商い運がないのやろか、ガマ口を連れて二カ月も足を棒にしてるのに、これという気配も来《き》えへんわ」

「あんさんのことやから、初めから、ちゃんとやってはる寄席みて廻ってはりますのやろ、それやったらあきまへんわ、もうあかんよって、風呂屋《ふろや》にでもしたろか思うてはるような寄席を探しはったらよろしおます、昔から賢い家主さんは人も住まんようなボロ家買うて、支《つっか》え柱入れたり壁塗り直したりして見られるようになってから、ええ値に売りはります、わてらもボロ席買うて、入れもん（寄席の演《だ》しもの）で見られるような寄席にしたらええやおまへんか」

「女は、なかなか細かいことを考えるやないか、よっしゃ、明日からその手で行《い》こか」

夏のこぐちでこれから暑さに向おうとしていたが、好きなことをする吉三郎は苦にならぬらしく、単物《ひとえもの》の背中を汗にして探し廻った。それでもさすがに強い窶《やつれ》がそろそろ顳顬《こめかみ》から頰《ほお》のあたりに出はじめた頃、ガマ口が大きな口をパクパクさせながら飛んで来た。

「旦《だん》那はん、おました、えのおましたわ、御寮人《ごりようん》さんのいいはる風呂屋にでもしたろかいうような寄席見つかりましてん」

「どこや」

「天神橋筋をちょっと入ったとこの、ちょうど天満《てんま》の天神さんの裏ですねん」

吉三郎と一緒に多加も立ち上った。盥《たらい》で水遊びしていた久男をすぐ隣の一銭菓子屋のばあさんに預けて、多加もガマ口に随《つ》いて見に行った。後ろは天満宮の境内の樹《き》が生い茂り、斜め向うに泥水のあぶくが浮いた亀《かめ》の池があり、辺り一帯にはひび割れた板囲いの小さな浪花節《なにわぶし》席と寄席が二、三軒あるだけであった。初夏というのに妙に寒々とした感じだった。寄席の中の木口《きぐち》も粗末で、薄い天井板の下で畳がふやけてボロボロに膨れ上っている。高座の羽目板もゆるんで、歩く度に安っぽい音をたてた。一流の南や新町、堀江などの寄席ばかりをみていた吉三郎は、興ざめた浮かぬ顔をしていたが、多加は、何でもええ、ある器からやって行くのや、これ買わなんだら持ち金も、それに吉三郎の気負い立った心も、食い潰してしまうやろと、見極めた。

「あんさん、思いきって買おうやおまへんか」

「けど、これでは、も一つな、いかにも場末の寄席やないか」

吉三郎は、あらぬ方を見て投げ出すようにこう云った。店を売ってからも、呉服屋時代の癖で、ぞろりとした着物を着て、最初から気に入った寄席を探そうとしている吉三郎の根性が、多加には我慢ならなかった。

「はじめから高望みしても、こっちの懐《ふところ》工合もあることだす、それに船場のお店《たな》奉公でも丁稚七年、手代三年、番頭二年というやおまへんか、まあ、わてらも寄席商売の丁稚から行く気でやりまひょうな、明日《あした》からでも、あんさんの大好きな寄席をやれますねんで」

いい、いい、
明日からでもと、いった一言が、吉三郎を動かした。吉三郎は二カ月間の手狭な仕舞屋住まいにあきあきしていた。

「よっしゃ、ガマロ、すぐ買うぜえ、家主に話してんか」

ガマロが、小料理屋を本業にしている家主に話をつけに行っている間に、多加が金をとりに取って返し、売り値四百五十円を四百三十円に値切ってその場で買い取った。

翌日、寄席の二階裏を住居《すまい》に引っ越した。吉三郎は、今度はガマロと一緒に寄席の入れものを物色にかかったが、入れものは寄席探しよりもう一つ難しかった。その頃の落語界は、桂派と三友派に二分され、桂派は南地法善寺横丁の金沢亭を根城にして新町の瓢亭《ひょうてい》、淡路町の幾代亭など、一流の定席《じょうせき》を持ち、三友派は南地法善寺の紅梅亭を根城にして堀江の賑江亭、平野町此花館《このはなかん》、北之新地の永楽館などを定席に持っていたから、新店《しんみせ》の素人寄席の高座へは誰も上ってくれなかった。有り金を浚《さら》えての寄席の買取りだったから、特に仕込みをはずむことも出来ず、二流の落語家をひいてくることさえ難しかったが、例のガマロが変った話を持って来た。

三友派の冷や飯ぐいの若手連中が、食いぶち稼ぎに掛持ちで場末の端席《はぜき》を廻りたがっているということから、それを芯《しん》にして色物《いろもの》をまぜて入れものを作る話であった。顔触れを聞いてみると、落語は素人あがりの輔六、円好で、これに色物として物真似《ものまね》の三尺坊、女講談師の華嬢、音曲の登美嬢、剣舞の有村謹吾、軽口《かるぐち》の団七、団鶴などという連中であった。一流の寄席は殆《ほとん》ど、真打《しんうち》の落語家の噺《はなし》ばかりであったから、色物を入れることは安手《やすで》な感じがしたが、寄席《こや》を一日でも遊ばせて置くわけにはいかなかった。

「ガマロ、始めは多加のいう丁稚寄席《でっちよせ》や、しょっ端《ぱな》から真打とはいかへん、よし、それで行くわ」

「ついでに、わても剣舞に出まっせえ」

「いや、お前の下手な剣舞より、裏方やってえな、その方がよっぽどわいにも、お前のためにもなりよる」

ガマロはすぐその足で、三友派の若手連中や色物師の間を駈《か》けずり廻り、例の財布の口金のような大きな口を開けながら、

「新店の天満亭やけど出てんか、あの横堀の河島屋の旦那はんがはじめた商売や」

こうふれ廻ると、一度でも吉三郎の座敷へ出たり、楽屋への心付けを貰ったことのある芸人達は、早速の勤め気を出した。木戸銭は一流席の十銭に対して五銭ときめ、ガマロが飛び廻ってから十三日目に蓋《ふた》が開いた。多加が二十五歳、吉三郎が三十四歳の夏、明治四十四年の七月の初めである。

開場は五時であったが、朝の八時から吉三郎と多加にガマロ、それに和歌山から呼び戻した女中のお梅とで高座を洗い浄《きよ》め、赤く膨れ上った畳をごしごし雑巾《ぞうきん》でこすった。お盆の祝儀で膨らむ丁稚《ぼち》や手代の懐をねらって、立看板を派手に並べ、暑い陽照りですぐ乾いてしまう表口へ何度も打ち水をして盛塩《もりじお》を置いた。吉三郎が木戸をやり、ガマロが馴《な》れた芸人扱いで裏方をやり、多加とお梅は浴衣《ゆかた》に博多帯を締め、紫の前垂

れをして、お客の姿が見えると、

「毎度お出《い》でやす、こっちへどうぞ」

と案内しながら、座布団《ざぶとん》で席をとり、その前へ煙草盆《たばこぼん》を置き、お茶を配って歩く。牛の涎《よだれ》のようにゆっくりした呉服屋の商いしか知らない自分に、こんなことが手早く出来て行くかと多加は内心不安であった。五人、六人と案内しているうちに、座布団をすうっと頃合いの場所に敷いて、ぴたりと煙草盆をその前に置くコツも解《わか》って来た。こうなると、急に自信がついて浮き浮きして来たが、肝腎の客の入りは悪かった。表の木戸を見ると、吉三郎が夕方の表通りに向って、多加が初めて聞く大きな声を張り上げて、

「ええ、いらっしゃい、いらっしゃい、たった五銭の木戸銭、へえ、毎度おおきに――」

と入れ込みをしていた。夢中になって精一杯の声を張り上げている吉三郎の姿を見ているうちに、多加は突然、ううっと涙ぐんだ。入って来る客を桟敷《さじき》に通しながら、多加は暗い板敷の中で素早く前垂れの端をつまんで涙を拭《ぬぐ》った。ガラ空きの桟敷であったが、初開きの寄席《こや》というので、高座の芸人衆は少しも気を抜いていなかった。輔六の落語も、物真似の三尺坊も、客が少なかったら、その数の倍も、三倍も笑わして

寄席《こや》に景気つけたろという心意気が、高座から桟敷に伝って来る。多加は、また涙になりそうだった。芸人衆の吉三郎への義理堅さが、多加にはじめてわかった。

高座がすすみかけると、多加は裏方へ廻り、芸人衆の汗に濡《ぬ》れた背中を手拭で拭《ふ》いて廻った。席主自身が芸人の背中を拭くことなど無かったので、驚いて尻込《しりご》みしたが、

「おおきに、おかげで新店の席が開けました、この暑いのに気をぬかんと勤めてくれはって、有難うはんで――」

多加は、誰彼なしに順番にせっせと拭いて廻った。吉三郎も男には冷酒、女にはラムネを振舞い、赤い祝儀袋《しゅうぎぶくろ》を配った。上りが悪いからといって、祝儀にケチつけぬのが吉三郎の性分である。それだけに多加は陰で、芸人衆の仕込みや祝儀の入用《いりよう》を、借金して廻らねばならない。吉三郎は、一時しのぎやから高利貸にでも借りて置こうという肚《はら》であるが、多加は小金を持った年寄りから少しずつ細こう借りて、細こう返し、利子を安うあげようという考えであった。

たまたま、天満亭から二丁程南の青物市場の裏側に住んでいる石川きんという六十になる年寄りが、その辺りで有名な小銭貸であった。利子が安い代り、大変な偏窟者《へんくつもの》で、よっぽど気に向かないと、金を貸さなかった。この話を聞くと、多加の銭湯へ行く時間が急に変った。昼過ぎから二時頃までに寄席の掃除をすませ、三時になると、

久男を連れて行く習慣をぷっつり止《や》めて、朝風呂に変えた。小銭貸の石川きんが、朝風呂であったからである。

朝もごく早い目に出かけ、湯槽《ゆぶね》の縁で遊びたがる久男を手早く風呂に入れ、着物を着せると番台に預ける。それとなく表戸の方を見ながら湯槽に漬《つか》って、きんの入って来るのを待ち構えていた。二つ折れの腰に、夏でも巻いているネルの腰巻をとって、きんが浴槽へ入って来ると、多加は今来たばかりという顔で、

「お早うさん、毎度、おきまりで」

と挨拶《あいさつ》しながら、湯槽の縁をまたぎやすいように手をすけてやる。きんが湯槽へ入ると、自分はぬるい好きでも我慢して、熱い湯を足し、

「御家《おえ》はんは、熱いのお好きでしたなあ、わても熱湯《あつゆ》で、お風呂はこれに限りますわ」

というと、きんは何より、船場界隈《かいわい》の年寄り並に御家《おえ》はんといわれたことが気に入る。湯槽からあがると、すぐきんの後ろへ廻って、世間話をしながら背中を流してやる。流してしまうと子供が外で待ってまっさかいと、あっさり先に出てしまう。こんなことを、毎朝、いかにもばったり出会ったように仕掛けるので、ついきんも多加には気安くしてしまって小銭を貸した。多加は、きんの背中を流す度に、一回十円、一

回十円やと心の中で繰り返しながら、すすぎ水を何度もかけ、石鹼《せっけん》の一泡《ひとあわ》も残さぬように流した。細かい借金の仕方だったが、これが馬鹿《ばか》にならず、苦しい時の吉三郎の重要な資金繰りになった。その代り、多加は十円借りるのに金貸婆《ばあ》さんの背中流ししはると、近所で陰口された。

それでも、新店の寄席の経営は一向にはかばかしくなく、薄暗い席の中に三分入りぐらいの不入りが続き、多加が拭き込んだてすりの木目だけがいやに光っていた。吉三郎は入れものの按配《あんばい》から、表の木戸、裏方への心付けから、たまには裏で太鼓を叩《たた》くこともあった。二流の若手組の掛持ち出演であったから、南や北の席が終ってから、四銭の市電に飛び乗ってトコトコやって来るが、一台でも乗り損ねたり、都合よく乗換え出来なかったら、忽《たちま》ち小一時間の穴があく。そうなると吉三郎は、もともと好きな道だけに、早速、木綿黒紋付に小倉袴《こくらばかま》をつけ、額にきりっと白鉢巻《しろはちまき》を巻き、足もとは素足で高座に上り、

「ええー、〃行こうか新町、戻ろうか堀江、ここが思案の四つ橋交叉点《こうさてん》とは、なんて、間《ま》がエエンでしょう〃などと申しますその市電の交叉点で、輔六は一台乗り落したようでございますので、その間を相勤めまして――」

西郷隆盛のような図体で、腹に力を入れて寄席中《こや》に響き渡るような声で詩吟を唸《うな》り、

さっと刀を抜いて舞い出すと、観《み》ている客はまず体負けして見とれてしまう。吉三郎は、落語はあかんけど、剣舞やったら素人芸でも高座の穴埋めぐらいできると白惚《うぬぼ》れていた。特に刀を大上段に振りかざしてくるっと廻るところなどは、舞台一杯に体を広げて悦に入った。

「よう！　素人芸高うないで、買うたるわ！」

大向うがかかると、大きな眼を細めながら、エエッホホンと嬉《うれ》しそうな咳払《せきばら》いをするので、〝キセルのおっさん〟と親しまれ、席つなぎぐらいの用にはたったが、仕込みの支払いから借金の奔走は、相変らず素知らぬ顔だった。多加が今度ぐらいは自分でやっとくなはれと詰め寄ると、頼りない顔して、明日《あした》、明日《あした》の生返事で一向に腰を上げようともしなかった。道楽の世界で商いし、道楽だけで生きているような吉三郎の性分がはっきりして来ると、多加は恐しいほどじっとして居《お》れなかった。その頃から、わてがしっかりせんと――というのが、多加の心の中の口癖であった。

七月の初めから一カ月半余り、いかに夏枯れとはいえ、三分入りの寄席を抱えて仕込みだけ払っていては、借金が増えるばかりで、どん詰りが眼に見えるようだった。多加は、何かで少しでも赤字を埋めて行きたかった。そんな時、一流の寄席では、木戸銭と別に席内《せきうち》で商う飲食もので相当な水揚げをするということを小耳にはさんだ。

多加は、端席《はぜき》では席内だけの商いは無理やから、表にも売店を出して、外と内とで商いしたら採算がたつと見込んだ。

思いつくと、一日を惜しんで松屋町の菓子屋へ走り、おかき、あめ玉、金米糖《こんぺいとう》、ラムネ、冷し飴《あめ》を大きな背負袋《せおいぶくろ》の中へ入れて帰ってきた。大工を呼んで寄席の横に張り出すように安普請《やすぶしん》の売店を作った。八月の半ば過ぎであったが、暑い日が続き、大阪中が汗でしたたり落ちるほど蒸《む》せかえっていた。こんな暑さが三日も続くと氷屋のかき氷の音がせわしく、街を歩く人の眼が氷屋の軒先の〝氷〟と記した小旗に吸いつけられる。多加が始めた売店も、店先に客の足が止まるときまって、

「おばはん、冷し飴おくれんか」

と二銭出した。

その日も、扇子を使わず十五分もじっとしていると、体中が汗になるほど暑い日で、この夏中で一番暑いのやないかと悲鳴をあげる人が多い日だった。店先の四斗樽《だる》の中へ七分目ほど井戸水を張り、二貫目の氷を入れて冷し飴を冷していたが、どんどん続けて来る客足の速さに追われた。多加の手から冷し飴を受け取って、口へ瓶《びん》をひっつけ、ぐいと一飲みした途端に、

「おばはん、あかんで、よう冷えてへんやないか」

「すんまへん、こないしてどんどん氷入れて冷やしてまんねんけど、ちょっと待っておくなはれ」

また次々に氷を入れ足し、冷し飴をほうり込んで行ったが、汗疹《あせも》だらけの丁稚が、

「おばはん、飴湯やないで冷し飴買うてるねんで」

と怒鳴ると、連れの丁稚も、

「そや、そや、氷代ケチケチせんと、きゅっと冷してんか！」

と追っかぶせて来る。四斗樽の中には始終、二貫目を割らない氷が入っていたが、カッと照りつける陽ざしの下では、一向に利《き》き目がない。一方、客は文句をつけながらも、飲んだ後からすぐ咽喉《のど》の渇くような暑さの中で、つぎつぎに客足がついて来る。多加は浴衣を裾短《すそみじ》かに着、襷掛《たすきが》けの眼の廻るような忙しさの中で、一体、どうやったら冷えるのやろと夢中になって考えた。一人、二人の客に釣銭を間違えるほど、やっきになって詮《せん》じつめていた。矢のような催促で三時過ぎに氷屋がまた二貫目の氷を配達して来た。氷屋の手押車から重い氷を受け取った時、多加の手が、仕事に追われて生温かい汗まみれの掌《てのひら》であったせいか、手の切れるような痛い冷たさが皮膚に来た。

途端に、そや、これや！ と多加は呟《つぶや》いた。二貫目の氷を樽の中へ漬《つ》けず、店先の台の上に横にして置き、その上に冷し飴の瓶を二、三本置いてみた。みるみるうらに

瓶の下の氷が融《と》けはじめ、ぽっかり冷し飴の瓶が落ち着いた。多加は、お客が声をかけているのにも気付かず、

「これや、これや」

と独りで頷《うなず》き、氷の上に並べた冷し飴の瓶の上に、両手を置き、左右にゴロゴロと廻しはじめた。なまぬるい瓶ごと、じわじわ冷えて行くのが掌にはっきり感じられた。これはわての発明や、わての専売特許やと思うと、多加は俄《にわ》かに香具師《やし》のように大声を張り上げた。

「ええ、冷たい冷たい冷し飴、一本二銭、氷の上からゴロゴロ冷えた冷し飴！」

表見《おもてみ》の優しい多加のはずんだ呼び声に、客は驚いた。多加の掌の下で氷の中に埋まるように廻っている冷し飴を、珍しいものでも見るように人々はのぞき込んだ。飲んでみると樽入りの瓶と違って、たしかに腹にしみ通るほど冷えている。何年ぶりかの暑さのさなか、忽ちお店《たな》奉公の丁稚や手代の口から、

「天満の寄席のねき（傍《かたわ》ら）に、氷の中から出て来た冷し飴売ってるぜえ」

と評判が広がり、眼に見えて客足がついた。寄席芸人たちも、天満亭へ馳《か》けつけると、真っ先に、

「ゴロゴロ冷し飴を御馳走《ごっとう》しておくなはれ」

と云《い》った。何時《いつ》の間にかゴロゴロ冷し飴の元祖やと云われるようになり、冷し飴を飲みがてらに、その元祖のおばはんをわざわざ見に来るもの好きが多くなった。多加はすかさず、

「さあ、冷たい冷たい冷し飴、ついでに隣の寄席へ入って、面白《おもろ》おかしう笑うてはったら、暑いのん忘れまっせ、さあ、お入り、お入り！」

肝腎の寄席の吹聴《ふいちょう》を忘れなかったから、

「おもろいこと云うおばはんやなあ、一回ひやかしに入ってみたろか」

思いがけないフリ（一見《いちげん》）の客足も、随《つ》いて来た。客足が随きかけると、吉三郎も精が出て、入れものに気を配り、夏から残暑のこもる九月中旬までは、わざと落語に力を入れず、肩の凝らない軽口や音曲などの色物で面白味を入れて行った。多加が冷し飴の元祖として有名になると、すかさず、自分で筆をとり、「冷し飴仁輪加《にわか》」を作って、団六にさしてみるという吉三郎なりの新趣向を織り込んだ。

この年の暮になると、吉三郎は多加がびっくりするほどの金の用意を云い付けた。

「借金だけはお前の方が神様《かみさん》や、すまんけど今度の正月は相当気張った入れもん買うてみたいねん」

「そうでんなあ、面白おかしい人気がついているのは、人の噂《うわさ》の七十五日ぐらいのも

んでっさかい、この辺で一つええのやって貰いまひょか」

多加も心を決めた。例の小銭貸の石川きんの家へ出かけて行った。

「御家《おえ》はん、今度はえらい気張った無心云わして貰《もら》いますけど、お正月の入れもんに百円ほど貸して戴《いただ》きとうおます」

「百円、そんな無茶な」

きんは、案の定、そっぽを向いた。

「わては一回に十円、二十円ずつぐらいしか貸さへん」

「今お借りするお金で、寄席を開業してから初めて迎えるお正月の入れもの買いたいのだす、商いいうもんは、固い用心ばかりでは大きうなりまへん、どこかで一回、根性を据えてえらい目を背負うてみなあきまへん、わてらもここでえらい目やらしてみておくれやす、ご心配やったら御家はんがうちの寄席へ投資したつもりで、出かけて来て差配しておくれやす」

「へえ、わてがあんたとこの差配やて？」

「なんにも難しいことおまへん、御家はんのお暇な時、うちの寄席へ来て気の付いたことというて貰うたり、木戸銭の出し入れもみてくれはったらよろしおます」

きんは近頃目だって曲って来た背をまるめ、油断なく眼を光らせて、じっと多加の顔を見詰めていた。二十五歳やそこらだが、こわいほど気がつき、しっかりした眼利《めきき》があり、その上、骨身惜しまず働く甲斐甲斐《かいがい》しい女《おなご》。小柄な体にもきちんと張りがあり、一重瞼《ひとえまぶた》の眼元が賢こそうだった。信用してもええ女《おなご》の眼付きである。きんは、固い顔の皺《しわ》をゆるめた。

「わてもそろそろ齢《とし》やから、あっちこっちへ小銭を貸すのも面倒になって来ましたわ、というて、まとまって貸したら万一という心配もあるけど、まあ、あんたを信用して一ぺんに貸しまひょ」

「おおきに、おかげを蒙《こうむ》らして戴きます」

多加は、金の有難味が骨の髄まで響くようだった。そして、はじめて眼の前に火鉢《ひばち》があることに気付き、膝《ひざ》の上で冷たくなった手をそっと温めた。

正月の入れものは、落語の円遊、枝雀《しじゃく》の口達者に、手踊りや軽口の色物を加えたものにした。一流の寄席の常識からいえば、落語だけの素話《すばなし》で退《ひ》き下り、音曲や踊りをやるのはほんの若手の二、三人だけという品の良い地味な興行がお定りであったが、吉三郎はかえってその反対を選んだ。軽口、手踊り、音曲などの色物に重点をおいて、落語の方が色どりというほどの出番を作った。専門家や通《つう》の多い南の法善寺の金沢亭、紅梅亭と異なり、端席の天満亭などでは、かえってこの方が人気を呼び、はじめは丁稚、手代、職人風の客で埋まっていたのが、次第に夕方から普段着の商家の家族連れを集め、思わぬ大入りとなった。根っからの席主でなく、素人《しろうと》の芸道楽から入った吉三郎には、素人の喜ぶ面白味、可笑《おか》しさがぴたりとわかる勘のようなものがあった。

元旦《がんたん》から松の内の十五日までは満員続きだった。午後五時頃から寄席をあけ、六時から開演、興行規定で許された十一時の時間一杯やるのだが、終演時刻前になると、詰衿《つめえり》を着た巡査が来て桟敷の臨監《りんかん》席で懐中時計をにらみながら頑張る。どんなに切席《きりせき》の真打が熱演していても、十一時になると、楽屋の前座が合図の鉦《かね》を、「カーン」と鳴らす。これが鳴ると、どこでもところ構わず、うまく句切りをつけて、

「もそっとやりたいのですが、もはや正規のお時間、まアず、今晩はこれきりで……」

と頭を下げて高座を引き下がる。この正規の時間を守らないと、翌日、交番所へ呼び出されて三円罰金を取られる。それでも、少しでも切《きり》の時間を延ばして貰いたいので、十一時近くになると、吉三郎は臨監席の巡査へ酒を出したり、弁当を運んだりしてこまめに立ち廻る。いい按配《あんばい》に酒を飲むと、臨監の巡査はわざとこっくり、こっくり居眠りの振《ふり》をする。正規の十一時を過ぎても気のつかぬ態《てい》で、二十分も過ぎてうまく話が終りかけると、はっとしたように眼を醒《さ》ます。すかさず吉三郎が巡査の靴《くつ》を揃《そろ》

え、

「へえ、御苦労はんでごわす、昼間のお疲れでまへんように」

と何食わぬ挨拶で、ことを済ましてしまう。それからすぐ楽屋へ走って芸人衆の御機嫌を伺い、祝儀を包んで送り出し、その日の木戸銭を勘定し、番組の組替を思案する。一晩に五時間、演者がたちかわり、入りかわり勤めても、十五日ごとには組替をしなければならない。

「ああ、しんどう、寄席いうもんは、聞きに行くところで、自分で商いするもんやあらへん」

さすがの吉三郎も、これには音をあげた。

この正月の大入りがきっかけになって、二月には小ゆるんだが、その後もずっと客足が続いた。寄席《こや》へ出入りしはじめたきんも、この入りを調子付けるように、金を貸してくれたので、今までのように借金に走り廻る苦労は無くなった。

八月に入ると、夏枯れ時を利用して、思いきって寄席に普請した。木戸からいきなり平場に通っていた表構えを改め、表口に玄関をとりつけて寄席らしい構えにした。住居《すまい》に使っていた二階の西寄りの二部屋もつぶして、桟敷を広げ、住居は寄席《こや》に近い天満堀川に沿った樽屋町《たるやまち》へ移した。

お茶子《ちゃこ》の数も三人から六人に増やすと、急に多加も忙しくなった。ゴロゴロ冷し飴の元祖の名で売った売店は、女中のお梅に任せて、自分はお茶子の指図に廻った。開演二時間前からお茶子や下足番を指図して、表から客席の掃除をし、座布団《ざぶとん》、煙草盆《たばこぼん》、茶器の用意してお客を待つ。客が入って来ると、座布団をもって案内する。空《す》いている間はよいが満員になって来ると、座布団の並べ方一つで客の入り数が違うて来る。こっちは一人でも入れたいが、先からの客は出来るだけゆっくり坐《すわ》っていたい。それを気分悪くしないように後からの客を入れ込んでゆく。新米のお茶子がそこらを見渡してうろうろしていると、

「欲の皮張って詰めくさるな、こら、退《ど》け！　押しずしやないぞ」

と嚙《か》みつかれる。多加も初めのうちはよく頭ごなしに怒鳴られたが、馴れて来ると、どんなに満員でもちらっと客席を見ただけで、大体、どの辺がゆるいかぴんと来る。体を斜めにしてすっと割り込み、

「どうもえらい狭うてすんまへん、お一人さん挟《はさ》んであげておくれやす」

ちょっとしたものの云い方だった。客というものは気分屋で、坐らせてやってくれと云うとむうっとするが、挟んでやってくれと云うと、不思議と少し横を空けてくれる。やっと空けてくれたところへ、座布団を敷いて後から随いて来た客の手を取って

素早く割り込ませる。こんな座布団の敷き方一つで、二百人入る席に三百八十人の入れ込みがきく。

　年末から正月にかけては、中売りに力を入れ、休憩になると、物売り籠《かご》をお茶子の帯の前にぶら下げさせて、

「ええ、酢昆布《すこんぶ》にするめ、おかきにあられ、ラムネに蜜柑《みかん》——」

　と中売りにかかり、五銭の座布団料を貰っている客には温かい番茶を仕出す。この中売りの水揚げは、馬鹿にならない。中売りものだけに、酢昆布でもあられでも外より高い値段に売れ、一つ売ったら何銭何厘《りん》という確実な口銭になったから、寄席経営の大事な財源の一つだった。席がはねると、多加もお尻《いど》からげして、六人のお茶子と一緒に寄席《こや》を掃きにかかる。夏場には目だたなかったが、冬場の満員客の出た後には、まるで紙屑《かみくず》のように蜜柑の皮がちらばり、掃き寄せると金茶色の小山に盛り上った。いつも掃き寄せながらもったいながってる多加に、恰好《かっこう》な思いつきが浮かんだ。

　小銭貸のきんから風邪《かぜ》引《ひ》きの薬に、蜜柑の干し皮の煎《せん》じ薬を飲んでいると聞くなり、尻込《しりご》みする女中のお梅に道修町《どしょうまち》の小さな薬問屋へ走らせた。その翌日から多加は、蜜柑の皮を掃き寄せると、樽屋町の住居にまで運ばせ、お梅と住込みのお茶子のお清《きよ》とで丁寧に干し、よく乾燥した頃に薬屋へ卸した。百匁《もんめ》三銭であったが、一晩に炭俵

の二俵分ほども出るので、日が重なれば寄席《こや》の経費の補いになった。順調に繁昌《はんじょう》する裏で、多加が絶えず細かく節約《しまつ》して働いたから、目だって金繰りの余裕が出来て行った。

三

天満《てんま》で初めて寄席《こや》を開いてから三年目、大正三年の正月には、松島の芦辺館《あしべかん》を手に入れることが出来た。多加は相変らず地味な縞御召《しまおめし》で丸髷《まるまげ》の結い直しも自分でして、髪結い賃も惜しむほどであったが、吉三郎は三年ほどで端席《はぜき》とはいえ、二軒の寄席の席主になると、性来の飽き性が首をもたげて来た。

最初のうちは入れものの交渉、番組の組替と息つく間もなく興味が続いたが、それに馴《な》れるともう仕事に身が入らなくなり、木戸銭の上《あが》りの勘定も番頭のガマ口が代ってするようになった。一番苦労の多いのが出演者の交渉であったが、腫物《はれもの》にさわるようにしている師匠でも、お茶屋へ上げて女をあてがうと、迷惑そうな口をききながらも結構、もの欲しそうな笑いでことをすます。こうしたことが二、三度も引き続いてあると、こっちが驚くほどの肩入れで高座へ出てくれる。色物師はそうまでしなくても、たまに料理屋でどんじゃん騒ぎをして喜ばせると精を出して勤めてくれる。こんな繋《つな》がりさえ出来ておれば、あとは独り将棋の駒《こま》を動かすように、自由な番組が出来上り、客の入りもよくなって来る。こうなると、吉三郎は以前ほど寄席商いに新味を感じなくなってしまった。それに芸人道楽といっても、これが商売となると、始終、商い勘定が即《つ》いて廻り、遊びなどという面白さは無くなってしまう。

何時《いつ》も、何となく遊んでいないと気のすまぬ吉三郎は、芸人道楽の妙味を無くして来ると、そろそろ女遊びに興味をもつようになった。新しく買った松島の芦辺館は、前の持主である杉田を差配人にして差配を任せていたが、急に思いたったように吉三郎は、三月頃から天満亭がはねる前になると、松島の寄席へそそくさと出かけて行くことが多くなった。はじめのうちは、二軒の席主になるとああも精の出るものかと喜んでいた多加も、松島へ行った夜に限って、疲れた顔をして夜中過ぎに帰宅することに気付いた。気が付きはじめてから一週間目に、吉三郎が松島の寄席へ出かけたあとを追うようにして多加が行ってみると、吉三郎の姿は見当らなかった。

「杉田はん、旦那《だん》はんがさっき、来やはらへんかったでっか」

「え、旦那はんが――」

「おかしおますなあ、ここへ来るいうて天満亭を出はったんやけど」

「ああ、さよか、ほんなら、いてはりますわ」

「ほんならて、なんですねん」

「いえ、旦那はんはちょっと剽軽《ひょうきん》なとこおまっしゃろ、何時もぽそっと入って来て、すぽっと出て行きはって、わてらをまごまごさしはんのがお好きで――」

「そやけど、毎晩のように来てはるのやさかい、そない何時も幽霊みたいに出入りするはずあれしまへんやろ」

杉田の痩《や》せて筋ばった顔が戸惑いし、細い眼にも落着きがなかった。多加は杉田の眼を見据えるようにして、

「ほんまでっか、毎晩のように旦那はんがここへ来はるいうのんは」

「ほんまでごわすとも、こんなこと嘘《うそ》ついてもしようおまへん」

今度は、まともな眼つきで正面から多加を見返して、こう杉田が答えた。

吉三郎が樽屋町の家へ帰って来たのは、午前三時を過ぎていた。俥《くるま》の音が聞えると、多加は着替えずにいた昼の着物のままで、つと起《た》ち上った。門口に俥が止まり、吉三郎がふらふらと玄関へ入って来るなり、多加は、吉三郎の前へ立ちはだかった。

「阿呆《あほ》！ びっくりするやないか」

吉三郎は、体を仰反《のけぞ》らせて驚いた。

「あんさん、今までどこへ行ってはりましてん、この間から女遊びをしてはるらしいという噂《うわさ》も小耳にはさんでますけど、まさかと思うてましたけど……まさか、あんたは……」

多加は、体を震わせた。

「なんやて、誰が女遊びしてるねん、何もないこと摑《つか》まえてそない云《い》われたら、まるで寝てる子起すようなもんやないか、阿呆な奴《やつ》やなあ」

吉三郎はいきなり、からみつくように多加の肩を優しく抱いた。多加も、ふうっと誘われるように体を寄せ、はだけた衿《えり》もとを直しながら、

「すんまへん、つい耳にしたもんでっさかい、カアッとなって嫉妬《へんねし》してしもうて――」

気弱に云うと、吉三郎はまじまじと、多加の顔を見入り、

「お前みたいなしっかり者が、えらいやきもちやなあ、初めてお目にかかったわ、おお、こわッ」

というなり、布団《ふとん》に入り、酒臭い息を吐いて寝てしまっていた。

多加は枕元《まくらもと》に坐《すわ》って、吉三郎の中高《なかだか》のきれいな寝顔を見た。そして呉服屋の店仕舞からこちらの自分の変りように、今さらのように驚いた。実家に居る時は、美貌《びぼう》で勝

気な姉に控え目になって過し、それが自分に一番合っているのだと思い込んでいた。吉三郎に嫁《とつ》いで来た時も、もしや姉の方を欲しがっていたのではないかという気おくれから、吉三郎に気を遣《つか》い、死んだ舅《しゅうと》の吉太にもおとなしく仕えていた。それが店仕舞からは、自分にこんな激しい気性、男のような働きがあったのかと疑ってみるほどである。それだけに吉三郎の云いなりになる内にこもるような頼りなさが失《な》くなり、何時の間にか夫婦の営みも遠退《とおの》きがちなのに気が付いた。毎晩、寄席《こや》を十一時にあげて、木戸銭の勘定、後片付けをすませて帰ると午前一時頃になり、風呂《ふろ》へ入って夜食をすますと、肩の抜け落ちそうな疲れで殆《ほとん》ど夫婦らしい話をすることもなく、眠ってしまうことが多い。翌朝は昼兼用の遅い朝食をすますなり、吉三郎は寄席へ、自分は七つになった久男の世話をお梅に頼んで、開場二時間前の三時ぎりぎりに寄席へ行くという暮しが続いていた。それが今晩、激昂《げっこう》して吉三郎にむしゃぶりついた時、ふと深い底に引き摺《ず》り込まれるような男の優しさが、多加の体に呼び起された。

多加は、俄《にわ》かに呉服屋時代の経験を生かして小紋の御召や結城《ゆうき》などを上手に買い整え、家ですませていた丸髷も髪結いへ行って結い上げるようにしたが、もうその時は手遅れであった。すでに吉三郎は、落語の師匠らと一緒によくあがる北の新地の染井《そめい》へ出る金吾《きんご》という芸者と、馴染《なじ》みを重ねるようになっていた。別に旦那《だんな》というほどの定まったものではなく、金吾も二十五を過ぎた年増《としま》芸者であったから無理は云わず、昼間は長唄の師匠をしていた。吉三郎の性格からいえば、いつも控え目にして、寛《くつろ》いで面白く遊ばしてくれる金吾が気持の負担にならない。金も、その時その時の都合で使って居ればよかったから気楽であった。多加と居ると、年中、何かせんならんとい う、気のあせりと重さがあった。

金吾とお茶屋の帰りに、桜橋北詰めの福寿司《ずし》をよくつまみに行ったが、ここに金吾の妹のおしのが働いている。地味な銘仙《めいせん》の着物に赤い襷《たすき》をかけ、高い足駄を履《は》いて、

「へえ、お二人さん、おいでやあーす」

澄んだよく通る声を張り上げた。目鼻だちはこれといった特徴もなかったが、二十《はたち》そこそこのふっくらした頰に、ぽくっとできる笑窪《えくぼ》が愛嬌《あいきよう》であった。金吾と何度も寿司を食べに行っているうちに、おしのも吉三郎に気がおけなくなって、姉と一緒に半衿や帯揚げなど、女らしい小ものをねだったり、休みの日にはお相伴《しようばん》で芝居を観《み》に行ったりした。

福寿司へ行き出してから半年ほどたった九月の中旬だった。有馬温泉へ行く吉三郎と金吾に、おしのも随《つ》いて来た。おしのは故郷の北陸から大阪へ出て来て初めての温泉行で、道々の山間《やまあい》の景色を珍しげに眺め、頰の笑窪をくぼませていた。姉の金吾も

二カ月に一回、吉三郎と遠出していたが、妹を交えたのははじめてで姉らしい気配りをしていた。吉三郎は多加に、席主の秋の寄合いが一泊どまりで京都で催されると云い訳して、家を出て来ていた。

「さあ、風呂はええ按配《あんばい》やったし、なんぞうまいもん食おうか、好きなもの云うてんか」

おしのは、姉の金吾より声をはずませ、遠慮なく料理を注文し、

「今日は、わても一本、飲まして貰《もら》おうかしらん」

「あほなこと、お酒はちょま（チビ）の飲むもんやおまへん、わてに任しとき」

吉三郎はしょっ中、ほんのりした快い雰囲気がなければやりきれない性格であったから、姉妹ではしゃいでいるのが無性に楽しかった。両方から交替に酌をさせ、金吾が頃合いをみて三味線を借りて長唄を入れると、何時もより酒が強くなった。何本目かの銚子《ちょうし》を追加しかけると、金吾が、

「旦那はん、そない過しはって大丈夫でっか」

心配そうな声をかけたが、

「かまへん、かまへん、今夜は酒がうまいねん」

と振りきり、また何杯目かの盃《さかずき》をあけたところまで覚えていたが、咽喉《のど》が焼けつく

ような渇きにふと眼を覚ますと、一番奥に吉三郎、次に金吾、その次におしのという順で寝床を並べていた。酔醒《よいざ》めの水をたて続けに飲みほすと、吉三郎は金吾の温《ぬく》い体に自分の体を押しつけた。その途端に、金吾は薄く眼をあけて、

「大丈夫だすわ、あの子まだ子供で、よう寝てますやろ」

口に含んだしのび笑いをして、吉三郎のいいなりになってきた。

緊張していた体が急にぐったり萎《な》えるように疲れて、そのまま自分の寝床に帰らず、金吾の横に寝ていた。また咽喉の渇きで眼を醒まし、枕元の水差しで水を飲み、ふと傍《かたわ》らをみると、電燈《でんとう》を消した暗闇《くらやみ》の中で大きな瞳《ひとみ》が光っていた。おしのの眼だった。

「おしの、さっきから起きてたんか」

「ううん」

上布団に首を埋めるようにして曖昧《あいまい》な返事だった。

「大分、前からか」

「ううん」

また曖昧な答えだった。

「みな、見てたんか」

おしのは黙って、きらきらと眼だけを光らせていた。

「悪かったな、おしのはもっと大きなってからな」

押し殺すような低い声で云ってから、吉三郎は金吾の寝息を窺《うかが》った。先ほどの疲れで金吾は軽い寝息をたてて、鬢《びん》の毛をべっとり左頰にほつれさせたまま寝ていた。

有馬温泉から帰ってから二週間ほどして、金吾たちが中心になってやっている長唄の「さつき会」があった。吉三郎とおしのとが聞きに行き、会が終ってから三人で南の料亭で食事をする約束になっていた。

先に吉三郎とおしのが料亭、水瀬《みなせ》で待っていたが、金吾から家元の方の集まりが急にあって遅くなるから、もう少し待っていてくれという電話があった。会は九時に終っているのに十時を廻っても金吾はやって来ない。初めはまだか、まだかと気になっていたが、しまいには吉三郎も気にしなくなり、おしのを相手に飲んでいた。おしのは有馬温泉からこちら俄《にわ》かに大人びて、前のように吉三郎に気楽に冗談を云わなくなった。姉の旦那という気兼ねがあるのか、それともあんなのを見たという気恥ずかしさがあるのか、妙に気をおくようになっていた。

「なんや、この頃急におませになったなあ、姉さんみたいになったら早うひねるぜえ」

とからかうと、パッと頰を赤く染め、

「そんな早う大人になれへん」

怒ったような眼付きで云い返した。

「ふふん、大人になったら、いろんなことあるさかいな」

別に吉三郎は気にも止めず、盃を重ねていたが、十時半になると、また金吾から電話がかかって来て、もう三十分だけ待ってくれという。長唄の家元の力は偉いもんやなあと、むかっ腹になり、また盃を重ねた。二時間近くも、おしのと二人きりで陰気に待たされるのは、ぱっとしたことの好きな吉三郎にはやりきれない。金吾への言伝《ことづて》を残して、水瀬から新町の美野屋《よしのや》へ座敷を替えた。

美野屋へ上ると、今までじりじり待たされた気晴らしに、芸者を四人呼び鳴物入りで小唄を歌いながら、おしのを抱えて踊り出した。水瀬で差し向いで居る時は気詰りだったおしのも、美野屋へ来て芸者が入って騒ぎ出すと、また有馬温泉の時のようにはしゃぎ出し、吉三郎が踊りながら、おしのの体を締めつけてもされるままになっていた。とうとう十二時を廻っても金吾は現われず、美野屋の女将《おかみ》を電話口に呼び出し、どうしても余儀ない寄合いで座が長びいているから、今日は失礼さして貰う、妹は美野屋の俥で住込みしてる福寿司まで送り返してほしいという言伝があった。吉三郎は不機嫌になり、

「おしの、姉さんは家元の会が御盛況で座が立てんらしい、ほんなら、今日はわいと二人でここにおろうか」

おしのは、何時になく酒を飲んでいるせいか、同輩たちと寝る店の二階の狭くるしい四畳半に帰りたくなかった。そのまま女将も交って三味線から太鼓まで入れて、一時過ぎまで遊んでいた。吉三郎が大きな欠伸《あくび》をし出すと、すぐ仲居が気をきかして芸者を下げ、離れの間へ案内した。六畳の間に絞り染の掛布団が、二つきちんと並べて敷かれていた。吉三郎は浴衣《ゆかた》に着替えると、もう一度大きな欠伸をし、ごろんと布団の上に寝転び、

「おしの、早よ寝えや」

と声をかけ、仰向いて眠ってしまった。おしのは妙な不安と、頼りなさで暫《しばら》く布団の上に坐ったまま吉三郎を見ていたが、暫くすると寝てしまった。朝方、おしのは右の手に部厚い温《ぬく》みを感じた。吉三郎が大の字になって眠りながら、おしのの右手を握っていた。ふと、その大きな部厚い手をひいてみたかった。ぐいっと引っぱると、吉三郎はゆっくり寝返り打った。

「早いなあ、もう起きたんか」

「姉さん来《き》えへんかったのを、怒ってはるのん」

「寝たら、もう忘れてしもたわ」

「姉さんとだけ？　こんなとこへ二人で泊りはるのは」

「うん」

吉三郎は生返事をした。

「いやゃわ、ほかの人と泊りはったら」

驚くほど真剣な声だった。

「ええ、なんや」

「あんまり遊びはるのいややわ」

おしのは、向うの布団の中からまじまじと吉三郎を見詰めた。縁側の小障子の外がうっすらと白みかけていた。吉三郎は点《つ》けかけていた煙草《たばこ》をそのままにして、おしのの方へ入った。抗《あらが》うはずのおしのが、安心したように吉三郎の体の中に入って来た。せっかくそのまま寝てしもうたのに夜が明けてから――と、吉三郎は明るくなった部屋の中で、恥ずかしそうに身繕いしているおしのの小さな肩をみていた。有馬温泉でもっと大きくなってからと、おしのに云ってから二週間ほどしか経《た》っていなかった。

こんなことがあると、素人《しろうと》のおしのは割り切った考え方も持てず、つい、ずるずると店を休んで吉三郎と会うことが多くなり、金吾にも隠すことが出来なくなった。金吾は芸者らしくさっぱり割り切って、出来てしもたことはしようがおまへんと云い、かえって妹のおしのの身のきまりを頼み込んだ。吉三郎は金吾と相談して、北の新地では寄席《こや》に近いから新町通りの西ぎわに、おしののために小料理屋を持たせた。二十一歳のおしのが小料理屋をもって吉三郎の妾《めかけ》としておさまると、吉三郎は足繁《しげ》く通うことが多くなった。多加には気取られぬよう泊るのは一月に一回だけ、あとは寄席の木戸をあげると、ガマ口に勘定を任せて、おしのの家へ行き、午前三時頃にはお茶屋帰りのような顔をして家へ帰った。

多加は、出入りの芸人から、おしののことを耳にした。噂を小耳にはさんだ時と違って今度は女の名前から、場所まではっきりしていた。その日は十一月の月末であった。芸人の帰ってしまった人気《ひとけ》のない楽屋で、吉三郎はガマ口を相手に木戸銭の勘定をしていた。唐桟《とうざん》の袷《あわせ》に対《つい》の羽織、博多《はかた》独鈷《どっこ》の帯を締め、肉付きの厚い膝《ひざ》の横へ銭箱を据えて丹念に勘定している。多加は、その前へぺったりと坐った。

「そのお金持ってどこへ行かはりますねん、新町のおしのはんとこでっか、今度は胡麻化《まか》されしまへん、わてに守銭奴《ど》みたいに、いじましいに銭儲《ぜにもう》けばっかりさせて、自分だけええ目しはるつもりでっか……」

体中の骨が音をたてそうなほど、多加は憤《いきどお》りに震えた。

「こんなことこれで何回目でっか、芸人道楽で節季を越されへんかった時も、株で商いつぶした時も、何回同じことを繰り返しはりますのや、一回でもわてが、憐《あわ》れや思うたことおますか、あんたという人間は——」

といういうなり、多加は吉三郎の膝横の銭箱を両手でひっくり返した。勘定したばかりの小銭が、ざっと畳の上に散らばった。ガマ口が泳ぐように体を浮かせ、多加の手をうしろから押えた。

「御寮人《ごりょうん》さん、大切なお金を投げつけて、どないしはりますねん」

「大事なお金、そうでっしゃろ、妾《てかけ》の家へ持って行く大事なお金でっか、……そいで、わてはただ金儲けするだけの道具やいいはるのでっか……」

「いいえ、滅相《めっそう》もございまへんけど、まあ、気い落ち着けて——」

「ガマ口はん、今晩はあんたこのまま帰っておくれやす、こんなとこ見られるのは辛《つら》いもんだす、それでも、わては今辛うて、辛抱でけしまへん……」

多加は口ごもってしまった。ガマ口は何と思ったのか、お先にと云って、帰って行った。ガマ口が出て行くと、多加は畳の上に散らばった小銭をかき分けるようにして、吉三郎ににじり寄った。

「あんさん、またいいだんまりで胡麻化しはるつもりでっか、卑怯《ひきょう》な情けない男はんや！」

こう叫ぶなり、多加の白い手が延びて、畳の上の小銭を摑んだかと思うと、吉三郎の肩へ向って投げつけた。鈍い音をたてて小銭が肩先から膝上へ落ちたが、それでも吉三郎は栄螺《さざえ》のように強情に押し黙っている。

「何も云《い》わんと済ますつもりでっか、そんなむごいことおますかいな、どっちかわからへんことほど辛いことおまへん、云うて、云うて、あんたの口からはっきり云うておくれやす」

多加は吉三郎の大きな体を揺すった。黙って揺すぶられながら、吉三郎はちらっと多加の方を見た。小さな体が一そう小さくなるほど、多加の体が萎《な》え切っていた。その萎えた体を揉《も》むようにして声を絞り出している。吉三郎は、されるままに揺すぶられている体を、急にぴたっと静止させた。

「ほんまや、お前の知ってる通りや」

突然、ぼそりと気が抜けたように答えた。

「ようも、そんな……」

多加は俯伏《うつぶ》せになって倒れ、畳の目をひきむしって嗚咽《おえつ》した。

「ほんまのこと云うていうさかい、云うたまでや、すまん、そやけど商売だけは一生懸命やってるぜえ」

多加の背中を眺めながら、吉三郎は頼りなげに低い声で呟《つぶや》いた。

「商売までほり出されたら、わてに死ねというのと同じことやおまへんか」

こう云った自分の言葉に、自分の憐れさを感じ、多加はさらに激しく泣き続けた。どれほど時間が経ったのか、ようやく俯伏せた体をあげた。眼の前に、部厚な大きな膝で趺坐《あぐら》を組み、所在無げに坐っている吉三郎の姿があった。多加よりも大きな逞《たくま》しい体を持ちながら、多加よりも意志薄弱でぐうたらな男であった。そんな男の傍《そば》で、ぎりぎり歯を食いしばって、独楽鼠《こまねずみ》のように働き廻って来た自分のみじめさが、胸に応《こた》えた。吉三郎に比べて見劣りする自分の染め直しの袷の裾《すそ》を整え、乱れた鬢《びん》の髪を撫《な》でつけて多加は静かに立ち上った。

「今ごろから何処《どこ》へ行くねん」

吉三郎は、はじめて驚いたように腰を浮かせた。

「どこて、ちょっと……」

呟くように答えただけで、振り返りもせず、多加は一時を過ぎ、小寒い風の吹きはじめた夜の街へ出て行ってしまった。

吉三郎は、おしののことが表沙汰《おもてざた》になると、居直ったように家を空ける日が多くなった。最初のうちは、多加は朝帰りの吉三郎に頭から水をぶっかけたり、いきなり大声で喚《わめ》いて、女中のお梅任せになっている七つの久男を怯《おび》えさすこともあったが、やがて吉三郎を当てにしなくなった。何回、今度こそはと約束しても、その度に多加は裏切られ、傷つけられ惨《みじ》めになるだけだったから、次第に多加は自分が失望しないためにも、吉三郎を当てにしないよう努めた。そして、人が変ったように、積極的に商売に身を入れるようになった。今までどんなに甲斐甲斐《かいがい》しく働いても、吉三郎より出しゃ張らぬようにと気を配り、強いてそのうしろに隠れるようにして来たが、そんな気の使い方をせず、表だって働くようになった。商売に気持を振り向けてからは、おしののことに対する足掻《あが》きも次第に少なくなって来た。それにはガマロの云った言葉も、多加に一つの諦《あきら》めを持たせた。

おしののことが解《わか》ってから、礫《こいし》を呑《の》むような思いで諦めたり、耐えたりしている多加をガマロは、暫《しばら》く見て見ぬふりをして過していたが、やっと多加が落ちつきを取り戻した頃であった。何時《いつ》もまっすぐ寄席《こや》へ出るはずのガマロが、樽屋町《たるやまち》の住居《すまい》の方へひょっこり姿を見せた。まるで若年寄《わかどしより》のように四十を過ぎたばかりであるのに前かがみ気味の背を、さらにかがめるようにして、通庭《とおりにわ》をくぐって中の間へ入って来た。

「御寮人さん、今日《こんにち》も御機嫌さんでござりまっか」

と挨拶《あいさつ》し、出かける用意をしている多加の身じまいがすむまで、ガマロのような大きな口をむっつり結んでいた。

「何か御用でっか、わざわざ家《うち》へ寄ってくれはって、旦那《だん》はんはお留守やけど――」

「いや、それはわかってます、別に御用はおまへんけど、今日は寄席まで一緒にお伴《とも》致しまひょ」

こう云い、多加とガマロは天満堀川に沿いながら、寄席へ向って歩き出した。毎日、顔を合せている御寮人さんと番頭の間で、別に話し込むこともなく黙って一丁ほど歩いていたが、ガマロがふと思い出したような口調で、

「旦那はん、今日も新町の方でございまっか」

「これで二晩、だんだん横着になりはるわ」

多加は、ぷつんと言葉を切った。

「やっぱり、そうだすか、相手が玄人《くろうと》と違うて若い素人娘みたいやのがいけまへんな、実は、わて、昨夜、おしのはんの姉さんが出てる染井の女将《おかみ》に会うて来ましてん、女将の話では、金吾はんは小金も貯《た》めて親の面倒見てまっさかい、おしのはんの肩には重いかかり者も無いし、旦《だん》さんと出来た女《おなご》はんにしては、やりやすい方だすと、こない云うとりましたわ、それにわてもよう考えてみたら、旦那はんのことでっさかい、

今おしのはんと別れる約束しはっても、また何時の間にか撚《よ》りを戻すか、それともまた別の女《おなご》はんと、どないなりはるかも知れまへん、えらいきついこと云うようでござりますけど、おしのはんみたいなかかりの少ない小娘で不幸中の幸いとも云えますわ、ここは一つ御寮人さんが賢《かしこ》になって辛抱しはる方が——、それに商売柄、あんまりこんなことで大袈裟《おおげさ》にしたら野暮やとも云われますし——」

歩きながらの普通の世間話のようにして、ガマロはさらさらと、こう云ってしまった。それだけに聞く方の多加も受け取りやすかった。

顎《あご》を肩掛に埋めるように深くひいて、日和下駄《ひよりげた》を小きざみに歩みながら、多加は黙って頷《うなず》いた。何気無く喋《しゃべ》っているものの、こんな話を歩きながらさり気《げ》なく話すために、昨夜からガマロがどんなに思案しただろうかと思うと、ふと胸が熱くなるようだった。

「おおきに、わても内々《ないない》そう思うてましたわ」

こう云うと、ガマロは醜い顔をとぼけるように横に振り、

「とんでもおまへん、わて、ちょっと思いついたことを、大《たい》そうに喋ってしもうただけで、えらいすんまへん」

たて続けに、三回も頭を下げて詫《あや》まった。

こうしたガマロの話もあっただけに、多加は、その後も何と云うことなしに、おしののことはこと荒だてずに、そのままにしておいた。もちろん、多加が、吉三郎に妾《めかけ》をおくことをはっきり認めたのではなかったから、二、三日続けて家を空《あ》けると、その日の朝は吉三郎は気まずい顔をして何時もより早く寄席《こや》へ現われ、手伝わずに済むことまで手を出して精を出し、多加の機嫌を損ねぬように立ち廻った。木戸があがると、せっせっと勘定を手伝い、多加を誘うようにして早い目に家へ帰り、差向いの夜食を長い時間をかけて食べた。多加は腹だたしい焦《いら》だちを感じながらも、やはり三日ぶりに帰って来て、気弱に気を遣っている吉三郎を見ていると、始めほど腹もたたず、夫婦のことも済ますようになった。吉三郎の居ない日は、商売の忙しさと面白さに憑《つ》かれたように働き、ほっとすると、もう寄席《こや》のはねる時間になり、疲れ切って家へ帰ると、はじめて吉三郎の不在が気になるというのが、習慣のようになって行った。

その日は、夕方に一度、天満の寄席へ顔を出し、松島の芦辺館を見廻って席主の寄合いに出るといって出かけたまま、夜中の二時を過ぎても吉三郎の帰って来る気配がなかった。多加は頭痛がしていたが、何時ものように一時半まで着物を着て、吉三郎の帰宅を待っていた。奥の間に、夫婦の床を二つ並べて敷き、ほころびかけている吉三郎の坊主枕《ぼうずまくら》を繕いながら、今晩でもう四晩も家を空けることになる――と諦めかけていた時、廊下を走る無作法な足音がした。いきなり手荒に襖《ふすま》が引き開けられた。

「御寮人さん、旦那はんがえらいことに」

敷居際《しきいぎわ》に、女中のお梅が突ったたった。年かさでしっかり者のお梅が顔色をかえて度を失っている。

「今、男衆《おとこし》の使いが来て、旦那はんが倒れはったそうで……」

「倒れはったて、そんで、どないして……」

お梅は、ただ唇をふるわせている。玄関の方で騒々しい男衆の声が聞える。その声に恐ろしい予感を受け、思わず手に持った油くさい男枕をとり落した。畳の上へ、汚点《しみ》のような蕎麦滓《そばかす》が、ざっとなだれるように散らばった。

四

何時《いつ》の間にか多加は、白い喪服を着て祭壇の前に坐《すわ》っていた。襖《ふすま》をはずして急に広くなった奥座敷に、夫の吉三郎の寝棺《ねかん》が置かれている。花と供物《くもつ》に埋もれた祭壇の中央には、黒枠に囲まれた吉三郎が、結城絣《ゆうきがすり》の着流しで、この場に不似合いな笑いを口もとに綻《ほころ》ばせている。もう一度、多加は十六燭光《しょっこう》の電燈《でんとう》に照らし出されている吉三郎の写真を見上げた。そして、なぜ自分が白い喪服を着てしまったのか、解らなくなってしまった。

　吉三郎が外で倒れたという報《し》らせを受け取ったのは、今朝の二時過ぎであった。言葉にならず、唇だけ動かしている女中のお梅に、

「ほんで……どこで倒れはった……」

　恐しい予感に堪《た》えながら、駄目を押すと、

「へえ、新町で……」

「まさか……、死にはったいうのんとは……」

　と聞くなり、お梅はせき切ったように声をたてて泣き伏した。多加は柱時計の太い針を見詰めたまま、息を呑《の》んだ。吉三郎は、新町のおしのの妾宅《しょうたく》で死んだのであった。多加は、暫《しばら》く空《うつ》ろに眼を見開いてそこに立ち竦《すく》んでいた。体の中に真っ黒な風が吹き荒れている。何かに支えられないと立っておられないほどの動揺の中で、多加けやっと冷静さをとり戻した。眼が暗《くら》むような悲しみや嗚咽《おえつ》は、次第に激しい憤《いきどお》りと冷静さの下に押し潰《つぶ》された。今、多加の心を占めているのは、四晩家を空けて、妾宅で深夜に急死した夫の世間体をどうしてつくろうかということである。そのことのために、多加のもつすべての智慧《ちえ》と神経を凝結させた。

「お梅、泣いてる時やない、お清や男衆《おとこし》を起して、葬礼屋《そうれんや》へ段取りしといて、わては俥《くるま》で旦《だん》那はん迎えに行くさかい」

多加は、着替えかけていた納戸《なんど》色《いろ》の御召《おめし》の衣紋《えもん》をきちんと合わせて、その上に黒い紋付を羽織った。中庭を出て上《あが》り框《がまち》まで来てから、もう一度、奥の間へひっ返して、吉三郎の紋付を手早く風呂敷《ふろしき》へ包み込んだ。玄関まで来ると、住込みのお茶子《ちゃこ》のお清が、寝巻のままで暗い土間にたってうろたえていた。

「なにも心配することあれへん、わてが旦那はんお迎えに行ってる間に、きれいに取り片付けてお祭り出来るようにしといて、それからガマ口はんとこへ知らせに走っておくなはれ」

こう云《い》ってから、多加は、急に腹の底から押し上げて来る涙を感じた。玄関口に出入りの車夫の庄《しょう》やんが背中をまるめて待っていた。多加の姿を見ても、顔を上げず、背をまるめて、

「御寮人《ごりょうん》さん、えらいことに」

多加は、今、声を出せば涙声になるのを知っていた。黙って頷《うなず》いて、俥に乗った。樽屋町《たるやまち》から難波橋《なにわばし》を渡り、北浜から高麗橋筋《こうらいばしすじ》へ入ると、もうそこは東船場《ひがしせんば》であった。午前二時半を過ぎた船場の商家は、大戸を閉じ、軒下の水引のれんを下ろし、軒燈の

灯《あか》りを消していた。奥の方から表通りへ押し出すように奥深い庇《ひさし》を連ねた家並が、三月半ばを過ぎた肌寒い夜気の中で黯《くら》い大きな影を描いている。掃き落したらしい荷造り用の荒縄の端が、人通りの絶えてしまった店先で小さな輪になっている。俥は静かな街中で、甲高《かんだか》い車輪の軋《きし》みをたて、庄やんのはく息が、白く気ぜわい。多加は全身の毛穴が塞《ふさ》がって行くような緊張感に縛られたまま、両手を肘《ひじ》かけにかけて、俥の振動を防いでいた。御堂之前町《みどうのまえ》から、まっすぐ南へ下り順慶町をぬけて新町橋を渡り、新町へ入ると、多加は急に胸苦しい戸惑いを感じた。

一体、どんな顔をして、どんな挨拶《あいさつ》をしたらええのか、夫はどんな姿で死んでいはるのか——と思うと、多加はそこで俥を止めてしまいたかった。庄やんは、吉三郎の送り迎えを何度もしたらしい馴《な》れた足どりで、一言も道筋を聞かず、新町通りを真っすぐ西へ走り、細い四《よ》つ辻《つじ》を右へ曲ると、ぴたりと俥を止めて、多加の膝《ひざ》の毛布をとった。

花街の新町とはいえ三時近くになっては殆《ほとん》ど灯りを消した通りの中で、そこだけがあかあかと電燈がついていた。

俥がつくなり、待ち構えていたようにおしのが玄関へ走り出て、

「あ、御寮人さん！」

ちらっと、伏眼がちに多加の顔を見上げ、畳に手をついた。小浜縮緬《こはまちりめん》の着物にきっちり博多の帯をしていたが、衿《えり》もとから、白っぽい寝巻の衿がのぞいている。慌《あわ》てて寝巻の上へ重ね着した様子が見え、揚巻の髷《まげ》にさした櫛《くし》も、寝乱れ髪をかき上げ、今さしそえたばかりのように根のゆるいさし方であった。多加に、この時、はじめて鋭い痛みを持った悲しみが襲って来た。急に足に力が無くなって行きそうだった。ふと足もとをみると、敷石の上に吉三郎の真新しい鼻緒《はなお》のついた柾《まさ》下駄が、爪先《つまさき》を揃《そろ》えて並べられている。三日前に家を出かける時、多加がおろしたばかりの、本別珍《ほんべっちん》に柾目《まさめ》の通った桐台《きりだい》の下駄である。多加は、吉三郎の下駄の横へ寄りそうように、自分の小さな畳表の草履《ぞうり》を脱ぎそろえた。

泣き腫《は》らした眼で、じっと多加の動作を見詰めているおしのに、

「おおきに、お世話さんでおました」

とだけ云い、多加はおしのの案内も待たずに奥の間へ通った。六畳ほどの小間であったが、襖の腰布にまで粋《いき》の通った部屋であった。三味線かけをおいた床の間の前に、敷布《しきぶ》団《とん》を三枚重ね、朱がかった絞り染の掛布団を二枚重ねて、吉三郎が静かに仰臥《ぎょうが》していた。五尺五寸の肥満した吉三郎の体躯《たいく》が、厚い布団からはみ出しそうであった。枕《まくら》の上に載った顔は、三十八歳の中年男とは見えないほどの艶《つや》やかな皮膚の光沢であ

った。眼じりの切れ上った大きな眼、鋭い鼻の線をもちながら、女に近寄られ易《やす》かったのは、その艶やかな皮膚のせいといわれていた。枕元の水差しの蓋《ふた》が飲みかけて、途中で手を置いたらしく空けさしになっていて、夫婦枕の片一方が壁際《かべぎわ》に寄せられていた。多加は黙って、吉三郎の枕元に坐って、その顔を見入った。つい先程、息を引きとった人らしく、まだ顔に血の気が残り、いつもの吉三郎の寝顔である。唇を半ば開け、鼻の穴から高い鼾《いびき》が聞えそうな気もした。夫の額に手を置いてみたい気がしたが、掛布団から少しはみ出している骨太な掌《てのひら》を人に気付かれぬように、そっと触ってみた。がっしりしていながら、肉付きの豊かな掌であった。

多加は自分と反対の位置に坐っている年配の医者に気が付いた。

「この度はとんだお世話に――、あの、こない急に死に目にあわれへんほどの急変でござりましたんでっしゃろか」

「いや、それが……」

突然、多加の背後に控えるように坐っていたおしのが、激しくすすり泣き出した。

「ほんなら、何が原因《もと》で――」

「それが、心臓麻痺《まひ》なんですが――」

といいかけて、医者は一瞬、多加の眼を射るように見詰め、事務的な表情で、

「実は、同衾中《どうきんちゅう》の発作から来た心臓麻痺で、往診に来た時はもう、脈搏《みゃくはく》が止まっていました」

と告げた。多加はその場に押し倒されるような衝撃を受けた。頭の中が激しい痛みと熱気に埋まった。今、聞いた言葉を、そのまま忘れ捨てたかった。おしののすすり泣きが高くなった。出来るなら、この女の首を絞めて、その勝手な泣声を止めてやりたかった。全身から、押えようのない怒りが、ぷつぷつと噴き出て来た。多加は、思わず眼を閉じて、乱れる呼吸を整えた。

「ほんとに、お恥ずかしい次第で――」

辛うじて耐えて、多加は低いが、乱れのない声で、医者に云った。多加の肩が小きざみに震え、歯がきしむほど唇を噛《か》みしめた。おしのは体を小さく縮め、まだ泣いている。同衾中に多加の夫を死なせ、つい先頃まで着ていた寝巻を下に重ねて泣いているおしのの無神経さが、やりきれなかった。多加は息苦しくなるほどの憎悪《ぞうお》で、じっとおしのの衿もとを見詰めたが、耐えた。

「先生、子供もあることでっさかい、この度のことはご内密にしていただいて、主人は今から家の方へ連れ帰りとうおますけど――」

医者は、当惑したように眼を瞬《しばた》かせたが、

「世間へはもちろん、内密に致しますけど、死亡診断書は所轄《しょかつ》警察へ届け、間もなく警察病院の車が参ります、それで、ご自宅までお運びして下さい」

多加は、庄やんの合乗り用の大きな人力車へそっと吉三郎を乗せて、幌《ほろ》をかけて密《ひそ》かに連れ帰ろうと思っていたのだった。吉三郎の恥ずかしい死に方をできるだけ世間へ隠したかった。——阿呆《あほ》な人、生きている間中、しっぽの出通しやったが、とうとう死ぬ時まで隠しようもない大きなしっぽを出してしもうて——多加は心の中でこう云った。

おしのは、白木の台や線香の用意を整えはじめた。おしのが動くと、多加は生まなましい憤りと嫉妬《しっと》に襲われる。今、おしのには、石のようにじっとしていてほしかった。

「おしのはん、お線香やお水は家へ帰ってから上げまっさかい、どうぞそのままにしといておくれやす」

できるだけ言葉を柔らげて云ったつもりだったが、おしのは蒼《あお》ざめて体を竦めた。

警察病院の車が着いた。三枚重ねの敷布団の上に大きな窪《くぼ》みを残して、吉三郎の体は平たい担架の上に移された。多加はその上に、風呂敷に包んで持って来た吉三郎の紋付を、蔽《おお》うようにして広げた。胸もとのところへ自家の紋をのせてみて、はじめて吉三郎が自分に戻って来たような気がした。担架に随《つ》いて玄関先まで来て、多加は思い出したように敷石の上にある吉三郎の下駄を風呂敷に包み、そっと袂《たもと》にくるみ隠すようにした。ふと横をみると、おしのが、何時の間にか身繕いしてそこに立っている。つい今しがたまで女中や男衆《おとこし》の出入りの激しい玄関先が、一瞬、人の出入りが跡絶《とだ》えて、狭い玄関には多加とおしのだけであった。多加は、おしのを無視するように顔をまっすぐ表通りの方へ向けたまま、自分の履物《はきもの》の上へ右足を載せ、もう片一方を履くために身をかがめたかと思うと、いきなり履物を手にとり、うしろ手でおしのの顔をぱしりっと、はたいた。

あっという瞬間の動作であった。担架を担《かつ》ぐ人々の後ろ姿がすぐ眼の前にあったが、誰も気付かないほどの瞬時の出来事であった。多加はそのまま後も見ず、履物を履き揃えて、何事もなかったように、すっと玄関先を出て俥に乗りかけた。後から追い縋《すが》るような声がした。左頬《ひだりほお》に微《かす》かに泥あとを残しながら、おしのが多加の俥の梶棒《かじぼう》に手をかけた。

「御寮人さん、わても、せめてお線香の一本でもあげに参じとうおます」

二十一になったばかりの、色白で小柄なおしのの顔が、急に老《ふ》けた女のように見えた。断わり切れないような卑屈さである。そして、既におしのは自分の乗る俥を玄関脇《わき》へ呼んでいた。俥の梶棒を上げかけた庄やんが、その手を止めて、多加の顔をちらっと見上げたのを感じた。妾風情《てかけふぜい》にと、腹の中で平手打ちを食わせながら、

「さよか、そんならちょうどええ、あんたも葬礼《そうれん》手伝うてんか」

多加は、反対の言葉を吐いてしまった。

吉三郎を乗せた黒い箱形の病院車が、静かに走り出した。多加を乗せた俥が、庄やんの梶棒で、あとに続いた。そのうしろにおしのの人力車が遠慮がちに、距離をおいて続いた。新町を出て、西横堀川に沿って走り、平野町から淀屋橋《よどやばし》のあたりに来るともう、夜が白々と明けかけていた。鉛色に澱《よど》んだように流れていた堂島川が、急に朝の陽の光を受けて青味を帯び、河面《かわも》が白く輝き出していた。流れも早くなって来たのか、河面の白い漣《さざなみ》が、多加の眼にしみるようだった。出来ることなら人通りのない、夜の明けかけたばかりの堂島川へ、吉三郎の体をざぶんと捨てて、何事もなかったように帰りたいとも思った。多加はそっと、前後に首を振った。三台の俥を連ねて走る奇妙な列、これは一体、何やろ、したいこと仕放題の人間同士の間にはさまって、喚《わめ》きも出来ない私は何やろ——夫の死を聞いてから、はじめて多加は、人にはばからず率直に泣けて来た。次第に早くなった車輪の音の中で、多加は、泣くなら今のうちだと、肩掛に唇を埋めた。

門口に盛塩をし、黒の弔い幕に蔽《おお》われた家は、夜明けの街の中で暗い湿りを帯びている。担架に乗せられ、白布で頭を掩《おお》い、胸もとに黒紋付をかけた吉三郎の遺骸《いがい》は、女中や男衆たちに迎えられて家の中へ入った。小学校一年生になった久男はお梅の計らいで本町の伯母の家へ預けられていた。吉三郎の叔父と、多加の実家の父と伯母が奥の間で待っていた。家を出る時には、夫婦布団に二つ並べて敷いてあった吉三郎の布団が、そのまま北枕に敷き変えられている。担架からおろされた吉三郎をみるなり叔父は、

「阿呆な死に方をしくさって、先に死んだこいつの両親も、これなら先に死に得《とく》やったわ」

と云いながら、榊《さかき》で吉三郎の額に、ぽとぽと水を垂らした。多加の父と伯母は、暫く、息を呑んで吉三郎の死に顔を見ていたが、伯母は多加の方へ向き直ったかと思うと、

「妾の家でいきなり死ぬて、そんなえげつないこと……」

こう云いながら、両手で多加の膝《ひざ》を、ぴしゃぴしゃ叩《たた》いて揺さぶった。

「ついお酒が過ぎて……心臓へ来て……」

いくら伯母にでも、同衾中に死んだとは云えなかった。多加はここで言葉を切って、

下を向いた。中の間の敷居際に、隠れるようにして坐っているおしのの肩先が、ちらっと見えた。

「日陰女にえらい目にあわされて、あんたもよう辛抱でけたなあ、わてやったら、よう辛抱しまへん」

というなり、六十を過ぎた伯母が取り乱して泣きだした。伯母がおしのの顔を知らないことが、この場合の、せめてもの救いであった。多加は今、おしののことに触れられたくなかった。父の孫一が、そこにいるからだった。多加は今、めったに感情を表へ出さない頑《かたく》なな顔を、さらに硬《こわ》ばらせて、孫一はわざと多加から視線をそむけている。吉三郎の相《すがた》をどう見て取っているか、多加には父の面罵《めんば》がすぐそこにあるような気がして、顔をあげられなかった。

お通夜《つや》から、翌日の葬礼《そうれん》まで、万端は吉三郎の叔父と、番頭のガマ口とが取り仕切ってくれることになった。ガマ口は、まだ紋付に着かえず前垂れがけのまま、通夜の客の接待を心配して、お梅のいる台所にまで何度も足を運んだが、多加と顔が合いそうになると、すうっと避けるように立ち廻った。そのくせ、多加の背後から、絶えず気遣いの眼を向けているようだった。ガマ口との付合いから芸人遊びが始まり、またガマ口の奔走から寄席《こや》を始め、小さな成功の躓《つまず》きから妙な死に方をした吉三郎であった。

納棺の時もガマロは、湯灌《ゆかん》を葬礼屋《そうれんや》に任さず、大きな吉三郎の体を右手で抱え込むようにして支えながら、左手で吉三郎の手、肢《あし》を拭《ふ》いて行った。多加が、その死にようから、自ら拭いてやり兼ねる部分まで、ガマロが丁寧に拭き清めた。湯灌を済ませ、白装束を着せ、多加が水白粉《おしろい》の刷毛《はけ》で薄化粧を刷き、黒々とした頭髪に櫛を入れた途端、ガマロの大きな口が醜く引き吊《つ》り、小さな窪《くぼ》んだ眼から何条もの涙が落ちた。櫛をもった手を止めて、見詰めている多加の視線にも気付かず、ガマロは吉三郎の白装束の衿元を摑《つか》んで泣いた。それっきり、ガマロは、多加と顔を合わせても表情を崩さなかったし、葬礼の打合せ以外に、一言も口をきかなかった。そして、おしのを納棺に立ち会わせなかったのも、できるだけ目だたぬように次の間の片隅へ坐らせて置いたのも、ガマロの計らいである。それでも人の気配は微妙に動き、多加に悔みを述べたあとは、きまって壁に体を吸い込ますように薄くなって坐っているおしのの方へ、チラッと眼を配らせる弔問客が多い。その度に多加は、一時《いっとき》も早く出棺して、葬式を終りたいと思った。

ひた隠しにしている吉三郎の死に方が、何時の間にか知れ渡ったらしく、その晩の通夜の客たちは、無遠慮な詮索《せんさく》がましい眼を、多加に向けているような気がした。そんな筈《はず》はない、誰と誰しか知らんのにと、自分に納得させてみても、この恥ずかしい不安が多加の胸に膨れ上って来た。確かめようのない猜疑《さいぎ》に苛《さいな》まれながら、平静な表情をつくろって、同業の席主や落語家、講談師などの弔問の応対をしているうちに多加は苦しい息切れと、咽喉《のど》の渇きに堪えられなくなった。いきなり、足袋のまま台所の土間で生水《なまみず》を立ち飲みし、そのあと、ふらふらと納戸まで来てしまったのだった。

　納戸は、台所と鉤《かぎ》の手の位置にあたり、小庇《こびさし》の出た北向きの昼でも暗い部屋である。立って眼の高さの辺りに切った小窓の前には、隣家との境を示す卯建《うだち》の塀《へい》が迫っている。引戸を開けるなり、真っ暗な中で黴臭《かびくさ》い湿気が板の間から這《は》い上った。多加は、するっと小柄な体を四畳半ほどの納戸の中へ辷《すべ》り込ませ、電燈《でんとう》をつけると、引戸の左側の古い簞笥《たんす》に手をかけた。赤銹《あかさ》びた鋲《びょう》の引手が、きしみをたて、折り畳まれた絹々しい衣服の間から、樟脳《しょうのう》の臭《にお》いが眼にしみた。三段目の引出しに手を入れ、一枚、二枚と着物の裾《すそ》をはね、一番底になった白い衣服を引き摺《ず》り出した。強い樟脳の臭気が納戸一杯にたち籠《こ》め、白い衣服が多加の肩に載った。白い帯がくるくると胴に巻きつけられ、おたいこの垂れをきゅうっと押え込んで、白羽二重の帯〆《おびじ》めを結ぶと、多加は再びふらふらと、もと来た暗い廊下を伝って奥座敷へ引っ返した。

「あっ、白い喪服を――」

と、最初に声を上げて腰を浮かせたのは、多加の伯母であった。伯母の横で膝も崩さず、硬い姿勢で通夜酒を含んでいた父の孫一も、体を前のめりにして、狼狽《ろうばい》した。座敷一杯に坐《すわ》った弔問客が、一斉に多加を見守った。

多加は、初めて自分が、白い喪服を着てしまったことに気付いた。それは多加が堀江中通りの米屋から二十一歳で、西船場の河島屋呉服店へ嫁いで来る時《とき》、ほかの嫁入り荷物とは別に、父が定紋入りの風呂敷に包んで多加に手渡した着物である。真っ白な重味のある綸子《りんず》に、墨色で陰紋《かげもん》をぬいた白い喪服であった。白繻子《しろじゅす》の帯と帯〆めを重ねて、無骨な父が、口ごもりながら、

「船場の商家で夫に先だたれ、一生二夫に目見《まみ》えぬ御寮人さんは、白い喪服を着てころの証《あかし》をたてるしきたりがある、お前が小学校へ入った年に死んだ母親が、もし将来、船場へ嫁ぐような縁があったら、何をおいても白の喪服だけは、持たしてやっておくなはれと、これだけ頼んで死によったもんや」

と前置きして、手渡してくれた白い喪服である。河島屋呉服店へ嫁いでから僅《わず》か四年で没落してしまったが、店仕舞いして下寺町の横丁住まいをするようになったり、冷し飴《あめ》を売るようになっても、この白い喪服だけは手放さなかった。別にこれという考えもなく、古簞笥の底へ蔵《しま》い込んでいた白い喪服をなぜ纏《まと》ってしまったのか、多加

自身にも解《わか》らなかった。ただ憑《つ》かれたようにその着物を着、帯を締めて、そのまま奥座敷へ引っ返して来てしまったのだった。

だが、ものに憑かれたように纏ってしまったその白い喪服が、偶然、そして突然に多加の立場を作ってしまった。通夜の席に居合せた人々は、二十九歳の若い美しさで寡婦になった多加の、厳しい女のこころを、涙ぐましい思いで認めた。

翌日の告別式の時も、読経《どきよう》する僧侶《そうりよ》のすぐ後ろへ坐った七歳の喪主である久男よりも、多加の方に多くの人々の視線が集まった。霊柩車《れいきゆうしや》の後に随《つ》いて、位牌《いはい》を捧《ささ》げた久男の肩を抱くようにして歩いて行く多加を、深い感動を籠めた人垣《ひとがき》が見送った。多加はそんな人々の眼《まな》ざしに、押されるようにして歩いていた。町内衆への礼儀として、町内一丁は歩いてから俥に乗るのが、大阪の古い習慣である。歩みながら、何時《いつ》の間にか多加自身も悲愴《ひそう》な涙ぐましさに心が昂《たかぶ》って来た。三月半ば過ぎの粉をふいたような白っぽい春の陽ざしの中を、多加の白い喪服が陽炎《かげろう》のように静かに、揺れた。

五

吉三郎の遺《のこ》した借財は、思いがけず大きな額であった。寄席《こや》をはじめてから僅《わず》か三年ほどで二つの席を持ち、派手な付合いを通して来ただけに、借れるだけ借って筒一杯《つついっぱい》の商売をしていた勘定だった。天満《てんま》の寄席はともかく、松島の寄席の買取りの金がまだ半分以上も残り、芸人衆への付け届けも新店《しんみせ》の弱さで、はずみ過ぎたりしていた。お茶屋の払いも分に過ぎ、そこここに無理が祟《たた》り、〆《し》めて三万七千円の借金になっていた。大正四年の興行界の不振な時だけに、女手一つに残された借金としては大きな額で、番頭のガマ口も、書き出された吉三郎の借金の金額を見て、意外な顔をした。

「ガマ口はん、わても辛《つら》いけど、万とつく借金が残った上に、まだ小学校へ上ったばっかりの男の子があるし、わてはここで立ち往生でけまへん、二度とお尻《いど》からげして、冷し飴《あめ》売らんでもええようにせんなりまへん」

「地道に呉服屋の商いを続けてたら結構に過せはったのに、もとはわてらに付き合うた旦那《だん》はんの芸人遊びから、こんなことになってしもうて――、初めて天満の寄席探しをしたのもわてだす、御寮人《ごりようん》さん、今度の借金返しも一緒にさせて貰《もら》いまひょ」

ガマ口は吉三郎の葬礼《そうれん》以来、重くなっていた口を初めて開いた。

「よう云《い》うてくれはりました、そやけど、その御寮人さん云うの止《や》めておくれやす、吉三郎も亡《な》くなってしもうたし、今のわては船場《せんば》の御寮人さん違うさかい」

「何云うてはりまんねん、船場で商いして来はって、船場商人の商いごころを守ってはるあんさんは、やっぱり昔通りの御寮人さんでごわすわ」

「おおきに、船場の御寮人さんの心構えで、うちの寄席商いさして貰いまっさ」

翌日から多加は、女中のお梅に、久男の面倒をしっかり頼むと念を押し、これまでの日本髪をつぶして簡単な庇髪《ひさしがみ》に結い直し、着物の裾《すそ》も短か目にきりっと着付けた。そして吉三郎がおしのに買い与えた新町の小料理屋は、辛い中で思いきってそのまま、おしのにやることにした。

一週間も休んでいた寄席《こや》を開くことが、真っ先にかからねばならない仕事だった。最初の十日ほどは、途中で切れた前の演《だ》しものの続演という形で恰好《かっこう》をつけたが、すぐあとの入れものの用意をしなくてはならない。寄席の商いは、日銭《ひぜに》が上るだけに、一日開ければそれだけ大きく、また反対に一日休めば目に見えて懐《ふところ》が細った。入れものの番組は十五日毎《ごと》に組み替えて、その都度、太夫元《たゆうもと》へ注文を出すのであったが、太夫任せにして置くと、端席《はぜき》の情けなさでこちらの都合より、太夫元の都合の方が強くなる。それに女の席主という侮《あなど》りも加わると、余計、分が悪くなるから、多加は、ガマロと相談して、吉三郎の在世時代よりも積極的に太夫元へ注文をつける仕様を取った。芸人の給金は、一晩に四つの席をかけ持ちして、一ヵ月いくらという仕組になっていたから、四席持っている席主ならともかく、多加のように天満と松島の二席しか持たない席主は、他所席《よそぜき》二席とのうまい組合せを考えて太夫元に注文をつけねばならなかった。さらに多加は、不景気を見越して、木戸銭の安い色物本位でやることに決めた。

当時、落語界を二分にしている桂《かつら》派の寄席は、十五の番組のうち、二つだけ色物、一方の三友派も十五のうち五つだけ色物という振り分けであったが、多加は思いきって十五のうち、十まで色物にして、五つだけ落語という向う見ずなことをした。一流席で、黒紋付に羽織袴《はかま》という落語の師匠連を有難がってずらりと並べている時、多加は曲芸師、音曲、剣舞、女講談師、新内、琵琶《びわ》、物真似《ものまね》と目先の変ったところをずらりと並べ、落語は桂派や三友派の中の、上が支《つか》えて不平を託《かこ》っている若手連中を、交互に廻してもらって出番を組んだから、割に太夫元でも注文に応じやすかった。木戸銭は八銭、紋日《もんび》(日曜、祭日)だけは十銭にした。一流亭が二十銭、紋日は三十銭も取っていたから、不景気な一般の懐工合に合って思わぬ人気になった。南や北の一流亭の前を素通りして、わざわざ天満の端席まで足を運ぶ客も多くなって来たが、大看板の師匠連は、依然として色物本位の席を軽蔑《けいべつ》して、天満亭の前を俥《くるま》で通る時は、

「ヘン、場違いの八銭屋奴《め》が!」

と鼻の先でせせら笑って通り過ぎた。こんな捨台詞《すてぜりふ》が、多加の耳に入ると、多加は

血相を変えた。

「ガマ口はん、いつまでも安もんの八銭屋が云われてるのん情け無いさかい、見返せるような上等の師匠ひっ張って来たいもんや」

「そない云うても、師匠連は、色物師と楽屋で顔合わすのも気分悪いほど軽蔑してはるから、うちみたいに色物本位の寄席はどだい無理だす」

「男がやって出来《でけ》へんことも、女が形振《なりふり》かまわんとやったら出来ることもあると思いますねん、男はんみたいに見栄《みえ》やむつかしい顔がないさかい、かえって女《おなご》の方が強うおます、やってみまひょ」

「さよか……」

返事をしながら、ガマ口は、吉三郎の死後、人が変ったように強気にひた押しする多加を、注意深く観《み》た。切れ長い一重瞼《ひとえまぶた》を張り、薄い唇を噛《か》みしめるように結び、くくり顎《あご》をきゅっと衿《えり》もとにひいて、体に更衣《ころもがえ》したばかりの単衣《ひとえ》の衿を詰めるようにして着ている。表見《おもてみ》は地味で平凡な女に過ぎないが、伸子張《しんしば》りのように多加の体の隅々にまで、ぴーんと芯《しん》が張っている。ガマ口は、気圧《けお》されるような思いがした。

多加は、雨の日でも、真打《しんうち》の師匠が俥に乗って眼の前を通ると、はねをかけられるのも忘れて、男を見染めるようにその俥の後まで追って見詰めた。楽屋での祝儀《しゅうぎ》は、旦那はんが死にはったのにと、貰う方が気兼ねするほど、思い切ってはずみ、それが人づてに伝わるのが多加のねらいであったが、一向に看板らしい師匠を引っ張ることが出来なかった。客足の悪い夏枯れに入ると、多加はもう、じっとしておれなかった。

　何を思いついたのか、多加は蒸し暑い四時過ぎの夕陽の中を、浴衣《ゆかた》がけに大きな蝙《こう》蝠傘《もりがさ》を持って、突っかけ下駄で出かけた。まっすぐに寄席《こや》へは行かず、樽屋町《たるやまち》から市電に乗って四つ橋まで出た。四つ橋で降りると、人眼を避けるように用心深く左右を見渡してから交叉《こうさ》点《てん》を渡り、さらにもう一度、辺りの人眼を確かめてから、さっと交叉点の東南に建っている公衆便所へ飛び込んだ。ほてるように熱い夕陽が射《さ》し込み、糞壺《くそつぼ》の中に蛆虫《うじむし》が真っ白になって蠢《うごめ》き、便器の縁一杯に蠅《はえ》が群がって飛び廻っている。多加は、用を足すでもなく、便器の両側へ足を突っぱって立っていたが、眼だけは便所の窓から鋭く表を見ていた。三十分ほど辛抱していると、桂《かつら》派の文次が手拭《てぬぐい》で汗を拭《ふ》きながら、電車から降りて来た。

　かけ持ちで平野町の此花館《このはなかん》へ出るために、四つ橋で乗り替えるのだった。単衣の着流しに、右手に紋付と袴を入れた風呂敷《ふろしき》を持ち、なかなか来そうもない乗替え電車を気ぜわしそうに待っている。多加は便所を飛び出し、電車道を反対側に渡って、文次のうしろから蝙蝠傘をさしかけた。

「師匠、お暑うございます、今から此花館へ？　それは、それはお大へんで、お急ぎでございまひょうが、ちょっとそこの柳のあたりで汗を入れはってからでも――」

と云いながら、文次の袖《そで》を摑《つか》んで川岸の柳の下まで引っ張って来、帯の間から五円札をつまみ出し、手早く懐紙の間へはさんで、

「師匠、これ、ほんのおしるしで、お気が向きましたらどうぞ、うちへもお運びを――」

傘の陰で、文次の袂《たもと》へ五円札を押し込み、

「あ、もうつい電車が来ますさかい、ほんならまたどうぞ――」

傘をすぼめるなり、小走りで背中を見せて走った。まだ陽の高い夏の夕方のことで、人眼もあることだけに、文次は多加のあとを追えず、そのままになってしまった。暫《しばら》く橋のたもとに居て、文次が行ってしまうと、またもとの公衆便所の中へ入って、次の師匠を待つ。乗替えの一番多い四つ橋の公衆便所の中から出たり、入ったりしながら、多加は帯の間の胴乱《どうらん》（革で作った方形の財布）から五円札をつまみ出しては、次々に待ち伏せた師匠達の袂へほうり込んだ。体中が臭うなるような便所の中で糞蠅《くそばえ》に悩まされ、背中にデンボのような汗疹《あせも》もつくりながら、多加は夢中になって札撒《さつま》きをした。

こんな多加の噂《うわさ》が方々の寄席で知れ渡り、中には、自分の方から四つ橋で多加を待ち伏せ、小遣いをせびる下《した》っ端《ぱ》も出て来たが、これには二円に値切って、やはり袂の中へほうり込んでやった。せっかく師匠達に評判を取っても、その師匠のお尻《いど》について歩く連中に、

「あの、おばはん吝嗇《しぶちん》や」

と云われてしまっては、元も子もなくなると料簡《りようけん》したのだった。

この札撒きの験《きき》めと別に、妙なお添えものがついた。多加が、二十九歳の別嬪《べつぴん》の若《わか》後家《ごけ》はんやという噂も広まり、厚かましい弥次馬《やじうま》根性も手伝って、この年の末から、多加の経営する天満と松島の端席にも師匠連の高座がやっとかかるようになった。

正月の表飾りは、天満も松島の寄席《こや》も、紅白の幔幕《まんまく》を張って派手にし、入口際《ぎわ》には菊正宗《きくまさむね》の四斗樽《ざる》を積みあげ、初めて出て貰う枝雀《しじやく》、円遊などの表看板を目立つように張り出した。独りになってから、最初に迎える正月であった。その日、多加は何時《いつ》もより早い目に朝風呂に入り、髪結いに正月らしく日本髪を結わせて寄席へ入った。お茶子《ちやこ》たちにも、新しい紫矢絣《やがすり》の銘仙《めいせん》のお為着《しきせ》に、浮線蝶《ふせんちよう》の紋を入れた朱《あか》い前垂れをきゅっと締めさせ、新調の座布団《ざぶとん》、湯呑《ゆのみ》、煙草盆《たばこぼん》を整えて客待ちした。

正月、三日間は、昼席もかけるので正午になるともう木戸を開ける。この日の番組は、円遊がシバリ（最後から三番目）、新内の呂光《ろこう》がモタレ（最後から二番目）、枝雀がトリ（一番最後）という出番だ。肩のこらない色物を大盛りにした上、真打の枝雀の高座がかかるというので、客の人気が寄って来た。木戸を開けて入れ込みになると、どっと流れるように客足が続く。木戸に坐ったガマ口は、四方八方から群がって来る銭を握った手に向って、右手で銭を受け取り、左手で木戸札を渡し、釣銭の相手は、勘で間違いなく判別して、どんどん木戸札を売って行く。下足の方で、客の怒鳴る声がする。正月、早々の新しい履物《はきもの》で来ているだけに、客が何時もより履物に神経をたてている。早うええ席は取りたい、下足は按配《あんばい》取ってほしいという欲で、癇《かん》が高ぶっているようだった。多加は、すぐ紋付の袂を身八口《みやつくち》にはさみ込み、褄《つま》を裾短かにつまみあげて、土間に下り、自分も客の下足を取った。

「へえ、毎度おおきに、あんさんのお履物は三十八番さん！」

客の脱いだ履物を受け取って、合札《あいふだ》を渡す。下駄は、鼻緒《はなお》をすげた表側同士の上合《うえあわ》せ、靴《くつ》は底合せにして、下足札のついた紐《ひも》でくるっと、廻しにしてくる。この場合、下足紐は履物を吊《つ》る掛釘《かけくぎ》にかかるだけのワサ分を残して結ぶことと、履物を掛釘に吊った時すぽっと脱け落ちぬよう、履物の中程をうまい工合にくくり込むことが下足取りのコツだった。馴《な》れた手付きで、くっくっと履物をくくり込む下足番の権やんの横で、多加は両手を泥まみれにしながら、不恰好な手付きで下足を取る。合札を渡す声ばかりが威勢よく、手もとの方は一向、捗《はかど》らない。

「おばはん、口ばっかりやなしに、上等の下駄、あんじょう頼んまっせえ」

「へえ、どうぞ、粗相《そそう》のないように預からして戴《いただ》きまっせえ」

どんどん脱いで行く客の履物の間を、這《は》うようにして下足を片付けているうちに、午後一時になると、もう昼席は大入りで、下足札が足らなくなって来た。権やんは頭の捩《ね》じ鉢巻《はちまき》にまで土埃《つちぼこり》をかぶり、

「御寮人さん、えらいことでっせえ、下足札たりまへんさかい、札止めして貰いまひょか」

「阿呆《あほ》なこと、お茶子の座布団の敷き方一つで、まだまだ入れ込みが利《き》くのに、下足札足らんいうて札止めでけまっか、今すぐ出来合いの下足札作ったらええやないか」

こういうなり、裏方の男衆《おとこし》に楽屋裏の隅に積んであったリンゴ箱をつぶして鉋《かんな》をかけさせ、鋸《のこぎり》で縦二寸、横一寸四角に挽《ひ》いて数字を書き入れ、大入りの下足札にした。相変らずたて込んで来る客の下足をとりながら、多加は、

「権やん、どうや、わての下足もだんだん早うなるやろ、今に見てみい、一足五秒か

かれへんようになるわ」

他愛《たわい》のない自慢をした。そんな多加を見て、たて込んで来るお客の案内に疲れきっていたお茶子たちは、

「御寮人さんは、えらい女《おなご》はんや」

と眼をそばだたせ、前垂れの紐を結び直した。

五時を過ぎると、新町の瓢亭《ひょうてい》を済ませて廻って来る枝雀が楽屋入りする。枝雀の姿が楽屋口に見えるなり、多加は上気した顔で、素早く出迎え、

「あ、師匠、おかげさんで昼席から下足が鈴なりになり、下足札の追加までさせて戴きまして」

まだ鉋屑《かんなくず》のついている出来合いの下足札を見せ、さっと後ろへ廻って羽織の袖をとって脱がせ、本畳みにして乱《みだ》れ籠《かご》に納め、熱いお茶を勧めるから、枝雀も悪い気はしない。枝雀ぐらいになると、どこの席主にも愛想は云われ馴れているが、いきなり真新しい下足札をつきつけられ、下足が鈴なりになってと云われてみると、もう目の前に客がずらっと並んだような気合いが入る。枝雀のこの日の芸題《ねた》は、十八番《おはこ》の『稽古《けいこ》屋《や》』、前半をさらっと持って行き、落し口で軽妙に跳ねあげて聞かせる枝雀の語り口に、客がわっと沸きたって笑う。楽屋裏で枝雀の噺《はなし》と客の笑いを交互に聞きながら、

多加は四つ橋の公衆便所の苦労を思い出した。

朝になると、小銭貸しの石川きんを訪ねて金を借り、その日の夕方、その金を撒きに行き、また翌朝金を借りに行き、すぐ夕方撒きに行った。しまいに多加の血相が変って来て喧嘩《けんか》腰《ごし》の剣幕で、文句云わんと出してんかと、金を借りに行けば、貸す方のきんも、文句云わんと持っていきと、意地になってどんどん貸し、双方が気狂い沙汰《ざた》のように借り貸しした。疑い深く小心なきん婆《ばあ》さんが、多加との貸借関係になると、まるで醜女の深情けのようにずるずるわけの解《わか》らぬ深みに陥ってしまう。吉三郎と二人で寄席を開いた初めての正月に、気張った入れものを入れられたのも、きんに借りた百円のおかげだった。きんとの出会いや運の良さから、よくここまで漕《こ》ぎつけて来られたもんやと、多加はぞっとするような思いで正月の晴れ着の衿もとをかき合せ、乏しくなった楽屋火鉢《ひばち》の炭火をつぎ足した。

客席がざわめいたかと思うと、枝雀が藍色《あいいろ》の日本手拭で額の汗を拭《ぬぐ》いながら、高座から下りて来た。

「師匠、ほんまにお疲れさまで有難うさんで——」

楽屋布団を膝下《ひざした》へ辷《すべ》り込ませるように敷き、先刻、乱れ籠に納めた紋付羽織をうしろから着せかける。

「いや御寮人さんにまで、そないして戴くと気しんどうて――」

恐縮する枝雀の言葉を引き取って、

「端席でござりまっけど、どうぞこれに懲《こ》りずに、ずっとお願い申します」

と念を入れ、夕方の弁当に柴藤《しばとう》の鰻《うなぎ》と、きも汁《すい》を出して接待していると、お茶子のお清が息をせくようにして、

「えらい失礼ですけど御寮人さん、ちょっと表が困ったことに――」

枝雀に気兼ねしながら目配せして、多加を楽屋のくぐりのれんの陰まで呼び出した。

「表の下足で、お客さんに粗相がでけまして」

聞くなり、小走りに表方へ出てみると、大島紬《つむぎ》の対《つい》を重ね、黒の繻子《しゅす》足袋を履いた男客が、むっつり押し黙っている。

「すんまへん、只今《ただいま》、席主と相談致しまして堪忍《かんにん》して戴きますよって、ちょっとお待ちを――」

しきりにもみ手をして、権やんが吃《ども》り、吃り、詫《わ》びを入れている。男客は下足場一杯に立ち塞《ふさ》がるように突ったって、インバネスの下で両腕を組んだまま、権やんの顔を見ている。大きな声で、怒鳴り散らさないだけに、ことが難しい。多加は、横合いから足袋のままで土間へ飛び下りるなり、

「席主でござりますが、お気の悪いことになりまして、えらいすんまへん」

敷台に頭をすりつけた。

「あんたが、ここの席主ですか」

初めて口をきいた。太い重味のある声だった。

「正月早々に足もとを取られるのは縁起の悪いもんで」

「へえ、ほんまに申しわけおまへん、すぐさまお気のすみますようにお足もとを揃《そろ》えさして戴きまっさかい、ちょっとお憩《やす》みやしておくれやす」

と頼み込み、多加は表へ出て、通り合せた人力車を呼び止め、北の新地の桐吉《きりよし》履物屋へ駈《か》け込んだ。一流亭の木戸銭が二十銭している時であったが、一円三十銭の㊔の焼印が裏側へ入った桐台、本ビロードの鼻緒をすげた下駄を買った。

インバネスを着た男客は、灰皿《さら》を吸殻だらけにし、不機嫌な顔をして待っていた。

その前へ、きちんと新品の下駄を置き、

「お足揃えさせて戴きました、どうぞ、これで堪忍しておくれやす」

敷台の上から揃えた桐柾《きりまさ》の下駄を見、

「うん」

男客は頷《うなず》いて、爪先《つまさき》を鼻緒に通し、すげ工合を確かめてから、下駄を履いた。

「本日は御無礼でおました、どうぞ、またお待ち申さして戴きます」

下足番と並んで、多加は脇下《わきした》に冷たい汗をにじませた。男客は無言で表へ出てから、振り向いた。

「あんたは、女の席主ですか」

「へえ」

多加は会釈《えしゃく》したが、男客はそう聞いたまま、くるりと背中をみせた。

紅白の幔幕や、四斗樽の軒積みに飾られた正月の賑《にぎ》わいの中を、黒いインバネスを纏《まと》った上背のある体が、見え隠れしながら、ゆっくりたち去って行った。うしろ姿の豊かな肉付きが、去年、死んだ夫の吉三郎に似ている。ゆっくりした歩き方も、見覚えのあるような気がした。多加は、瞳《ひとみ》を凝らして、その姿が見えなくなるまで、じっと見送っていた。

楽屋裏へひっ返すと、もう枝雀は堀江の賑江亭の夜席へ廻るのに出たあとで、食べ残しの器が部屋の片隅へ取り片付けられていた。後席《あとせき》にかかる用意で、ガマ口の太いどら声が表の木戸から楽屋まで聞えて来る。多加は思いたったように肩掛をとり、木戸に坐《すわ》っているガマ口に、

「ここはあんたに任せて、わてはちょっと松島の寄席見《こや》に行って来まっさ」

平常は、前の席主であった杉田を差配人にして殆《ほと》ど任せきりにしている寄席であったが、正月はやはり気にかかり、多加は急に冷え込んで来た夜道を人力車に揺られて、松島へ向った。

九時過ぎの川沿いの道は暗く、背筋を抜けるような冷たい風が、俥の幌《ほろ》を通して吹き込んだ。その度に大きな肩掛を頭からすっぽりかぶり背中をまるめながらも、体を小さく縮めた。川沿いの材木問屋の家々の窓から、温かそうな灯《ひ》が川面《かわも》に流れるように落ちている。心斎橋、四つ橋の船場界隈《かいわい》に来ると、人影が多くなり、年始廻りか、かるた会の帰りがけのような家族連れの姿も見られた。紋付袴の旦《だん》那はんのうしろから日本髪の御寮人《ごりょうん》さんと振袖の華やかな嬢《いと》はんが随《つ》いて歩く。五、六歩遅れるようにして、小さな丁稚《でっち》が折詰のような風呂敷包みを抱えてお伴《とも》をしている。先を歩いている旦那はんが、うしろを振り向いて何か云ったかと思うと、御寮人はんが、嬢はんの肩へ手を伸ばし、羽根の肩掛を深く掩いかぶせた。風が冷たいから風邪《かぜ》ひいたらあかんでと、旦那はんが注意をしたらしい様子だった。

多加は、俥の中から、その情景を見詰めていた。急に胸が熱くなり、みるみる自分の瞼《まぶた》がうるんで行くのを感じた。女独りで、正月というのにそそり立つような神経で、商いに力んでいる自分が、哀れにも思えた。車輪が石ころに当ったらしく、ガクンと大きく揺れた。

「すんまへん」

詫びる車夫の声まで、寒々しく水っぽかった。

「かまへん、それよか急いでおくなはれ、車賃はり込みまっせえ」

沈んだ気をまぎらわすようにはずんだ声をかけたが、そのまま声が萎《しぼ》んで行くようだった。

松島の寄席は、松島遊廓《ゆうかく》の表門から一丁程西にあり、間口九間、奥行十間、四百人ほど入る小さな寄席であったが、表構えに古い寄席の格式があった。客の入りはいいらしく、もう十時というのに木戸をおろさず、割引料金で入って来る客に木戸札を売り、お茶子が忙しそうに小走りに案内しているのが外からも見える。多加は太鼓や三味線の賑やかな囃子《はやし》を耳にしながら、肩掛で顔を包んで、裏口からそっと入って行った。

水場《みずば》（休憩時の湯茶の用意をする処《ところ》）を通って、すぐ廊下に出、廊下から客席をのぞくと、客の顔はぎっしり重なり合うように高座に向い、座布団の敷き方に無駄がなかった。楽屋の入口まで来て、ちょっと敷居際を指先でこすってみたが、塵《ごみ》が無かった。

そこで初めて肩掛をとって、

「今晩は、御苦労さん」

と声をかけた。

「あ、御寮人さん、何時《いつ》お見えになりはりましたんで」

杉田が驚いたように振り返った。師匠たちの夜食の用意をしていたお茶子も、

「まあ、いややわ、御寮人さんいうたら黙ってぬうっと入って来はって、お人の悪い」

「そやけど、こうやって覆面して来んと、みんなのほんまの働き見られへんやろ」

半ば本気で、半ばおどけるような顔をしながら、楽屋の隅に置いた円火鉢《まるひばち》のそばへ坐った。

「杉田はん、おかげで大入りでんなあ」

「やっぱり、客の入りは出番の組み方でえらい違うて来ますでんなあ」

日頃、あまり笑い顔を見せない杉田が、古びた金歯を見せて笑った。松島遊廓に近いこの寄席《こや》は、遊廓に上る前にここで十一時まで時間をつぶして行く遊び客が多かった。それだけに番組は、多加と杉田と相談して、出来るだけ肩の凝らない色物を入れて、落語も通《つう》でなければ聞きにくい噺を避け、『いかけや』『寄り合い酒』『かけとり』『胴取《どうとり》』などの俗受けのするものを入れた。その上、その日の客の入りや雰囲気を見

てから、その場で芸題《ねた》をかえて寄席《こや》の好みに合うように計った。その点、杉田は前の席主だけに、この寄席のツボを呑み込んで巧《うま》い工合に演《だ》しものを按配《あんばい》してくれた。この日も正月向きに十五の出番のうち十二まで曲芸や軽口、音曲などの目先の変った色物にして、あと三つだけを落語にしている。

高座には軽口の団七が出ていて、楽屋には落語家の金之助と曲芸の助二郎、音曲の登美嬢たちが出番待ちをしていた。多加は帯の間へ手を入れて、祝儀袋《しゅうぎぶくろ》を出し、落語家には一円、色物師には五十銭ずつ入れた。

「新年はお目出度《めでと》うさんです、今年もどうぞええ出番にしておくなはれ、これちょっとおしるしまで」

赤い熨斗《のし》のついた祝儀袋を配ると、

「毎度、ご贔屓《ひいき》に、こっちこそ大きにお世話さんで――」

と改まって挨拶《あいさつ》する。芸人の眼の早さで、頭だけは結いたての日本髪でも、去年と同じ晴れ着で、帯一本新調せずじまいの多加の衣裳《いしよう》を見て取った。節約《しまつ》しても祝儀だけはきれいに切る多加の心意気が、芸人の心へ素直に伝わる。

十一時のキリまで待って、杉田と木戸銭の上りを勘定し終った頃は、もう十二時を打っていた。寄席の差配人より鋳物屋《いものや》の主人の方が性に合いそうな無愛想で律義《りちぎ》な杉田は、勘定し終った十銭白銅貨を十枚ずつ筒型に並べ、三寸四角に切った反古《ほご》で巻いている。反古の皺《しわ》を丁寧に延ばし、十枚の白銅貨をきちんと巻き、出来上った一円筒を金庫の中へ並べないと気が済まぬらしかった。多加は、几帳面《きちょうめん》な杉田の手元を見ながら、遠くから聞える夜鳴きうどんのチャルメラの音を耳にした。哀調を帯びたチャルメラの音が、しーんと冷えきった夜の街の中で錐《きり》もむように細く鋭い。次第にその音が近付くにつれて、

「うどーん、夜なあーきうどん」

精一杯に呼ぶ声が、チャルメラの音の合間に聞える。

「杉田はん、ちょっとお腹空《なかす》いたみたいなあ、夜鳴きうどんでも注《い》おうか」

「へえ」

小銭包みをする手を止めて、杉田は表戸を細く開けて夜鳴きうどんを呼び入れた。舌の焼けそうな熱いうどんを、フーフー吹きさましながら、多加は一昨年《おとどし》の春先のことを思い出した。

「杉田はん、あれ、確か一昨年《おとどし》の春やったと思うけど、亡《な》くなりはったうちの旦那《だん》はんのあと随《つ》けて、ここへ来たら居《い》てはれへん、どないしたんやろいうて、あんたに問い糺《ただ》しても要領の得んボケたみたいな返事やったけど、あの頃にもう女とできてたん

ですなあ、えらい嫉妬《へんねし》して、あの頃は、あんたも見てて可笑《おか》しかったでっしゃろ」

「早いもんでんなあ、それからこっち、女《おなご》はんやとは思われへんほど、ようおやりやした、わては男でもとうとう、この寄席《こや》、よう持ち耐《こた》えんと、買うて貰《もろ》うたりして——」

杉田は、うどんの汁《しる》を吸いあげ、割箸《わりばし》をもった手を膝《ひざ》の上に置くと、多加の顔を遠慮がちに見て、

「御寮人さん、さっき芸人衆に祝儀《ぽち》をはりこみはりましたけど、あないしはらんかってええ思いますけど、まだ寄席の借金も残ってることだすし——」

「そらそうや、二流の寄席で金も無いのにそないせんでもええのやろ、そやけど今のわては、何でも肥料《こえ》をせんならん時や、肥料の足らん処《ところ》からはろくな産物《もん》出来《でけ》しまへん、肥料が出来て、苗がつくまでがしんどいのんや、わてが煙草《たばこ》一本の楽しみもせんと節約《しまつ》して祝儀切るのは、この苗をつけたいさかいだす、芸人衆へ祝儀切るのはわての商いに資本《もと》入れてるので、一つも無駄になれしまへん、切って、切って、切りまくって、南で一流の寄席持たんことには」

杉田は、多加の強い語気に圧《お》されて、黙ってしまった。杉田のような小心な者には、そんな先の勘定は読めなかったし、読めたとしても、やはり目先の勘定の方が大事だ

った。きっちり上り銭を勘定して、給金のほかに上りの多い日には幾何《いくばく》かの割増し手当を貰うようなことにしか損得《そんとく》勘定がない。それだけに三十になったばかりの若い後家の多加が、目に見えない大きな算盤《そろばん》をパチパチ弾いているのが胸に支《つか》えるほど解《げ》し兼ねた。

遅い夜道を俥《くるま》に揺られて、多加が樽屋町の家まで帰って来た時は、もう一時を廻っている頃であった。薄暗い軒燈の下で、門松の針葉が黒く映え、茎に巻いた奉書紙の白さが眼にしむようだった。門松の飾りつけや餅《もち》つきなど家内《いえうち》の正月の用意を何一つせず、人任せであったことを改めて思い起した。玄関の戸を開けると、中の間の方から明るい電燈の光が洩《も》れている。中の間の炬燵《こたつ》の上では、久男とお梅が、いろはかるたをとっていた。

「あ、お母ちゃん、帰って来やはった」

久男は炬燵布団《ぶとん》をはねのけて、かるたを握ったままぶつかって来た。

「どないしたん、こんな遅うまで、お梅どん、なんでもっと早う寝かしといてくれはれしまへん」

「へえ、どない云《い》うても、ぼんぼんが今日はお正月やからお母ちゃんの帰り待つのやいいはりまして――」

「お母ちゃん、お正月ぐらいかまへんやないか、わい何時も独りぼっちやないか」

睨《にら》み付けるように云ったかと思うと、久男は不意に泣き出しそうな顔をした。独りという言葉が、多加の心に突き刺さった。

「久男ちゃんはちっとも独りやおまへん、学校へ行ったらお饅頭屋《まんじゅうや》の正治ちゃんと仲良しやし、家へ帰って来たら何時もお梅どんがそばに居てくれるやないか」

「そんでも、よそみたいにお母ちゃんとごはんを食べられへん、この前、もの凄《すご》う風吹いた日、今日はお母ちゃんもひょっとしたら、早よ帰って来る思うて、ごはん食べんと、ずっと、家の前で立って待っててん、ほんならお梅どんが、風邪ひくし恰好悪い云うて、無理に家の中へ連れて入りよってん」

泣き出しそうな顔に、九つの子供らしい怒りを見せていた。

「お梅どん、そんなことあったのでっか」

「へえ、なんぼ家の中へお連れしようと思うても、お茶碗《ちゃわん》もって門口に立ってはって、お母ちゃんとごはん食べられへんのやったら、ここで食べるいうて門口でごはん食べかけはりましてん、しまいにわてが辛《つろ》うて泣いてしまいまして、それで、やっと家へ入ってくれはりましたんだす、この間、ぼんぼん風邪ひいてはったんは、実はそれですねん」

「さよか、そんなことがあったんか」

一言こう云うなり、多加はそこへ坐り込んでしまった。久男はまだかるたを握りしめたまま、赤く上気した顔で突っ立っている。その久男の肩を抱くようにして炬燵の中へ入れ、

「久男ちゃん、もうちょっとの辛抱や、お父ちゃんがあんな急に死なはったから、お母ちゃんが、お父ちゃんみたいに働かんなりまへん、独りぼっちや云わんと、お母ちゃんのいえへん時は、お梅が、お母ちゃんの代りに随《つ》いててくれるやないか、な」

多加は、久男を自分の胸の中に抱えて揺さぶるようにして、納得をいかせようとした。こう云わないと誰より自分が泣けて来て、強い商いのこころが崩れて行きそうだった。久男は死んだ吉三郎によく似た濃い眉《まゆ》と眼をもち、唇が男の子にしては紅《あか》すぎる受け口をしていたが、その受け口をきゅっと突き出すようにして、多加とお梅の顔を交互に眺めていた。

お梅は、多加が二十一で吉三郎に嫁《とつ》いだ時、十八の小娘であったが、今はもう二十七歳になっている。だだっ広い額の下に、奥眼《おくめ》の斜視と低い鼻が目だち、口もとだけがよかったが、浅黒い顔色がせっかくの口もとも殺している。そんな不細工な顔を誰よりも恥じて、勝手に嫁《い》かず後家をきめ込んでいる。河島屋呉服店で多加が苦労して

いる時から、寄席《こや》の横で冷し飴《あめ》売りをしている時も、吉三郎が妾宅《しょうたく》で頓死《とんし》した時も、どんな時にも多加の傍《そば》にいて、黙って下働きをして来てくれたのがお梅だった。久男を預けてからは一介の女中というよりも、頼りにする身内とでも云いたかった。和歌山の貧農に生れ、大勢の弟妹を持ち、小さい時から奉公に出されて、弟妹を可愛《かわい》がることがなかったせいか、お梅の久男に対する愛情は親身だった。

「お梅どん、ほんまにわては、ここ暫《しばら》く男みたいな気で働かんとあかんのや、今、止《や》めたら借金が残るだけ、もう一頑張りで苗がついて、放《ほ》っておいても行けるようになるのや、それまで頼みまっせぇ」

「ぼんぼんさえ、それで辛抱してくれはったら」

声を詰らせながら、お梅はそっと久男の方を見た。

「さあ、今晩はお正月やから、なんぼう遅うなってもええわ、今日はお母ちゃんもかるた取りさしてもらいまっせ」

湿っぽい気分を変えるように、炬燵の上のかるたを両手でまぜ返した。久男は嬉《うれ》しそうに炬燵の上へ体を乗り出した。

「お母ちゃん、そないきつうまぜたらかるたがいたむやないか」

「堪忍、堪忍、さあ、うまいことまぜられたら、お母ちゃんが読むから久ちゃんとお梅どんで取ってや、いきまっせ、つ、爪《つめ》に火をともす――」

「ここや、ハイ、わいがとったでえ」

「早うおましたな、ほんなら次でっせ、ら、楽して楽知らず――」

「ハイ、今度もわいや」

「お梅どん、しっかりしなあかんわ、次は、も、桃栗《ももくり》三年柿《かき》八年――」

読みあげていながら、多加は、少しもかるたの読み札の字句を見ていなかった。機械的に読み札をめくり、眼だけはそこへ向けていたが、多加の頭へ浮かんで来る文句を、坊主《ぼうず》の空《から》念仏のように声をあげて唱えているだけであった。頭の中は、明日の出番のことで占められていた。何時の間にか、上の空で読んでいる文句まで、多加の絶えず頭の中にある考えや、生活に繫《つな》がっていることに気がついた。

「お母ちゃん、どないしたんや、同じのん二回読んでるやないか、はじめたばっかりやのに何してるねん」

不服そうな久男の声が、耳もとでした。

「あ、ご免してな、こ、志は松の葉――」

「へえ、わて」

お梅の赤く霜焼けぶくれした手が、多加の眼の前まで伸びた。

「の、野良《のら》の節句働き――」

「ハイ」

久男は、家中に響き渡るような大きな声を張りあげて、夢中でかるたを取っている。お梅も、本気で久男の相手をして大きな手で、四角い絵札を摑《つか》んでいる。多加だけが、別のことを考えていた。母親らしく寛《くつろ》いで子供を遊ばせていながらも、知らず知らずのうちに明日からの商売に多加の心が動いていた。

六

法善寺の金沢亭が、売りに出ることを耳にしたのは、それから二年目の大正七年の新春であった。

多加は、正月の松の内の慌《あわただ》しさを越して、ほっと一息ついた。平常の三倍にもなっていた客足も十五日を過ぎると、さすがに小戻《こもど》りする。多加は、客の案内で僅《わず》かの間に薄汚れてしまった晴着の裾廻《すそまわ》しを、畳の上一杯に広げて、手入れをするでもなく、ぼんやり、狭い中庭を眺めていた。手洗い鉢《ばち》の横から伸びた、部厚な八つ手の葉の窪《くぼ》みに、まばゆいほどの陽溜《ひだま》りが出来ている。乾いた風が吹くたびに、廊下の硝子戸《ガラスど》越しに、青味を帯びた光線が、多加の坐《すわ》っている畳の上にまで吹き落ちた。

突然、大きな影が、明るい陽ざしを横切った。番頭のガマ口が、いきなり不作法に座敷へ入って来た。

「御寮人《ごりょうん》さん、えらいことなりよりましたで――」

「なんや、えらい慌《あわ》てて」

「それが、その、法善寺の寄席《こや》が……」

「ええ、法善寺が……、買えるいうのんか……」

多加は、思わず眼の前に広げていた晴着の裾を握りしめた。

「へえ、あの法善寺の金沢亭が売りに出てますねん、今、さっき、桂《かつら》派の小燕《こえん》はんが、内緒で耳うちしてくれましてん」

「ほんまか、そら、買いたい、わてに買わしてんか」

「まあ、落ち着いておくれやす」

両手で、多加の袖口《そでぐち》を引っ張るようにして制しているガマ口も、上ずったしわがれた声を出している。

金沢亭が売りに出そうだということは、もう大分、以前から取り沙汰《ざた》されていたことだった。色物が多くなって行く寄席《よせ》界の中で、金沢亭だけは、最後まで色物を拒む桂派の牙城《がじょう》であったが、真打《しんうち》の文枝《ぶんし》、仁左衛門《にざえもん》を失《な》くしてからは不振になっていた。その後、元三、枝雀《しじゃく》などの看板師匠も内輪もめで桂派を出てしまってからは、さすがに南の一流亭の金沢亭も揺らぎ出していた。それでも一流亭らしく、何とか持ち堪《こた》えそうに見えていた矢先であった。

「それが御寮人さん、金沢亭みたいにほんまの大阪落語を聞かすのや云《い》うて、お上品に桂派の落語ばっかりやってたとこは、しんどいことだす、頼りにしてる真打の師匠に死なれたり、脱《ぬ》けられたりしたら、それでしまいだす、それに一般のお客の人気は、色物入りの目先の変った寄席《こや》の方へ移って来てまっさかいな、今度は、金沢亭も売りまっせえ」

「そやけど、紅梅亭がこの話を、黙って引っ込んでへんやろ」

多加には、同じ法善寺横丁の西と東とで、長年、鎬《しのぎ》を削って来た三友派の寄席、紅梅亭の出方が、すぐ頭へ来た。

「さ、そこだす、今まで桂派の寄席《こや》、三友派の寄席《こや》などと名乗って固めてたところは、かえってやりにくおます、金沢亭は、まさか三友派の寄席《こや》へ身売りの話もでけまへんやろし、第一、両方の寄席の師匠らが承知しまへん、これは買えまっせ」

「ほんなら、何時《いつ》が時機《とき》だす」

喋《しゃべ》り続けていたガマロの口もとが、ぴたりと止まった。うっかりした返事をすれば、すぐさま、多加が飛び出して行きそうな気配であった。

「さあ、その時機《とき》だすけどなあ、こないお互いに理由《わけ》があって、競《せ》り合うてる時は、暫《しばら》く見てる方が賢うおますやろ」

「そうしてたら、人間て賤《あさま》しいもんで、強敵にならんようなところへ、お鉢が廻ってくるもんやと、いうやおまへんか」

多加とガマロの最後の意見は、同じであった。すぐにでも桂派、三友派の寄席《こや》のほかに、新桂派、寿々女会《すずめ》などの寄席《こや》や、師匠達の間を廻って、金沢亭の様子を聞いてみたかったが、その衝動をじっと押えて、買い時機《どき》を見計らっていた。

案の定、一カ月経《た》つと、向うから売りの話がついて来た。多加が太左衛門橋を渡って、宗右衛門町の川筋に面した『菱富《ひしとみ》』の奥座敷へ通ると、七十近い金沢亭の席主が、床の間をうしろにして坐っていた。多加より一足先から来ていたガマロは、揉《も》みつぶれてしまいそうなほどの揉み手をして、お酌を勧めていた。

「えらい遅うなりまして、ちょっと出際《でぎわ》にお人がござりまして堪忍《かんにん》しておくれやす」

多加は、敷居際に手をついて、顔を低く伏せた。

「あ、天満亭《てんまてい》のお多加はん、話は、今、ようガマロはんから聞いておます」

「へえ、まあ、御酒《ごしゅ》でも召し上ってから」

多加は、酩酊《めいてい》しかかっている金沢亭の下座に坐って酒を勧めた。既に商談のトごしらえはガマ口に十分させてあるから、多加は話を切り出さず、仲居が運んで来た料理を受け取って食卓の上へ並べたり、如才なくお銚子《ちょうし》を取りあげて金沢亭の盃《さかずき》を満たした。金沢亭も、多加の肚《はら》を探り入れるように黙って、盃を口に運んでいたが、急に脇息《きょうそく》から体を起して、

「ところで、お多加はん、今度はちょっと高うおまっせえ」

と、切り出した。

「いきなり、女なぶりは、きつうおます、なんし、後家の細腕一本でっさかい、気張って、まけておくれやす」

軽く振りきり、多加は張りのある一重瞼《ひとえまぶた》を細めながら、油断なく金沢亭の気色《けしき》を見て取った。

「後家はん云うたかて、あんたはたいした後家や、女や思うて甘うみてるうちに、ちゃんとした一本立ちの席主になって、こうしてわいにも買いに出てはる」

ここで言葉を切ったかと思うと、袷《あわせ》の胸もとをはだけて、胸まで巻いたゴム編の毛糸の腹巻から、懐中用の豆算盤《まめそろばん》を取り出した。

「わいも寄席《こや》を手離すからには、もう齢《とし》だすし、あとは貸家業でもして楽隠居する気やさかい、まとまった銭を握らして貰《もら》いまっさ」

銚子と盃の間へ算盤を置いて、斑点《しみ》の入った皺《しわ》だらけの手で、ゆっくり算盤珠《だま》の桁《けた》を整えた。

「まあ、そない、気忙《きぜわ》しゅう切り出しはって、フ、フ……」

多加は、低く笑った。

「いや、この勘定次第で、酒の味まで違うて来まっさかいな」

白髪になった眉《まゆ》の下から、勘定高い眼を向けた。

「あ、その方は、手前が、うかがわせて戴《いただ》く役でおます」

ガマロが、這《は》い出すように前へにじり出た。

「席主のお多加はんが来はったら、もう番頭は引っ込んでんか、なんや、つぶれたガマロみたいな大きな口パクパクさして」

はたきつけるように云い、机の上の算盤をぱちりと、弾《はじ》いた。

「南の一流亭の、のれん料も入れて、これで、どうだす」

手垢《てあか》で黒光りになった珠が、二万三千円と弾き出された。

「二万と三千、そら、えげつないでっせえ、一つこれでどうだす？」

多加は、ついと白い指を伸ばして、眼の前の算盤珠を、パチパチと器用に下げた。

「あかん、お多加はん、そんな手荒い珠のいらい方あるかいな、ほんなら、これでどうや、五分引きや」

──二万七百円──

「阿呆《あほ》らしい、こんな取引は二割方の値幅を見込んではりまっしゃろ、そいで、せめて一割は泣いて(値引き)おくれやす」

──二万一千八百五十円──

「最初から、きれいに五分引きにしてるのや、たった一千百五十円の差やおまへんか、そんな汚ない女勘定《おんなかんじよう》云わんときなはれ」

金沢亭は、せせら嘲《わら》うようなあざとい笑い方をした。七十の老耄《おいぼ》れに似合わぬ凄《すご》みのある侮《あなど》りである。多加は、ふっと、怯《ひる》みかけたが、

「たった一千百五十円やおまへん、木戸銭十銭、定員四百人の寄席《こや》で一千百五十円水揚げしよう思ったら、一カ月満員にせんなりまへん、商人《あきんど》いうもんは、どない大きな肚《はら》持ってても、算盤珠弾く時だけは、細こうに弾くもんだす、二万七百円は、わての筒一杯《つついっぱい》の出銭《でがね》だす」

「ふうん、さよか」

金沢亭は軽く受け流しながら、多加の強靱《きょうじん》な商い腰に、やや虚を衝《つ》かれたようだったが、煙管《きせる》を取り出し、一服喫《す》いはじめた。喫い終ると、癇症《かんしょう》らしく煙管を何度も吹き通してから、今度は有無を云わさぬ強引さで、

「ほんなら、お互いに歩み寄って、端数《はすう》を落して、これで手を打ちまひょ、二万一千円——」

「えらい、せっかくですけど、わては家を出る時は、二つ（二万円）の心づもりで来てるぐらいでっさかい、はじめ弾いた二万七百円以上は、算盤が逆さになっても応じられまへん」

「あんたも、なかなかしぶとい女《おなご》はんや、色気が無《の》うても、顔にちゃんと金気《かねけ》が出てる、さあ、この辺が、もう、取引のきりだっせえ」

多加は突きつけられた算盤を前にして、前屈《まえかが》みになったまま、押し黙った。胸の中では、二万一千円ならまあ買いもんや、そやけど、寄席《こや》の手入れにも銭のかかる時やから、値切れるだけ値切りたいと胸算用した。だが、金沢亭の顔には、老《おい》の一徹に近い癇気《かんき》が来ている。貸家業をして家賃で食べたいという肚を読んだからには、この辺で手を打つべきやろか——。ちらっと、ガマロの方を見た。ガマロは眼で合図した。

多加は軽く頷《うなず》き、金沢亭へ向き直り、

「ほんなら、二万一千円で手を打ちまひょ、その代り銀行で借りる金でっさかい、三回割り払いということにしておくなはれ」

「それもあかん云うたら、親子ほど齢《とし》の違う女の尻《けつ》の穴までしゃぶりよったいうことになるやろ」

と云い、金沢亭は、穴のあくほど多加の顔を見、

「お多加はん、あんたはえらい女《おなご》の大阪商人や、値切られへん思うたら、せめて銀行利子だけでも浮かしたろいう根性やな、よっしゃ色つけて三回割り払いにしまひょ」

金沢亭は、ポーンと多加の左肩を敲《たた》いた。大阪商人が、よっしゃと云って、ポーンと肩を敲けば、もう証文なしで商談が成り立っているのである。多加は、敷いていた座《ざ》布《ぶ》団《とん》から辷《すべ》り降りた。

「おおきに、金沢亭を譲って貰《もろ》うた上に、女《おなご》の大阪商人やとまでいうて戴いたら、てなりののれんを、この寄席《こや》に掲げさして貰います」

多加は、自分の大見得きった台詞《せりふ》に驚いた。夫の吉三郎が妾宅《しょうたく》で急死した時、残したものは、多額の借金と小さな子供であった。寄席を売るにも、担保に入って売れない状態であってみれば、残された寄席商いを続けて行くしか方法がなかった。吉三郎の敷いて置いた軌道の上で、自然の成行きで商いをして来ただけなのに、今、思わず

口を衝いて出た言葉で、初めて自分が商人以外の何ものでもないと悟った。多加は、白い喪服を着て夫の柩《ひつぎ》を送った日のことを思い出した。春の明るい陽ざしの中を、長い葬列に連なって、まばゆいばかりの白い喪服を着て歩いたその時の一途《いちず》な思いと、張り詰めた意地が甦《よみがえ》って来た。多加は、自分の唇を嚙《か》みしめた。女にはいろんな一生の賭《か》け方がある。夫に賭ける女、子供に賭ける女、情夫に賭ける女、二夫に目見《まみ》えぬ象徴《しるし》の白い喪服を着てしまった多加は、商いに賭けた。

二月初めの吉日を選んで、買いとった金沢亭を花菱亭《はなびしてい》と改め、天満亭も、松島の芦辺館《あしべかん》も同時に、天満花菱亭、松島花菱亭と席名を改めた。多加は三十二歳、一人息子の久男は十一歳になっていた。新しい寄席の手入れは、舞台《いた》の正面の襖《ふすま》を、新しい若松の絵の杉襖に取り替え、舞台の下の板張りは網代《あじろ》、畳は、白と黒の市松模様の畳表を特別に編ませた。これは一見、みてくれがいい上に、汚れ目がたたないという多加の思いつきであったが、高座の師匠たちは、上からずいと見渡して、粋《いき》な畳やと喜んだ。

表木戸から客席へ通る間口六尺の入口には、藍地《あいじ》に四季の花々を朧染《おぼろぞめ》にし、中央に匂《にお》うような白さで『花菱亭』と染め抜いた花のれんを掲げた。多加の女の商人としての、厳しい商いごころを籠《こ》めたのれんであった。

多加は、真っ先に師匠達を連れて堂島へ、席開きの挨拶《あいさつ》に行くことに決めた。堂島は関西の米相場を牛耳って、大阪の料亭、花街、芸界などに羽振りを利《き》かせていた。もし堂島が肩入れして引幕《ひきまく》でも出せば、その日からでも、千両役者になれるというほどであったから、曾《かつ》て五代目菊五郎も道頓堀《どうとんぼり》の角座《かどざ》へ出る時、真っ先に堂島へ挨拶に行ったのだった。

「ガマロはん、師匠らに按配《あんばい》云うて来たか、時間に遅れんように堂島へ行けるなあ」

多加は、何時《いつ》もの庇髪《ひさしがみ》と異なり、今日は日本髪に結いあげて黒紋付を羽織り、朝から曇り出している空模様を、縁起をかついで気にしていた。

「ご心配おまへん、師匠らも堂島には、御贔屓《ごひいき》さんが多いよって、みんな遅れんと揃《そろ》うて来はります、それに菊五郎はんの時のえらいことも知ってはりますし……」

「あの時、せっかくご挨拶に行きはったのに洋服着てたのが生意気や、あいつの上座はみんなはたき返せ云うて、突き返されましてんやろ、その上、総見《そうけん》は取り止《や》め、予定の初日が開けず、えらいことやったそうやな」

「その代り、うまいこと肩入れして貰うたら、それだけ気強いということだす」

十時になると、小文枝、円太郎、文柳、文吾などの師匠が、紋付袴《はかま》に白足袋の威儀を正して花菱亭へ集まった。ここから小文枝を先頭に俥《くるま》を連ねて堂島へ向い、堂島浜通りにかかるとすぐ俥を降りて、仲買商の軒を並べる町角まで歩き、堂島きっての仲買である吉村商店へ最初に足を運んだ。五間間口の店先へ入るなり、多加は扇子を膝《ひざ》にそえて、腰を屈めて挨拶した。

「法善寺の花菱亭でござります、大旦那《だんな》はんに、師匠を連れて新店《しんみせ》の口上に参じました、宜《よろ》しゅうお取り次ぎを願いとうおます」

前もって時間を伝えてあったせいか、すぐ店主の大旦那がくぐりのれんの間から顔をのぞかせ、

「さあ、どうぞ奥へお通りやす」

気安に招じ入れる。商いの邪魔にならぬよう通庭《とおりにわ》を伝い、店の間を素通りして中の間へ通る。ここで改めて、小文枝から順に上《あが》り框《がまち》に手をついて、

「小文枝でござります、どうぞ宜しゅうに」

自分の紋の入った扇子と、手拭《てぬぐい》を添えて慇懃《いんぎん》に挨拶すると、

「ご丁寧に憚《はばか》りさん、出番は何時だす」

と犒《ねぎら》われる。こんな挨拶と仕儀を、軒並みにして廻ったのが評判になり、花菱亭の初日は、堂島のええ衆《し》(金持)の旦那連が、ずらりと桟敷《さじき》に顔を並べた。

しかし、そんな景気も初めのうちのお祝儀《しゅうぎ》客の続く間だけで、もともと法善寺の一

角に根城を張っている三友派の紅梅亭に比べると、落語家の顔ぶれが劣っているから、長い人気は続かない。大阪一の娯楽街の中心地だけに、目先の変った色物にいくら力を入れても通用しない。やはり芯《しん》に、真打《しんうち》の落語家を持っていなければ相手にされなかった。三友派の紅梅亭には、松鶴《しょかく》、文団治、福松などの名人が名前を並べていたが、花菱亭の方は大看板といっても小文枝、文柳ぐらいで、とても太刀打ちが出来ない。木戸銭も紅梅亭の二十銭に対して十銭にしたが、遊蕩客《ゆうとうきゃく》や通《つう》の多い法善寺界隈《かいわい》では、木戸銭の高い安いなど問題にしない。

「ホウ、新店もえらい頑張っとおるなあ」

声だけかけて、花菱亭の表看板を一瞥《いちべつ》して素通りし、そのまま馴染《なじ》みの紅梅亭へ入って行った。こんな客の姿を木戸から見ていた多加は、体を逆さまにして振り廻されたように、口惜しがった。

「ガマ口はん、色物で木戸銭安うして、大衆受けするのもええけど、やっぱりもっと真打の師匠を入れて、通《つう》ぶってるお客の胸ぐらも摑《つか》んでみたいやないか」

「そらそうだすけど、真打の師匠らはいろいろと面子《めんつ》や義理があって、電車乗りかえるようにあっちの寄席《こや》から、こっちの寄席《こや》へ移られしまへん、それに四つ橋の公衆便所の手みたいに、今度は簡単に行く相手やおまへんしな」

ガマロは、重い口調で云った。銀行で借金して寄席を買うた当座は、意地や体裁を張らずに商いするというのが、ガマロの仕儀であった。

「そら解《わか》ってる、そやけどせっかく一流の場所へ出て来たんやないか、どない無理してもやってみたいのや、云うてみたら、ええ師匠はわてらにとっては言葉《もの》いう商品だす、ええ商品が無かったら、ええ商い出来《でけ》へん、死にはった旦那はんの石碑とは云わへんけど、わての腰巻質においてでもやってみまっさ」

「無理せん方が宜しでっけど、な」

こう云ったきり、ガマロは、また黙ってそっぽ向いた。吉三郎が生きていた頃は連れになって出鱈目《でたらめ》をしていたガマロが、吉三郎が死んでから急に人が変ったように慎重で無理をしない男になった。齢《とし》からいえば、まだ四十五の男ざかりというのに、妙に年寄りじみていた。

七

翌日から多加は、寄席《こや》がはねると、あとの始末をガマロに任せて、紅梅亭から二丁ほど先の戎橋《えびすばし》筋へ出る四《よ》つ辻《つじ》で、電信柱の陰に隠れて佇《たたず》んでいた。四月になってから、かえって肌寒い日の続く気狂《きちが》い天気に、多加は袷《あわせ》の衿元《えりもと》をかき合せて、片袖《かたそで》で顔を掩《おお》うようにしていた。出の遅い客のあとから、楽屋番に見送られ、師匠達が早足で多加の姿に気付かず、通りすぎた。それでも多加はじっとそこに立っていた。暫《しば》くすると、鼻先で白粉《おしろい》の匂《にお》いがしたかと思うと、紅梅亭のお茶子《ちゃこ》が四、五人連れだって来た。多加は、くるっと体の向きを変え、今その辺りから歩いて来たような何気ない振りをして、お茶子とすれ違った。

「あ、今帰りでっか、うちのお茶子も、今帰ったとこだす、毎晩遅うてえらいことでんなあ、そやそや、どっかこの辺で何か食べまひょうな、わてもお腹空《なかす》いてるとこや、付き合うておくれやすな」

浮き浮きした調子で云《い》った。一瞬、こだわる様子を見せた紅梅亭のお茶子達も、多加の浮わついた調子に、気が緩み、どうせ後家はんの退屈しのぎの散財と、軽く考えた。

「さ、ちょっと行きまひょ」

「ほんなら、ちょっとだけ招《よ》ばれまっさ」

齢嵩《としかさ》なお茶子頭のお政が口をきると、あとは申し合せたように多加に随《つ》いて来た。

正弁丹吾《しょうべんたんご》ののれんをくぐった。十一時を廻っていたが、番台を取り囲んで七、八人の男客が腰を据えていた。銅《あか》のおでん鍋《なべ》の中に、自慢のコロ（鯨肉）とてんぷらが、ぐつぐつ煮えたっている。偏窟《へんくつ》のおっさんが、無愛想な顔で長い箸《はし》を動かしながら、黙って眼だけで挨拶《あいさつ》した。多加は、おでん鍋の前に席を取って、酒を注文した。土間の真ン中に置いた四斗樽《だる》から、酒をなみなみと桝《ます》で計って湯婆《たんぽ》に入れ、銅壺《どうこ》で燗《かん》をして、すいと湯婆のままで番台へ酒を置いた。酒好きのお政は、燗のきいた黄金色の酒をみるなり、卑《いや》しいほど口が軽くなった。

「まあ、御寮人《ごりょうん》さん、お忙しいのに、こない気を使うて貰《もら》いましてすんまへん、そいで、なんぞ、御用でも――」

お政は、多加の顔色をうかがい、阿《おもね》るように、それとなく詮索《せんさく》する。ほかの四人のお茶子は、そんなことに頓着《とんちゃく》なく、お政の相伴《しょうばん》になって、おでんの皿をつついている。

「いいや、何も用おまへん、なんし後家のことやし、早う帰っても仕様《しよう》おまへん、そんな時は、ここへ来て、わてらのこの頭の上にぶら下っている算盤珠《そろばんだま》を見て、おいしいもん食べてたら気も晴れまっしゃろ」

多加は、庇髪《ひさしがみ》を仰向けて笑った。黒い大粒の算盤珠を十個通した棕櫚縄《しゅろなわ》が、縄のれんのように手を伸ばせば届く高さにぶら下っている。客が湯婆の酒を一本空けるごとに、棕櫚縄の上部に並んでいる珠を、自分で一つ一つ下へおろして行く仕掛になっているから、何本飲んだか手前《てまえ》勘定が出来る。それに十個目まで来ると、偏窟のおっさんが、もう算盤済《す》んだで、たんと銭使わんと帰りぃと、むっつり云うのだった。

「ここのおっさん、こんな算盤珠を頭の上へぶら下げて飲ませるような商売、よう思いついたもんでんなあ、御寮人さんでも、感心しはりまっか」

お政も、多加に相槌《あいづち》を打ち、ちょうど眼の前の湯婆が一本空いたので、つと手を伸ばして、頭の上の算盤珠を一つおろした。

「お政はん、女かて、大阪の女《おなご》は昔からの見よう見真似《みまね》で、根性のある商いでけるもんだす、根性さえあったら、どんな小さいことにでも眼が通って才覚の利《き》くもんや、あんたかて、お茶子頭なら、お茶子頭なりの才覚いうもんがおまっしゃろ、まあ、しっかり、女同士でええ商いやりまひょな」

「まあ、まあ、御寮人さんと一緒にして貰うたら、女冥利《みょうり》に尽きるというもんだす、なあ、あんたらもそう思うやろ」

お政は、酔いの廻った眼で、若いお茶子達を見て、だらしなく笑った。何時《いつ》もは嗜《たしな》む程度にしか飲まない多加であったが、お政に合わせて多加も無理をして盃《すかずき》を交わした。女ばかりで飲む席ははじめの取付きは悪いが、飲み始めると、俄《にわ》かに馴《な》れ親しくなり、すぐ出て来るのが身の上話にきまっている。真っ先にお政が酔っぱらい、歳下《としした》

の亭主で、袋物の職人をしている男の甲斐性《かいしよう》無さと、甲斐性無しのくせに女癖の悪い性分をさんざん毒づいたあげく、

「そいでも、わてはちっとも、別れる気おまへん、女て業《ごう》なもんでんなあ、あんな男がええて――」

急に袖で顔を掩い、大声をあげて泣き出した。

「そら、またお政姉ちゃんの泣き上戸がはじまりはった、これやさかい、かなわんわ」

一番歳若で、先刻《さつき》からお政が膝《ひざ》にこぼしたおでんの汁《しる》や、酒のシミを小まめに拭《ふ》きとっていたお茶子が、お政の背中をよっしゃ、よっしゃと頷《うなず》きながら摩《さす》った。多加もお政の肩をやんわり叩《たた》き、

「それでよろしおますねん、旦《だん》那はんの苦労は、達者でいて呉《く》れはってこそ出来ますねん、達者が何よりでっせえ」

多加は、死んだ吉三郎の情のこもった優しい眼つきを、生まなましく思い出した。甲斐性のない男を持った情け無さに這《は》いずり廻るような苦労をしながら、その男の弱さと優しさに引きずり込まれて行く女の業が、多加にも覚えがあった。情けないと思いながら、そんな男に纏《まと》わり付いて行く甲斐性女の哀れさが、身に応《こた》えた。

「さあ、お政はん、帰りまひょ、大分遅うおますし、旦那《だん》さんが待ってはりまっせ」

「ほんまに、ほんまに」

お政はがくん、がくんと首を頷かせ、よろめく足もとを歳若なお茶子に支えられながら、表へ出た。多加は、通り合せの人力車を呼び止め、お政を俥《くるま》に乗せてやった。

「さいなら、また遊びまひょな、お休み」

と云い、誘った時と同じ気軽さで、さっと別れた。

こんな付合いが何回も繰り返されると、はじめは時々、思いだしたように警戒していたお政達もすっかり気を緩めて、紅梅亭のはね時になると、吝嗇《けち》な自分達の席主の眼を掠《かす》めて、また御寮人さんに奢《おご》って貰おうなどと、厚かましくなって来た。それでも、多加は相変らず陽気な顔をして、正弁丹吾、お多福、夫婦善哉《めおとぜんざい》と、法善寺横丁のうまいもん屋を連れて廻り、時たま、祝儀袋《ぽち》の一つもやったから、紅梅亭の楽屋で出番待ちをしている大看板の師匠連の耳にも噂《うわさ》が入った。面白《おもろ》い女席主やな、一回ぐらい付き合うたってもええな、それに別嬪《べっぴん》の後家ときてるらしい――、こんな好奇心が師匠達に起りかける。そんな時機を見計らったように、お茶子頭のお政が、

「師匠、今晩ぐらい久しぶりでお帰りにどっかへ、お伴《とも》さして貰いまひょか」

「ふん、それもええな」

と師匠たちは答える。寄席《よせ》のお茶子頭は、ちょうど料理屋やお茶屋の仲居頭のようなものだった。お茶屋で仲居頭の裁量一つで、座敷の良し悪《あ》しや芸者の顔ぶれが定まるように、寄席でもお茶子頭の裁量で出番や楽屋内での人気が定まり、特に御贔屓《ひいき》筋の受けが違って来る。上客を桟敷《さじき》に案内しながら、旦那はん、次の番替り（十五日毎《ごと》に替る）からは文団治師匠が出はりますねん、どうぞその節は御贔屓にと、念を入れて貰って置くと、人気が違って来る。それに古顔で年増《としま》のお茶子頭なら、師匠達のうだつの上らない駈出《かけだ》し時代に、ちょいとした借りもある。それだけに、一口に寄席のお茶子ぐらいがと云い切ってしまえぬことがあった。大看板の師匠ともなれば、別に気を置くことも無いが、お茶子頭の気分を悪くするような馬鹿《ばか》なことはしない。

師匠のお伴をしてというより、お政が案内するように、千日前の小料理屋の腰掛へ坐《すわ》ろうとしていると、ばったり、多加と顔を合わせ、

「まあ、まあ、これは師匠、お珍しいところで、花菱亭《はなびしてい》の河島多加でござります、わて独りでっさかい、まあどうぞこちらでお相伴さしておくれやす、あ、お政はんもご一緒に――」

断わる間も与えず、師匠の手を取って二階の座敷へ案内し、座持ちのうまい芸妓《げいこ》を呼んだ。寄席の話など一言も云わず、揚げた芸者に踊ったり、唄《うた》わせたりし、多加も

習いはじめた小唄を口ずさんだりして座持ちをした。高座では客の聞きとりに神経を尖《とが》らし、あとの御贔屓の座敷では、馬鹿にされない程度の勤め気を出さねばならぬ師匠達であったから、三枚重ねの座布団《ざぶとん》の上に奉《たてまつ》られ、大尽気分になっていい気な遊びをするのは楽しみである。こんな気分を呑《の》み込んで、多加も何か一こと云うたびに、

「そうでっしゃろ、師匠、師匠、師匠がそない思いはりまっさかい、つい楽屋のお茶子はんや芸者衆も、師匠、師匠、師匠と人気になりますねん、師匠も大分、お人が悪うおまっせ」

と、頻繁《ひんぱん》に師匠を連発する。

「いや、わてはそんな人悪うおまへん、これでも嫁はん孝行で」

「手放しで、まあ、師匠」

さらに師匠、師匠で煽《あお》りたてると、たいていの師匠達は、急に箔《はく》が付いて天下の名人になったような気になり、つい、多加の懐《ふところ》で豪遊してしまった。帰り際《ぎわ》には、ひょろ、ひょろ立ち上り、

「ほんなら、今度は一回、花菱亭の方へも出て景気付けたげんといかんなあ」

と口に出してしまった。

こんなことがあって暫くすると、お政が多加を呼び出し、師匠が花菱亭へ出る気になった気配を報《しら》せる。酒の座の調子で云った言葉だが、お政から、師匠、あない云い

はったからには、一回、顔出しせんと義理悪うおますわと突《つ》かれる。そうなると、まあ一回だけと花菱亭へ出ることになる。一人が口火を切り出すと、次々に花菱亭へ出るようになり、紅梅亭の席主が、気付いた時は、もう法善寺の東と西に位置する花菱亭と紅梅亭の二つをかけ持ちするのは、一流の師匠連の常識のようになっていた。

その上、文団治一派と、この頃の寄席の人気を引っ攫《さら》っていた桂春団治も三友派から脱《ぬ》けて、花菱亭へ出るようになったから、桟敷は連日大入り満員になった。お政も、紅梅亭を止《や》めて、花菱亭へ移った。大きな御贔屓筋をよく知っているから、鞍替《くらがえ》と同時に御贔屓を廻り、花菱亭の挨拶をして置いたので、お政の客がよく桟敷へ通った。

下足番はお政の客の顔が見えると、きまりの下足札など渡さず、

「へえ、別にお預かりさして戴《いただ》きます」

と挨拶して、下足紐《ひも》で鼻緒《はなお》の型がくずれるのを嫌う客のために紐で結わえず、別の場所へ揃《そろ》えて仕舞っておく。お政はどんな満員の札止めの時でも、贔屓客の場所を心づもりして取って置き、下足番から連絡があると、すぐ座布団と煙草盆《たばこぼん》を持って桟敷へ案内する。贔屓客は六時から十一時まで、べったり聞くような野暮なことはしない。聞きたい番組だけに、ちょっと顔出しするので、九時を廻って顔が見えないからなどと安心は出来ない。お政は手持ちになるのを覚悟して、何時も五つ、六つの席は取り

っ放しにしている。満員になって来ると、木戸の方から、

「わざわざ、足運んで来てはるお客さんに札止めして、桟敷の取りっ放しはでけへん、早いとこ恰好《かっこう》つけてんか」

気短かに怒鳴り込まれると、

「ほんなら、わてが木戸銭払うといたら文句ないのやろ」

はたき返すような剣幕で、平場《ひらば》の木戸銭の倍額の、桟敷料一人二十銭を、五、六人分ぽいと投げつける。お茶子頭ともなれば、一日十円ぐらいの祝儀《しゅうぎ》は優《ゆう》に稼ぐから、桟敷料の手持ちなど堪《こた》えなかったし、それより贔屓の無理を繋《つな》ぐことの方が大事であった。一流の寄席《こや》のお茶子は下手な落語家より収入《みいり》が上で、客から貰う祝儀をどんどん帯の間へはさみ込み、家へ帰って帯を解《ほど》くとバラバラ、小銭が畳の上へ落ちた。賢いお茶子なら無駄金を使わず、蓄《た》め込んで小銭貸しをしたあげくに、小料理屋や、旅館の一つでも持つのが一生の夢であったから、その時のことも考えて余計に贔屓客を大事にした。それにしても、お政の引っ構えようは傍目《はため》にあまり、ガマ口から文句が出た。

法善寺の花菱亭が出来てからは、ガマ口は天満の寄席の責任を持っていた。毎日、法善寺の方にはいなかったが、木戸や他《ほか》のお茶子達からお政の不服を聞くなり、大き

な舌打ちをし、細かいところまで聞かずに、せっかちに法善寺まで出向いた。

「御寮人さん、お政はあんまり勝手が過ぎまっせ、なんぼ働き者やいうても、ちょっと甘やかしてはれしまへんか、わては初めから、御寮人さんよりも三つも齢嵩《としかさ》の、三十五にもなるお茶子ずれのしたはっさい（蓮葉《はすっぱ》）な女は、反対でしたやろ」

吐き出すように云った。ガマロのように吉三郎が生きている時からの番頭で、多加の相談相手になっている者からみれば、昨日や今日の使用人の、お政の勝手な振舞は堪忍《かんにん》ならない。多加は、近頃、二重になって来たくくり顎《あご》を、衿《えり》もとへ引くようにして笑い出した。

「わてかて世間から、そない云われてるかも解《わか》れへん、ガマロはん、今の世の中で女が何か一つの仕事し上げて行こう思うたら、はっさいや云われるぐらいやないと、やって行かれへん、お政をかばうわけや無いけど、あれぐらい桟敷をとり仕切って行こう思うたら、あないせんとあかんやろ、お政の顔で入る桟敷料の方も勘定して、まあ堪忍してやって、やっぱり一流の寄席やったら、平場だけで無うて、桟敷も満員やないと恰好つかへん」

算盤で割り切られてみれば、押し返しもならず、ガマロは不機嫌に黙ってしまった。

多加はガマロの気分を変えるように、

「わては、この節、紅梅亭と張り合うことばかりに根詰《こんつ》めて、天満と松島は任せきりやけど、うまいことやってくれてはるのんか」

話を逸《そら》せて、天満と松島の寄席の入りを聞いた。

「おかしなもんでんな、法善寺へ花菱亭を開いた時、天満《てんま》花菱亭、松島花菱亭と同じ席名にしましたやろ、そしたら、法善寺の入りが続くと、天満にまで客足が随《つ》きますな、誰かが法善寺の花菱亭を聞いて来て面白《おもろ》かった云うたら、法善寺までは気しんどいけど、近くの天満花菱亭やったら行ったろか、いうことになりますねん、まるで花火みたいなもんだすな、一つパチパチ爆《は》ぜたら、続いてまたパチパチ爆ぜますな」

「そうや、そのわての燃やした花火を、もっとどんどん打ち揚げたい、大阪の街中へわての花のれんを、打揚げ花火みたいに幾つも、幾つも仕掛けたいのや」

多加は、急に息を詰めて、言葉を跡切《とぎ》れさせた。ガマ口がそこにいるのも忘れたように、楽屋脇《わき》の小屋の窓から、大阪の南の夜空を見上げた。十一月の冷え冷えとした暗い空に、銀色の仁丹のような星屑《ほしくず》が散らばり、道頓堀の赤いイルミネーションが、チカチカと明滅している。すぐ耳もとで、下座《げざ》の賑《にぎ》やかな囃《はや》子の音が聞え、表の方からは客の騒《ざわ》めきと哄笑《こうしょう》が多加の体へ伝わり、気持を昂《たかぶ》らせた。

八

春団治や米団治の大看板の師匠達の高座が続くと、下足に預かった客の履物《はきもの》が、急に良くなっているのに気が付いた。木戸銭が二十銭、紋日《もんび》(日曜、祭日)が三十銭で、桟敷《さじき》がこの倍額の時、二円ぐらいする桐台《きりだい》の下駄が多かった。上客が増えている証拠である。

多加は、下足頭の権やんを呼んで、ほかの寄席《こや》より、下足を大事に扱うように云《い》いつけた。雨の日は下駄にかけた爪皮《つまかわ》を拭《ふ》き、傘《かさ》は木綿で作った傘袋の中へ入れて預かることにし、足もとや傘を気にして、雨の日には出かけないことにしている客の気を繋《つな》ぐようにした。そのために必要な二人の下足番の人手と、傘袋、下駄預かりの費用は、縦二寸五分、幅二寸の木製の下足札の裏へ、中将湯や浅田飴《あめ》の広告を張りつけて、その広告代を当てた。多加は、わては一銭も使わんと、人様の金でちゃんと下足のサービスしてるのやと得意がり、雨の日を心待ちにした。

歳末売出しの赤い旗を濡《ぬ》らし、降り籠《こ》めるように氷雨《ひさめ》の降る日であった。雪催《ゆきもよ》いの空が昼過ぎから氷雨になり、寄席をはねる前ごろになると、足袋を二枚重ねて楽屋火《ひ》鉢《ばち》を抱えている多加の足裏まで、凍えそうだった。こんな冷え込む日であったが、人気者の春団治がかかっていたから、客の入りは目だって落ちていない。多加は、下足頭の権やんが風邪《かぜ》で休んでいるのを気にして、はね時の下足を手伝う心づもりで待っていた。

はねるなり、急に寒さが身に堪《こた》えて来たらしく、帰り急ぎになって一時に下足へ押しかけた客を、多加は二人の馴《な》れない下足番を手伝って夢中になって履物を揃《そろ》えた。下足紐《ひも》をくっくっと、一気に解いて、客の足もとへぴたりと履物を揃え、汚れの残っている下駄を見つけると、多加は袂《たもと》から真っ白なハンケチを出して、手早く拭き取った。庇髪《ひさしがみ》の席主が、甲斐甲斐《かいがい》しく客の下駄を拭く様子を見て、暮の氷雨の中を多くの客は、満足そうに帰って行った。

客が疎《まば》らになり、下足の数が残り少なくなった時、多加ははっとして、今、揃えたばかりの履物を見直した。見覚えのある下駄であった。柾目《まさめ》の通った桐台に、茄子紺《なすこん》の本ビロードの鼻緒――、汚れを拭《ぬぐ》う振りをし、台裏を返して見ると、㊞の焼印が入っている。顔を上げて客の顔を見ると、相手は多加の驚きを予期していたように、

「その節は、気を使わしましたな、あの時、あんたが買うて来てくれた下駄です」

静かな太い声で云い、ゆったりとした体軀《たいく》で、あの時と同じように下足場にたって

いる。やはり、一昨年の正月に天満《てんま》の寄席《こや》で、下足番の不注意から下駄を取り違え、正月早々、不愉快な思いをかけた客であった。そして、眼の前に揃えた下駄は、多加がその時、買い整えて弁償した下駄であった。

「こちらこそ、えらい御無礼さんでござりまして、またこれを御縁に御贔屓《ごひいき》に――」

もう一度、履物を揃え直して、預かった傘をうしろから、さしかけて表入口まで送り出した。広げた傘を手渡す時に、男らしい厚い肩の肉付きが、多加の眼に入った。引き締まった顔の頬《ほお》から顎《あご》へかけての髭《ひげ》の剃《そ》りあとも濃かった。多加から傘を受け取ると、うんと頷《うなず》いた。多加は、もう一度、その人の顔を確かめようとしたが、男客は傘を広げ、背中を見せて、そのまま法善寺横丁の角を消えて行った。

次の出番替りの時から、その大柄の男客は、十日ごとぐらいに法善寺の花菱亭へ姿を見せた。落語は相当の通らしく、好きな師匠の出番だけを聞いて、下足番に五十銭、お茶子《ちゃこ》に一円祝儀《しゅうぎ》をやって、さっさと帰って行った。何時《いつ》も唐桟《とうざん》や結城紬《ゆうきつむぎ》の対《つい》に博多《はかた》独鈷《どっこ》の帯を締め、金目《かねめ》のものを無造作に着こなしている。足袋も白足袋を履かず、藍《あい》染《ぞめ》の真岡木綿《もおかもめん》。真岡《もおか》足袋は一度履いただけで、鼻緒の部分が藍落ちして形迹《かた》になり、二度と履けないだけに通人の履くものだった。齢《とし》は、多加より十歳ほど上の四十三、四に見え、のれんのある老舗《しにせ》の旦《だん》那はんかとも思えたが、それにしては、腰の低さと愛想が無さ過ぎる。むっつりと桟敷に坐《すわ》り、よほど気にいらないと笑わない。そのくせ、たまに笑うと、真っ白な歯を見せて笑うが、笑ってしまうと、また、むっつりとした表情になる。

多加は桟敷のうしろの板障子の陰から、そんな男の顔を盗み見していた。中入り(休憩)になると、格別の用事もないのに、多加は桟敷の横にある水場へ行ってお茶子の指図をしたり、自らお茶を運びながら、仔細《しさい》に男の表情を盗み見した。今日こそは、その男客が来ても、みっともなく桟敷の廊下をうろつくまいと自分を窘《たしな》めてみても、ゆったりとした姿を見ると、多加は誘《おび》き寄せられるように、水場と桟敷の間を何度も往復して、男の部厚な肩の辺りへ眼を遣《や》った。その広い肩の厚みだけで、男の体を全部感じてしまうような生まなましさが、多加の体に伝わり、暗い廊下に立ち止まって、帯の辺りを押えた。

お茶子頭のお政は、多加の心を探り当てるような露骨な眼付きで、

「御寮人《ごりょうん》さん、何時も難しい顔して来てはる旦那はんのお名前と、お商売わかりましたでっせ」

「へえ、さよか」

多加は、さり気なく応《こた》えたが、突然、顔に糊《のり》が張りついたように硬《こわ》ばった。お政は、

そんな糊張りの顔を、水刷毛《みずはけ》でペロッと剝《は》ぐように、

「へゝゝ、なんと、市会議員の伊藤友衛《ともえ》はんですねんて」

「市会議員はん――」

多加は、口の中で微《かす》かに、こう呟《つぶや》いて、黙ってしまった。そう云われれば、成程とも思ったが、多加のそれまでの常識の中で知っている市会議員とは違っているような気がした。厚かましくおっかぶせるようなところが無く、良家の旦那衆のもつ気難しさともの静かさがあった。お政はさらに、勢いづいて喋《しゃべ》り、

「そいで伊藤はんは、本町のど真ん中に仰山《ぎょうさん》、借家や土地を持ってはって、何も商いしはらんと、市会へだけ出てはりますねんて――、いよいよ、あんじょう、お勧めしとかんといけまへんな、えらい先生はんですわ」

昂《たかぶ》った声で云い、お政は固太りの、腰を振って中入りのお茶の用意に、水場の方へ立って行った。大事な客と見込むとお政らしく、湯茶の出し方はもちろん、座布団《ざぶとん》の綿の膨れ工合までいいのを選《よ》って出し、旦那はん、旦那はんと勧め切った。

瞬《また》くうちにお政の口から、伊藤友衛のことが伝わり、伊藤の姿が現われると、木戸番からお茶子、下足番までが、ほかの客の眼にたち過ぎるほど格別に勧めた。高座の師匠達も、あのむっつり通人を笑わしてみたいと意気込み、今日は誰それの師匠の噺《はなし》

に笑いはったなどと、楽屋で取り沙汰《ざた》された。伊藤は、その日、自分を笑わせた師匠を、寄席《こや》がはねてから、近くの料理屋へ招《よ》ぶことにしていた。お政は、伊藤と師匠達の間をうまく取り持ち、楽屋の師匠へ、お先へ行ってお待ちしまっせと声をかけておき、伊藤のお伴をして、いそいそと出かけて行った。多加は、追従笑《ついしょう》いが背中にまで聞えるような、お政のうしろ姿を見ると、浅ましく嫉妬《へんねし》して、その晩は鼻血を吹き出した。

驚くほどの量ではなかったが、白い塵紙《ちり》を真っ赤に滲《にじ》ませた鼻血は、多加には深い女の業《ごう》に思えた。白い喪服を着て二夫に目見《まみ》えぬ象徴《しるし》をした自分が、亡夫と似た大柄な体軀の男に、言葉も交わさぬ先に体を感じてしまっている。吉三郎を憶《おも》う心の裏で、伊藤の体を感じる巡り合せを恐しいと思った。それだけに多加は、伊藤の前へ挨拶《あいさつ》に出る時は、抜き衣紋《えもん》気味の衿《えり》もとをきちんと詰めて、

「毎度、いろいろと御贔屓にあずかりまして、その上、端々《はしばし》にまでお心付け頂戴《ちょうだい》致しまして、おおきに有難うさんで――」

作法におさまった挨拶をして、気振《けぶ》りにも悟られぬように慎重になった。

春になっても、伊藤は相変らず、十日に一度ぐらい出かけて来た。たいていは独りであったが、たまに宴会か、遊山《ゆさん》の帰りらしく遅がけから、二、三人の連れを伴って

来た。先生、先生と取り巻かれているのが不似合な雰囲気の中で、伊藤は疲れた顔をして黙って坐っていた。多加は伊藤の来る日を、ひそかに心待ちして、それらしい日には夕方早くから寄席《こや》へ詰め切り、息苦しい思いで体中が重たかった。

この日も、伊藤の現われそうな日であっただけに、多加は新調の着物を着ることに気がさしたが、褐大島《ちゃおおしま》に綴《つづれ》の名古屋帯を目だたぬように締めて、早くから法善寺の花《はな》菱亭《びしてい》へ詰めていた。五時になるのを待ち構えるようにして、木戸を開けにかかった時、天満の花菱亭から若いお茶子が使いにきた。

「御寮人《ごりょうん》さん、番頭はんがえらい腹下《はらくだ》しで寝込んではりますねん、そいで、今晩は天満の出番替りの日やから、御寮人さんに来て戴《いただ》くようにお願いして来て云いはりましたんで、急いで参じました」

木戸開けぎりぎりになってから、南森町《みなみもりまち》のガマ口の家から連絡して来たらしく、新米のお茶子は度を失って慌《あわ》てている。出番替りの日は、新しい師匠や、色物師の出入りが激しい上に、その応対や祝儀もあった。

「よっしゃ、すぐ俥《くるま》で行きまっさ」

木戸横の勘定場へ行って、帯の間へ押し込んでいる財布の中を確かめ、一括《ひとくく》りの祝儀袋を懐《ふところ》へ納めて出かけかけた。が、多加は、はっと足を止めた。今晩は、伊藤がや

って来る筈《はず》の日である。廊下の片隅で待ち受けているお茶子の方へ振り返り、

「ちょっと表の俥のところで待っててや、わて憚《はばかり》へ行って来まっさ」

　多加は、勘定場から近い東桟敷の憚へ行かず、わざわざ伊藤の何時も坐る西桟敷を廻って楽屋横の憚へ行った。往《ゆ》きも戻りも、板障子のうしろから覗《のぞ》いてみたが、伊藤の姿は見当らなかった。それで納得して、多加は小走りに出て来て、一旦《いったん》、下駄をつっかけたが、やはり気になった。

「あ、ちょっと待ってや、今度は忘れもんや」

　もう一度、引っ返しかけると、横合いから、

「御寮人さん、なんでっか、ええ着物《べべ》着て、チョカ、チョカしてはって、忘れもんやったら、わてが取って来てあげまっさ」

　お政が顔を出し、要らぬ気を利《き》かせた。多加は、飛び上るほど驚き、いきなり両袖《そで》の袂《たもと》を引き千切れるほど握りしめ、

「ああ、ここにおました、おました」

　と、体ごと合点して、振り返りもせず、表に待たせた俥へ飛び乗った。

　天満の花菱亭には、多加よりも先に松島の花菱亭の差配人である杉田が来ていた。

ガマ口らしい手廻しの良さで、松島の寄席《こや》へも使いを出していたのだった。多加は、

早速、楽屋へ行って、出番替りの師匠への挨拶をすませ、楽屋脇《わき》の小部屋に杉田を呼び、楽屋祝儀の仕分けをして、

「杉田はん、今晩は法善寺の方へ余儀ない御贔屓筋が来はるので、わてはその御挨拶に帰らんなりまへん、すまんけど、あとは頼みまっせえ」

「へえ、そやけど、わても松島の方の寄席じまいせんなりまへんねんけど」

律義《りちぎ》な杉田は、細かい段取りもし終らず、簡単にあとを託して行く多加を、いぶかしそうに見た。

「いや、松島の方は、今日は出番替り違うさかい、一晩ぐらいあんた居《お》らんかて大丈夫だす、たまに、天満の寄席《こや》見ておいて貰《もら》うことも大事や、そう、そう、はねたら、みんなに夜食はり込んでやってな」

多加は、自分が何時もより饒舌《じょうぜつ》で尻軽《しりがる》であることに、後ろめたい気がしたが、舌と体が勝手に動いた。それでも杉田の手前をつくろって、小一時間ほど楽屋番に坐っていたが、あとは脱《ぬ》けるようにして、すぐ法善寺の花菱亭へ引っ返した。

多加は素早く下足置場の右端へ眼を遣《や》った。伊藤の履物は、下足紐に通さず、何時も別に揃えて預かっている。見馴れている伊藤の畳表の草履があった。体の割に小さく、十文であった。

「御寮人さん！」

背後から、下足番の権やんが大声をかけた。

「なんや！　びっくりするやおまへんか」

「今、お迎えに行くとこだす、舞台《いた》がえらいことに――」

あとまで聞かず、多加は、うしろの板敷の通路まではみ出している客をかき分けて、体を乗り入れた。うしろの方の客が、総立ちになって殺気だっている。高座は、真打《しんうち》の松鶴《しょかく》であった。

「こら！　偉そうな顔せんと、十八番《おはこ》の天王寺詣《まい》りやってんか」

「二十銭、木戸払うてんのやぞ、吝嗇《しぶちん》せんとやれ！　やれ！」

平場の方で、座布団を振り廻してけしかけた。それでも松鶴は高座の真ン中で、平家蟹《がに》のように真っ赤になって這《は》いつく張り、

「へえ、それが、それがでんねん……」

と絶句したまま、顔を舞台《いた》に擦《こす》りつけて動かない。多加は、夢中で中央の渡り（通路）をすり抜け、舞台の真下にしゃがみ込んだ。

「師匠、どないしはりましてん、天王寺詣りやっておくなはれ、頼んます」

多加は、下から松鶴の扁《ひら》たい顔を拝むようにして両手を合わせた。松鶴の顔から大

粒の汗が滴《したた》り落ち、

「御寮人さん、堪忍《かんにん》しておくれやす」

と云い、舞台に擦りつけた顔を横向けにしてしまった。

「師匠、わての寄席《こや》をつぶしはりまんのか、やっておくなはれ！」

多加は、舞台に手をかけ、にじり上るようにして、語気を荒げた。

「やれまへんねん、失念しましてん」

松鶴は頭を伏せたままで、突っぱねた。

「そんな阿呆《あほ》な！　狐《きつね》につままれたみたいなお話おますかいな」

多加の庇髪の天辺《てっぺん》を擦《す》って、座布団が舞台へ飛んだ。

「阿呆たれ！　そこで何、もがもが云うてんねん、早《は》よ噺《はな》しさらせ！　もったい振るな」

続いて、煙草盆《たばこぼん》が飛び、松鶴の肩先に白い灰神楽《はいかぐら》がたった。多加は裾《すそ》を端折《はしょ》るなり、舞台の上へかき上ろうとした。その時、ひょいと、舞台の袖からお政の顔が覗いた。手を伸ばして、細い棹《さお》の先に小さな紙片をはさんで、松鶴の鼻先まで突きつけたかと思うと、這いつく張っていた松鶴が、突然、反り返って、エヘンと咳払《せきばら》いをするなり、

「ええ――、近ごろ女遊びが過ぎまして、とんと失念致しておりましたが、只今《ただいま》、霊《れい》

験《げん》あらたかに思い出してござります――」

と天王寺詣りをやり出したから、客席は、これも松鶴一流の噺出《はなしだ》しの演出かと、呆《あっ》気《け》に取られた。

多加は、震えの止まらぬほどの昂りで、そっと客の間をすり抜けて、薄暗い廊下へ出た。お政がそこに、待ち受けていた。

「御寮人さん、今の舞台《いた》、伊藤先生で助かりましてん、早《は》よ、御挨拶しておくれやす」

「お政、一体、どないしてん……わて、こんなえらい目にあうの初めてや……」

ほつれた鬢《びん》をかきあげながら、多加はまだ激しい動悸《どうき》が静まらなかった。

「先生に御挨拶しはったら理由《わけ》がわかりますねん、さ、何より、早よ参じまひょ」

お政は、伊藤のいる西桟敷の方へ、多加の背中を押したてた。板障子を開けて、お政が一言、二言、耳うちすると、二、三人の取巻きを残して、伊藤が席をたって廊下へ出て来た。そして、多加の前へ静かに立ち塞《ふさ》がった。多加は、つい今まで起っていた理由のわからぬ事態と、思いがけず伊藤と二人きりで対《むか》い合うことで、軽い眩暈《めまい》を感じた。伊藤の肩に摑《つか》まりたい衝動に耐えて、やっとそこに立っていた。伊藤は衿がきちんと整った懐《ふところ》から、薄い紙片を取り出した。

松鶴十八番《おはこ》、天王寺詣り、金二千円也

と、記された質札であった。

「二千円——」

多加は、低く呟いた。真打の給金が、一カ月、百五十円から二百円である。伊藤は、はじめて口を開いた。

「えらいことでしたな、ちょうど随《つ》いて来ていた松鶴の弟子に聞いてみると、案の定、女に入れあげたあげく十八番《おはこ》の噺を質入れしていたんです」

多加は、黙って頷《うなず》いた。

「質入れ中は絶対、語れないのが、この世界の掟《おきて》だから、一走り、つい角の質屋へ走らせて質札を受け出しただけのことです、さあ、あんたから、改めて松鶴に渡してやったら喜ぶだろう」

「こんなことやとは、ちっとも知らんと——」

手渡された質札を、掌《てのひら》で握って、多加は、やっとこれだけ云った。

「いや、女に入れあげて十八番を質入れなどという気の廻し方は、なんぼえらい女商人のお多加さんにも考えつかんでしょう、あんたは貞女ということらしいから——」

多加は、はっとして眼を上げた。伊藤の眼と激しくぶつかった。伊藤は一瞬、惹《ひ》かれるように見詰めたかと思うと、ふっと光を消すように視線を外して、静かに笑った。多加は、伊藤の、あんたは貞女らしいからという一言を、どう受け取ればいいかわからなかったが、その後も、多加の心に残った。

七月に入ると、伊藤は涼しげな帷子《かたびら》に素足の足もとで現われ、お政にうしろから団扇《うちわ》で煽《あお》がせながら、好みの落語だけ聞いて、席をたった。どんな蒸し暑い日でも、伊藤が桟敷《さじき》へ通れば、それだけで涼風がたつようであった。

五年生になった久男の夏休みが始まった日の朝、多加は子供と何時になく早い朝食をしながら、新聞を広げていた。芸能欄を繰ると、真っ先に伊藤の大きな写真が眼についた。鼻筋の通った横顔に、白い歯を見せて、『私の娯《たの》しみ』を語っている。『法善寺の花菱亭で、好きな落語を聞くこと。寄席《よせ》の大事なことは、まず番組のいいことは云《い》うまでもないが、席主から下足番に至るまで、寄席商いをさせて戴くという商いごころに徹して、客に応対することだ』という意味であった。

多加は、素肌に浴衣《ゆかた》を着ただけの体に、汗が一度に噴き出るような火照《ほてり》を感じた。伊藤の思いやりのある温かい心が、じかに多加の心に伝わって来るようだった。

箸《はし》を措《お》いてから、もう一度、新聞を手に取った。

広そうな洋室の中で、安楽椅子《ソファ》にかけて、机の上には沢山の書類が積まれている。そこには、多加などに想像もつかない伊藤の世界がある。花菱亭では見せたこともないような厳しい顔をして、仕事をする伊藤の姿が、多加の眼に映るようだった。多加は、まっすぐに陥込《おちこ》むように伊藤へ傾いて行く自分の心を知った。一方に、白い喪服、商い、信用という鈍い重い音も響いて来た。多加は眼を瞑《つむ》って、伊藤を得たがる自分を、掩《おお》うように押え込み、新聞を手に持ったまま、立ち上った。眼の前の中庭に灼《や》けつくような真夏の陽が照りつけ、庭土が白くひび割れている。多加は廊下の端まで歩いて行き、そこで、新聞をきちんと四つに畳むと、ぽいと紙屑籠《かみくずかご》へ抛《ほ》り込んだ。

その晩も、伊藤は白っぽい薩摩絣《さつまがすり》を着て花菱亭へ現われた。多加は中入りに冷えた麦茶を運び、

「今朝ほどは、新聞でえらいお褒《ほ》め戴きまして、恐れ入ります」

何気なく装《よそお》って、つとめて平静に挨拶すると、伊藤は扇子を使いながら、多加の方へ振り返り、

「あゝ、あれですか、ただちょっと、新聞社の方から話してくれ、云われただけです」

ちらっと刺すように、多加の顔を見たかと思うと、あとは素っ気なく笑い、差し出された冷たい麦茶を飲んだ。多加の体の奥で、紅絹《もみ》を引き裂くような鋭い痛みがして、上半身が微《かす》かに揺れた。

——そうや、何でもなかったんや、伊藤はんにとっては、ほんまに何でもなかったのに、わてが独りそう思うてただけやった、それでええのや、わては商いに一生を賭《か》けるのや、今朝、新聞を四つに折って、ぽんと抛《ほ》った時、心に決めてたことやないか——。多加は高座が始まって人影が少なくなったが、蒸し蒸しする廊下の隅にたって、仕立おろした越後上布の着物の、取り落した仕付糸の端を、ぴいと抜き取った。

この夏は例年になく暑さが長びき、九月の終りになってから、やっと初秋の風がたち始めた。多加は夏瘦《なつや》せした体にほっと一息入れ、朝から簾《すだれ》や花筵《はなむしろ》のあと始末にかかりかけている時、石川きんが死んだ報《し》らせを受けた。天満で寄席《こや》商いを始めた時、金を貸してくれたおきん婆《ばあ》さんである。十円を借りるのにも、銭湯できんの背中を流す多加の根性《しょうね》を見込んで、銀行で金を借りられるようになるまで、ずっと小金を貸し続けてくれた。金借りの用が無くなってからも多加は折にふれ、手土産を持って天満のきんの住居を訪ねていたが、法善寺の花菱亭を開いてから、急に身動きのつかぬ忙しさになり、女中のお梅に見舞に行かせることが多くなっていた矢先だった。

つい二ヵ月ほど前、人づてにきんが高血圧だと聞き、血圧の下る薬にと山出し昆布をお梅に持たせてやったところだった。それから気になりながら、自ら見舞に行かずじまいになってしまった。買えるものなら金で他人《ひと》の時間買いたいほど、忙しかったのは事実であったが、見舞に行かずじまいになったことが辛《つら》かった。今、銀行から借りる大金より、あの時、背中を流して借りた十円の方が多加の身に沁《し》みている。すぐ紋付に着替えるなり、きんの家へ駈《か》けつけた。

六十八歳になって眼も耳もまだしっかりしていたきんが、二ヵ月ほど前からは、日に一回食べる好物の鰻《うなぎ》の蒲焼《かばやき》も慎んでいたのに、便所の中で脳溢血《のういっけつ》を起したのだった。身寄りのない小金持の婆さんだけに、隣近所のお内儀《かみ》さんたちは昂奮《こうふん》した好奇な眼を向けていた。小さな仕舞屋《しもたや》のたち並んだ路地の中で、誰かが親切に葬式の世話をやきかけると、借金の証文を反古《ほご》にしようと企《たくら》んでいると譏《そし》られ、借金の無い人間が見兼ねて手伝いかけると、衣裳持《いしょうも》ちのきんの簞笥《たんす》をねろうていると陰口を叩《たた》かれた。しまいには、みな遠巻きにしてうろうろしているばかりだった。多加の姿を見ると、近所の人たちは、ほっとした。金の借り貸しから始まって、何となくきんの面倒を見ていた多加が、きんの葬式をとり仕切るのは、一番適当だと思った。

掃除の行き届いた三間ほどのこぢんまりした仕舞屋の奥の間に、きんは北枕《きたまくら》に置かれていた。猫の額ほどの狭い前栽《せんざい》に八つ手が大きな葉を広げている。そのせいか、きんの顔は普通の死相より一層、青味を帯び、ためらうほどであった。

「すんまへん、堪忍しておくれやす、お葬式だけは精一杯やらして戴きとうおます」

多加は体を伏せて、きんの耳もとへ、生きている人にするように云った。

葬儀屋が来ると、多加も手伝って湯灌《ゆかん》し、白装束に着せ替えて納棺《のうかん》した。お通夜《つや》にはお梅と男衆《おとこし》三人を手伝いに寄越し、日本酒と寿司《すし》を派手に振舞った。玄関の狭い土間が、寄席の下足場のように、履物で埋まった。集まった隣近所の人たちは、身寄りなしでこんな賑《にぎ》やかな葬式できる人はほかにあれへんやろなと感心し、それにしてもこの葬式代どないするのやろと、露骨な詮索《せんさく》をした。

多加はきんの両隣に住む区役所の代書人をしている五十過ぎの男と、家で染物の下請けをしている中年夫婦を、そっと台所の隅へ呼び出し、

「どなたが、死にはった仏さんとご懇意か解《わか》りまへんので、とりあえず両隣さんに、いろいろお世話を願いとうございますねん」

と挨拶すると、三人とも顔色を変えて尻込《しりご》みした。

「いいえ、何も難しいことやおまへん、お葬式の費用一切は、昔ご恩になりましたわ

ての方でさせてもらいます、仏さんの残しはった衣類や世帯道具一切は、皆さん方でご相談の上分けて戴き、残っている現金は、仏供養《くよう》に地蔵さんを造って、この町内へ祀《まつ》らせて戴きとうおます、お通夜に集まってはるご近所の方々に、これをお伝えして欲しおますねん」

「へえ、それはえらい結構なことで――」

早速、区役所の代書人が、多加の意向を伝えた。通夜の席が妙に華やいだ。湿っぽい声でお悔みの挨拶を交わす遺族がないところへ、明日、葬式を出したあとは、きんの衣類や世帯道具を分けて貰えるという賤《いや》しい欲が、単純に通夜の客たちの頭を占めてしまった。

多加は、きんの葬式を出した翌日、お骨《こつ》拾いに行き、その帰りに下寺町の石工屋《いしくや》へ寄って地蔵尊を頼んだ。きんの残した現金五千八百円が、地蔵尊と御堂の費用であったから、石肌が細かく乳白色の艶《つや》を持ったりっぱな御影石《みかげいし》を買えた。石工も大阪で一、二と云われる職人に頼んだ。石工屋を出てから多加は、お寺のたち並んだ寺町の方へ歩いて行った。石畳の連なった長い坂が、寺院の間をゆるやかに縫っている。多加は一歩、一歩、長い坂を上って行った。なだらかな勾配《こうばい》であったが、石畳の固い冷たい感触が、じかに蹠《あしうら》に伝わって来た。ちょうど今日まで多加が歩んで来た足跡のようだった。胸もとにそっと、抱えるようにして持っている小さなきんの骨壺《こつつぼ》が時々、ことことと軽い音をたてた。

九

多加は、やっと出雲《いずも》へ発《た》つ決心をした。

出雲の民謡である安来節《やすぎぶし》が、中国山脈を越えて神戸に入り、神戸の寄席《よせ》で芸として登場したのは大正八年の初め頃であった。地方の民謡を舞台に載せて客から銭をとるなどということは、これまでの、寄席の常識にはないことであった。一流亭の席主たちが、安来節が銭を出して聞いて貰《もら》えるだけの芸か、芸でないかを思案し、手控えしているうちに、僅《わず》か一年半ほどの間に神戸から、大阪、京都の関西一円を風靡《ふうひ》しかけていた。

年を越して大正九年の春になると、大阪の千日前の小さな寄席に安来節を入れて人気を取りはじめたので、辺りの端席《はぜき》も煽《あお》られたように軒並に安来節を打ち始めた。もともと出雲から流れて来た民謡師であるから、たいして人数が揃《そろ》っていないところへ、わっと席主が押しかけたから人が足らない。その上、一曲がせいぜい十分ぐらいであったから、これで舞台を持たそうとすると、人数が要る。初めは安来節を入れると安あがりで、よう儲《もう》かると云《い》われたが、かえって出演料がはね上り、どの寄席も同じ民謡師を廻し使いにするので変りばえしなくなって来た。

多加は、安来節について自分の見通しが甘く、一流亭の面子《めんつ》を思惑しているうちに立ち上りが遅れてしまったのを、どう取り戻そうか、二晩考えぬいた。他の南の一流席は、看板にこだわって、まだ何処《どこ》も安来節に手を出していなかったが、ここ一、二年は続く人気というのが多加の勘であった。しかし、肝腎《かんじん》の安来節謡《うた》いは二流席に奪《と》られてしまい、今からなら割込みをかけるほかはなく、しかも一流席だけに、どれでもというわけには行かなかった。ここで、多加の思惑が行き詰った。多加は、腫《は》れっぽたい顔をして朝食をすませ、茶柱が浮いたり沈んだりしている食卓の湯呑《ゆのみ》を眺めながら、昨夜からの続きを考えていた。ふと、多加の頭にひっかかるものがあった。一昨夜、そっと人に隠れるようにして見に行った千日前の端席で、一人目だって下手くそな安来節謡いがあった。田舎くさいの一言に尽きた。多加は、沈みかける茶柱を舌先で掬《すく》い上げるようにして、一息に湯呑のお茶を飲み干した。——そうや、もともと出雲の百姓が子供の時から謡うていた唄《うた》や、別に難しいことやない、出雲へ行きさえすれば誰でも、どんな百姓の婆《ばば》あでも謡うてるもんや、大阪で取り合いして埃《ほこり》臭うなったんより、出雲からとれとれみたいな安来節を買いに行くことや——と、算段した。

四月初めの出番替りをしたばかりの取り込んだ時であったが、考えが決まるなり、すぐガマロの家へ使いを走らせた。

ガマロが、樽屋町《たるやまち》の多加の住居《すまい》へ顔を出すと、もう、多加は旅だちの用意をして、縞《しま》お召《めし》の袷《あわせ》の対《つい》を着て、金茶色の信玄袋を持って待ち構えていた。

「すまんけど、ガマロはん、安来節の買出しに、わてと一緒に出雲へ発っておくなはれ、汽車は四時二十分発の切符や」

「え、今日すぐに、もっとよう考えてからやないと危のうおます」

と云い、多加の前にある信玄袋を横へ押し退《の》けるようにして膝《ひざ》を進め、

「御寮人《ごりょうん》さん、なんで今ごろから安来節買いに行きはりますねん、今が一番の盛りで、安来節の流行《はやり》なんか、もうチョンの間だけだっせ、すぐまた廃《すた》ってしまいまっせ」

「さあ、そこを賭《か》けてみるのや、人買いみたいに眼の色変えて、安来節謡いをはるばる出雲まで買いに行く、買うて来た時、もう廃《しま》りになって、あんな素人《しろうと》あがりの出舎節に銭払えるかい云われたら、そんで終いや、そやけど、その反対に産地買付けの安い仕込みで、一儲《ひともう》けになるかもわかれへん、どっちになるか解《わか》れへんけど、立ち遅れしてる時は、商いを賭けてみるより仕様がおまへん」

「何日考えはったあげくか知りまへんけど、わてはこない気狂い流行《はやり》してるもんは、疫病《えきびょう》みたいなもんで止《や》む時は、パタリと来ると思いまんな、賭けはんのも宜《よろ》しおますけど、今度の賭け方は、ちょっと大き過ぎまっせえ」

最近、入れ代えたばかりの総入れ歯を、口の中でぎしぎし軋《きし》ませて云った。多加は、容易に妥協して来ないガマロの性分を知っていたから、それ以上に云い合うのを止め、冷たくなった番茶を飲んで、暫《しばら》く黙っていたが、突然、立ち上った。

「ほんなら、わて一人で行って来まっさ」

「え、御寮人さん、お一人で？」

驚いて聞き返すガマロの方を振り向きもせず、多加は、床の間の横に置いた一尺位の高さの金庫を開け、手の切れるような札束を引き出した。晒布《さらし》で札束を巻いた上から絞染《しぼりぞめ》の帯揚げにくるんで、札束をくるんだ部分だけ手早く絹糸で縫い付け、羽織下の名古屋帯のおたいこの中へ帯揚げを通して、札束を背負い込んだ。

「変った銭入れでっしゃろ、大きな銭座《ぜにざ》がわての背中に載《の》って動きまっせ、あと留守番、あんじょう頼んまっせえ」

着くずれにならぬよう、もう一度、衿《えり》もとをきちんと直し、足袋の小鉤《こはぜ》の具合を確かめてから、玄関へ出た。鼻緒《はなお》のきつい、おろしたての日和下駄《ひよりげた》を履《は》いてから、玄関

まで見送りに出たガマロの方へ、ひょいと振り返り、

「どうや、わてに随《つ》いて来んでも、これには随いて来たいでっしゃろ」

と云うなり、ぽーんと、札束を背負い込んだおたいこをうしろ手に叩《たた》いて、さっと表に待たせた俥《くるま》へ乗った。上《あが》り框《がまち》に坐《すわ》っていたガマロは、いきなり、バネ仕掛のようにはね上り、ものも云わず、二台並んだうしろの俥へ飛び乗った。多加の俥の梶棒《かじぼう》が上った途端、

「あ、下駄、下駄！　わい跣《はだし》や！」

ガマロは、慌《あわ》てて履物を取って返した。

樽屋町から川沿いに大阪駅へ向って走っていると、若松町の曲り角から、久男の姿が見えた。小倉《こくら》の中学の制服に黒いカバンを肩からかけて一人、ぶらぶら帰って来る。多加の乗っている俥が近付いても気が付かず、十四歳の齢《とし》より上背のある背中を、屈《かが》めて歩いている。すれ違いざまに、俥を止めて、

「久男ちゃん、今、お帰りか」

声をかけると、驚いたように振り向き、

「うん」

と云ったきり、笑いもせず、多加の顔を見た。

「あのな、お母ちゃん、今から商いで出雲まで行って来るさかい、お梅とようお留守しててや」

幼い子供に云うように優しく云ったが、久男は、黙って睫毛《まつげ》の濃い大きな眼を瞬《またた》かせた。うしろの俥から、ガマ口が、

「ぼんぼん、淋《さび》しいことおまへん、じきに帰って来ますさかいにな」

と云ったが、その方へは振り向きもせず、

「行ってお帰りい」

素っ気ない表情で、俥の動くのも待たずに行き過ぎた。

三等車の前から二番目の箱へ入って、ガマ口と向い合って坐った。ガマ口は汽車が動き出すなり、下駄を脱いで椅子《いす》の上に坐り込み、早速、出雲の話をしにかかった。

「ところで、御寮人さん、こない急に出雲行きを決めて、向うでどうするのんか、その手はず出来てまっか」

「なんや、あんたは現金《げんきん》やな、ついさっきまでえらい反対してたのに、汽車に乗るなり、向うの段取り云い出して」

「へゝゝ、覚悟をきめて行くからには、ちゃんと商いにしな、あきまへんさかいな」

と云いながら、眼で多加の背中の上の札束を指した。

「そらそうや、実は、一昨日《おととい》の晩、千日前の米春亭《よねはるてい》へ安来節聞きに行った時、楽屋番の繁《しげ》やんにちょっとはり込んで、うまいこと聞き出してあるねん、安来《やすぎ》の駅前旅館の丸十《まるじゅう》の旦那《だん》はんが、えらい芸人で玄人《くろうと》はだしの謡い手らしいわ、そいで趣味も手伝うて、安来節謡いの斡旋《あっせん》も、ようしてくれはる云うことや」

「そやけど、わてらみたいな一見《いちげん》にも世話してくれはりまっしゃろか」

「さ、そこを、按配《あんばい》頼み込むのやないか、今度は、わてに任しとき」

こう引き取り、多加は、信玄袋の中から弁当を二つ取り出して、ガマ口に手渡した。

「御寮人さん、もう、御飯《ごはん》でっか、わてはまだ、あとにさして貰いまっさ」

「わては、朝御飯だけで、えらい気張ってたさかい、急にお腹《なか》が減って来たみたいや」

つつくように箸《はし》を動かし、一気に食べてしまうと、帰りの弁当箱に間に合うよう空《から》の杉箱の折を、もと通り丁寧に新聞に包み込んだ。ガマ口は小さな鼾《いびき》をかいて窓枠へ頭をもたせかけた。食事を終えた多加も楽な姿勢にして、窓辺に寄りかかって、うつうつしかけたが眠れなかった。

窓の外は、白い粉を撒《ま》きちらしたような明るさであった。田圃《たんぼ》の広がりの向うに、ところどころ暈《ぼか》し模様のような山襞の間に、緑色の山襞《やまひだ》が鮮明であった。重なり合うような山襞の間に、ところどころ暈《ぼか》し模様のような白さが見えるのは、満開の桜らしかった。河島屋呉服店へ嫁《とつ》いで来てからも、寄席を始めてからも、自分の商いしている寄席とその辺りの繁華街しか歩いたことのない多加には、心の広がる風景であった。働き詰めに働いて来て、長い間、見忘れていた鄙《ひな》びた美しい景色であった。多加は窓ガラスに鼻先をひっ付け、窓外の景色の匂《にお》いまで嗅《か》ぎ取るように体を乗り出していた。暫く、そのままの姿勢で飽かずに外を見詰めていた多加は、ふと胸を衝《つ》くような哀《かな》しさが来た。

堂島の川沿いで、何時《いつ》帰って来るのかとも聞かずに、行き過ぎてしまった久男の素気ない姿が、多加の胸に搦《から》みついている。十円の金を借りたいために小銭貸しのおきん婆《ばあ》さんの背中を銭湯で流し、幼い久男をろくに抱いてやることも無かった。八つの時、帰りの遅い母を待ち兼ねて、お茶碗《ちゃわん》を持って門口《かどぐち》で待っていたこともあった。その久男も、この頃は納得し切っているのか、多加に反抗しているのか解らないが、少しも多加を慕わない。嫁かず後家になって居《い》着いてしまっている女中のお梅との方が、親子のような睦《むつま》じさで過し、次第に多加から遠ざかって行くようだった。多加は眼もとに薄く滲《にじ》んで来る涙を、ぱちぱちと瞬きして振り落した。

気を紛らわすように、帯の間から出番帳を繰って見た。先月は思いきって、落語を多くし、色物と落語を四分六に持って行ったが客足は落ちていなかった。安来節が流行《はや》る一方で、やはり真打《しんうち》の落語をじっくり聞きたい客も沢山あることは事実だった。しかし、色物の少ない出番は、長打ち出来ない。二カ月に一回、十五日打ちぐらいが、程のいいところであった。多加は、ちらっと伊藤友衛《ともえ》のことが気がかりになった。月に一度は定《きま》って法善寺の花菱亭《はなびしてい》へ顔を出す伊藤であるのに、真打の師匠を揃えた先月の出番に、落語通の伊藤が姿を見せなかった。お茶子《ちゃこ》頭のお政も気になるらしく、毎晩のように西桟敷《さじき》のきまった席を取りっぱなしにしていたようだった——。何時の間にか、窓外は暮れ落ちていた。車内燈《とう》がつき、窓ガラスに多加の顔が映った。男の世界に混って金儲けに一生を賭けようとしている自分の顔を、何となく気がかりなようにのぞき込んだが、別に変ったこともなく普段の多加の顔がそこにあった。ガマ口は隣の空席をいいことにして、横になって眠りこけていた。

翌朝、安来駅へ着いた。美保関《みほのせき》から深く入り込んだ中海《なかうみ》に面した港町であった。中海は鈍い銀色に光り、低い屋根を列《つら》ねた町並も鈍色《にびいろ》に包まれていたが、汽車を降りた人々の騒がしさで、初めて夜が明けたようである。多加はガマ口を連れて駅へ降りるなり、絞染《しぼりぞめ》の帯揚げを結び直して、日和下駄を踏みつけるようにしゃんと、プラットホームに立った。そんな多加に驚いたように、盲縞《めくらじま》の綿袷《わたあわせ》を着て尻《しり》まくりをした裾《すそ》から、パッチをみせていたガマロも慌てて着物の裾をおろした。改札口を出ると、すぐ小一丁ほど先に丸十旅館と記した看板が見えたが、多加は暫くそこに立っていて、何を思ったのか改札口の前の売店へ入った。

「おっさん、ラムネ一本おくなはれ」

「はえ」

「ガマロはん、あんたも飲みなはれ」

「いや、ラムネは結構だす」

「ほんなら、一本だけ」

「はえ」

五十がらみの親爺《おやじ》が、ラムネを一本ぬいて多加に手渡した。多加は店先の床几《しょうぎ》に腰をかけて飲みあけると、財布から五円出して、

「へえ、お勘定」

「ちょっと、待ってごしない」

つり銭をこしらえる親爺に、

「あ、おつりは要りまへん」

五銭のラムネに五円札を出して、つり銭は要らんという客に、親爺は訝《いぶか》った。

「ほんまによろしいねん、取っといておくれやす」

「はえ、だんだん有難うございました、どこから来られましたか、ね」

「わて、大阪で寄席《こや》やってます花菱亭の席主ですねん、今度、うちの寄席へええ安来節謡える人、入って貰いたい思うて、わざわざ大阪からやって来たんだす、そら、そこの丸十旅館へ暫く泊ってますさかい、宜《よろ》しう頼んまっせ」

呆《あ》っ気《け》に取られている親爺につり銭を押し付けて、床几を立った。多加の信玄袋を抱えたガマロが、うしろから、

「御寮人さん、なんでつり銭を取りはれしまへんね」

「ちゃんと、取ったやないか」

「阿呆《あほ》くさ、人をからこうて、冗談云うもんやおまへん」

「冗談やあらへん、駅前でラムネ一本に五円札出して、つり銭取れへんかったいう噂《うわさ》、今日中にこの狭い町に知れ渡りまっしゃろ、大きなつり銭取ったやないか」

至極あたり前のように云った。

丸十旅館の主人は、玄関横の天井の高い煤《すす》けた帳場で、宿帳を繰っていた。鶴《つる》のように痩《や》せて細長い体で帳面を繰っているのが、ガラス戸越しに見える。係の女中に、千日前の米春亭で聞いて来た旨《むね》を伝えて、主人に取りついで貰うと、すぐ多加の部屋

へ主人が現われた。

「なんし、はじめての出雲へ案内人無しで来てまっさかい、一つ旦那《だん》はんのお顔を拝借して、商いさして戴《いただ》きとうおます」

と挨拶《あいさつ》してから、大阪の寄席を賑《にぎ》わわせている安来節の話をし、多加が安来節謡いを十人ほど探しに来たことを説明した。細い首を頷《うなず》かせて聞いていた主人は、聞き終るなり、

「まあ、そうだったらわしに任せてごしない、今からすぐうちの者《もん》に村や町にふれさせて、うまい連中に明日の夕方集まって貰った方が、ええかもっ知《し》えんね」

と独り合点で引き受け、もう、ことが決まったように口もとを綻《ほころ》ばせ、急須《きゅうす》に煎茶《せんちゃ》を入れて、多加とガマロに勧めた。

「いえ、これはわての商いでっさかい、ただお宅へ集まって安来節を聞かして貰うて、その中から選《よ》るだけでは気がすみまへん」

多加は思案するように眼を瞬かせ、

「そう、そう、素人の演芸大会とか、安来節大会とかいうことにして、会場費と景品を出さして貰いまっさ」

やっと多加は、商いの筋を通した。

「ほう、やっぱあ、女席主の云うことはしっかかあ、しちょうますね、ほんなら、景品のええのを頼んますわ」

と云い、丸十は勘定高い眼を多加に向けた。この親爺にも相当張り込んだ謝金を出さんならんと、多加は心づもりした。

翌日の夕方になると、俄《にわ》かに丸十旅館の表が賑わった。入口の両側に『お国自慢安来節大会　主催　大阪花菱亭』と、墨が滴《したた》るような筆勢で記された大きな幟《のぼり》がたてられ、丸十の呼込み番頭まで、今日は泊り客の呼込みより、安来節大会の参加者の呼込みに力を入れている。印袢纏《しるしばんてん》を着て、赤い鉢巻《はちまき》を締めて、

「忙しとこを、どうも、どうも！」

と声をかける番頭の前を、赤い襦袢《じゅばん》を袖口《そでぐち》からはみ出した田舎娘、パッチの裾を五寸も見せた百姓、頰被《ほおかぶ》りをしたお父っつぁんなどが、田舎道の砂埃《すなぼこり》をかぶったままの姿で詰めかけて来た。定刻は六時からであったが、五時半を過ぎると、もう丸十旅館の三十畳の大広間が、埋まってしまった。

定刻少し前に、丸十の主人が紋付を着て、まるで高座の師匠のような構えで麗々しく挨拶をして、引き続いて最初の一人が、俄かごしらえの粗板《あらいた》の舞台に上った。二十過ぎの骨太な男であった。紺絣《こんがすり》の袷に木綿の兵児帯《へこおび》を結び、よほど自信があるのか、

謡いながら、陽灼《ひや》けした体で、大きな手振りをつけていたが、唄がうしろの三味線と太鼓に合っていない。次は、四つ身を仕立直した赤い友禅《ゆうぜん》模様を着た十七、八歳の娘であった。浅黒い顔の中で、白い歯が目にたった。

舞台へ出た途端、硬くなって鳴物に乗らなかったが、張りのある嬌声《きょうせい》が出て、特に合いの手が若い娘らしく派手であった。しかし、手振りがぎこちなくまずい。それでも、器量よしの娘のせいか、謡い終ると、方々で拍手が起った。三番目は、五十そこそこの小柄な婆さんが、ひょいと舞台へ顔を出すと、わっと座席がざわめいた。

「お婆！　待っちょったぞ」

「よけ、謡《うた》ってごせよ！」

大向うからかかる掛声に、婆さんは小さな顔を、雀《すずめ》が米粒を突《つつ》くように上下してさげ、皺《しわ》になった口もとをすぼめて笑ったが、年寄りの色気があって、穢《きた》ならしくない。最初から三味線と太鼓が、婆さんの声に引きずられるように入り、高い調子で柔らかく延びる節廻しは、安来節の技巧を知らない多加にもうまさの程が解った。その上、裾を端折《はしょ》って白いネルの腰巻を出し、手振りにかかると、いやらしさがなく、とぼけた飄逸《ひょういつ》さがある。多加は思わず、左隣に坐っている丸十に、

「面白《おもろ》いおばはんや、あんなん見はじめだす」

急《せ》き込んで耳うちすると、

「あのお種婆《ばば》が安来で一番上手ですよ、よけ、酒も飲んし、こげな在郷《ざいご》で孫の守《もり》は嫌《いや》だという様《や》な人ですけんね、大阪へ行って好いたこととしてもう一回《えつかい》、花を咲かすたいと欲張っちょおますけんね」

多加は、丸十の説明を聞きながら、もう舞台の上のお種婆さんを大阪へ引っ張って行くことに決めていた。ガマ口は、舞台横の幕内《まくうち》で、謡い終ってから降りて来る出演者をつかまえては、

「へえ、ご苦労さんでござりました」

と熨斗紙《のしがみ》のついた手拭《てぬぐい》袋を手渡したが、この中に桃色の五十銭札が一枚ずつ入っている。昨夜、多加と景品の相談をしたあげく、つまらぬ物を渡すより、現金を入れた方が田舎ではかえって重宝がられるやろ、という思案の結果だった。五、六人目の出演者が出る頃から、一回で桃色の五十銭札が一枚というのが伝わったらしく、急に舞台も座席の方も活気付き、濛々《もうもう》とたち籠《こ》める煙草《たばこ》の煙と、噎《む》せるような温味《ぬくみ》の中で、卑猥《ひわい》な冗談が舞台へ乱れ飛んだ。

翌日から多加とガマ口は、弁当を持って馴《な》れない田舎道を歩き廻った。最初の日は、昨夜の安来節大会で二番目に謡った器量のよい娘が目あてである。安来駅から三里も

奥へ入った村外れが、その娘の家であった。粗壁《あらかべ》の小さな百姓家が見えはじめた時、畦道《あぜみち》を隔てた向うの水田で、昨夜の娘が野良《のら》仕事しているのが多加の眼に入った。両親らしい中年の陽灼けした百姓も一緒であった。多加は、いきなり転がるような早さで駈《か》け出し、水田の側《そば》まで来ると蝙蝠傘《こうもりがさ》をたたんだ。驚いて鋤《すき》を持つ手を止めた三人に向って、

「昨夜、丸十で安来節大会を開きました大阪の花菱亭の席主でござります、お宅の娘さんのええ声聞かせて貰《もら》いまして、是非、うちの寄席《こや》へ出て一人前の安来節謡いになって貰いたい思うて、ここまで訪ねて来たんだす」

気を逸《そら》さぬように慇懃《いんぎん》に、そして畳みかけるように持ちかけた。途端、水田の中から、女衒師《ぜげんし》を見るような疑い深い眼を向けた。多加は、怯《ひる》みそうになったが、

「手前どものことは、丸十さんに聞いて戴いたら御納得がいきますけど——」

こう云《い》いかけると、多加の言葉におっ被《かぶ》せるように、

「紡績へは口べらしにも行かせますが、芸人やなんか、考いちょおません、こげな在《ざい》郷《ご》の野良唄《うた》が、ほんね商売になあますかいね、嘘《うそ》みたいだがね」

父親が頭から撥《は》ねつけた。父親のうしろにたっている娘は、上気して紅《あか》らんだ顔をしている。黒い窶《やつ》れた顔をした母親は、父親と娘の顔を見比べて、多加に済まなさそ

うな気弱な笑いをした。父親は、それっきり取り合わず、麦に手を伸ばして屈《かが》みかけたが、横合いからガマ口が口を出した。

「そう思いまっしゃろ、ところが、それがちゃんとお金になりますねん、ここでなに気無《げの》う謡うてる唄が、大阪へ行くと安来節謡い云うりっぱな芸になって通りまんねん」

「大阪はどげな金造りするとこか知りませんがね、何度云わっしゃっても同じですがな、娘はやりあせん、お前たちもせっせっと土あげでもしたらどげな」

と叱《しか》りつけて、母親と娘を麦の土あげに追いたてた。あとは多加の眼の前で、親子三人が石のように押し黙り、黒い泥土を鋤で鋤《す》きかえしては、麦の土あげをして行く。いきなり多加は、下駄を脱いで、お尻《いど》からげすると、ズボズボと水田の中へ入って行った。父親の野良着の袖を引っ摑《つか》んだ。

「お父っつぁん、紡績で口べらしにするのも、大阪の寄席《こや》で安来節謡うのも、同じ出稼ぎやおまへんか、そんなら、在郷の唄を謡うて出稼ぎする方が在郷《ざいご》孝行いうもんだす、女の席主のわてが、娘はんを預かるのでっさかい、安心して任しておくれやす」

野良着の袖が引き千切れそうだった。多加の手をはらうように振り返った父親は、はっとした。着物の裾を濡《ぬ》らして膝下《ひざした》まで泥土の水田の中へ漬《つ》かり、顔を泥水のハネと汗で塗《まみ》れさせながら、商い一筋に粘り込む多加の姿に気圧《けお》された。古びた菅笠《すげがさ》の下の眼が、やや動揺した。すかさず、多加は帯の間から百円札を一枚出して、

「これはお土産代りのおしるしで、発《た》つ時は別に支度金が五十円、毎月の給金は四十円だす、まあ、これをお預けしときますから、今晩よう考えて戴いて、明日、宿の方へでもお返事しておくれやす」

父親の掌《てのひら》に捩込《ねじこ》むように、百円札を置いた。父親は掌にのせられた真っ新《さら》の札を見詰めながら、黙って頷いた。

その翌日、多加とガマロが、びっくりするほどの早朝に、母親が娘を連れて丸十旅館までやって来た。娘は山田留子という七人姉弟の四番目で、十七歳になったばかりであった。支度金の五十円をその場で出し、四、五日後、大阪へ発つまでに肌着と身の廻り品の用意だけして置くように云った。

この日も、多加とガマロは弁当持ちで赤江《あかえ》村の、田畑をほったらかして安来節に現《うつ》つをぬかしている小作男と、お種婆さんの家へ足を運んだ。この二人は、土産代、支度金、給金の話を聞くなり、二つ返事で承諾し、特にお種婆さんの方は、息子夫婦が乗り気で婆さんを大阪へ送り出したがっていた。翌日は、大百姓の旦那《だんな》で、松江の安来節のうまい芸者に入れ上げたあげくに、妻子と別れて大阪へ出るという、旦那と芸

者の二人連れへ話を決めに行った。

田舎道の四月の陽は思いのほか強かった。三十五歳を迎えてから急に肉付いて来た小柄な体で、毎日、村から村へ歩き廻ることは、芯強《しんづよ》い多加にも相当堪《こた》えた。いつの間にか、庇髪《ひさしがみ》の額と、細いちんまりした鼻筋を陽焼けさせた。日和《ひより》下駄の歯も歪《いびつ》になり、急な坂道を歩く時は、跛のような不恰好《ぶかっこう》さであった。三、四日、こんな多加の田舎廻りが続くと、

「あ、五円札の大阪の面白《おもつし》え女だ」

田圃《たんぼ》の中から指さすことが多くなった。その度に、ガマ口は、大きな口をむうっと噤《つぐ》んで、

「まるで博奕《ばくち》打ちみたいや、田舎の肥料壺《こえつぼ》へ札ビラ落して廻ってるようなもんだす、こないして安来節ジャン、ジャン、ジャン、買い占めて帰ったら、もう、下火になってしもてるのやおまへんやろか」

ガマ口は、毎日、多加のあとを随《つ》いて歩きながらも、まだ安来節については弱気であった。その度に多加は大阪中を安来節で埋めてしもたる、ほかの唄は歌えんほど流行《はや》らしてみせたると、心の中で意気込んだ。

やっと、六日目に十人の安来節謡いを揃《そろ》えることが出来た。丸十の主人には、思い

きって五百円の謝金をした。当時、千円あれば、田舎では千両普請《ぶしん》といわれ最高の家が建つ時代であったから、丸十は鶴のような細い首を振って、容易に受け取らなかったが、多加はこれから先の安来節謡いの補充も考えて、無理にそのまま押し付けた。すぐ汽車の切符の手配もすませ、明朝発つという段取りにまで漕《こ》ぎつけると、気負い続けて来た多加も、さすがに疲れ果て、夕方早くから風呂《ふろ》へ入り、自分の部屋へ引きこもって按摩《あんま》を取った。向い合っているガマロの部屋は、まだ宵のうちというのに、もう電燈が消えて寝入っている様子だった。

多加は、疲れが一時に出て来たような気怠《けだ》るさを感じた。体を俯《うつむ》けにして腰を揉《も》みほぐされながら、体がそのまま布団綿《ふとんわた》にへばりついてしまいそうだった。按摩がぐっと強い力を加える度に、体全体がふやけそうになる。眼を閉じて頭を枕《まくら》にもたせかけていると、廊下を隔てて賑やかな安来節が聞えて来た。多加は、はっと頭を擡《もた》げて耳を澄ました。太鼓や三味線の鳴物の間から、くせのある安来節が聞えて来る。乙張《めりはり》の利《き》いたあだっぽい声であった。多加はむっくり起き上るなり、按摩を断わり、手早く浴衣《ゆかた》をお召の着物に着替え、廊下を辷《すべ》るように歩いて行った。二階の広い廊下を鉤《かぎ》の手に廻り、一番奥まった部屋がその安来節の聞える座敷であった。多加は、部屋の前まで来ると、そっと襖《ふすま》の引手を細く開け、及腰《およびごし》になって、守宮《やもり》のように耳を襖に貼《は》り付けた。声が跡切《とぎ》れたかと思うと、もう一回謡い出した。今度は、太鼓と三味線に鼓《つづみ》が入って、浮かれるような派手な囃子《はやし》で謡い出した。

「出雲名物、荷物にならぬ、聞いてお帰り、安来節――」

その手振りまでが眼に見えるような色気のある張った調子で謡うから、高い囃子にも食われない。引き搾《しぼ》るような高い声が、妙に人の心を晴れだたす。多加は思わず欲が出て、たち聞きしていた襖を、からりと開いた。一斉に座敷中の顔が振り向いた。広い座敷に十人近い芸者が群がり、その向うに三、四人の男客の肩先が見える。

「なんや、どないしたんだ？」

その太い声に、多加は聞き覚えがある。伸び上るようにして正面を見詰めた。

「あ！　伊藤はん」

そこに伊藤友衛《ともえ》が、ゆるやかな姿勢で脇息《きょうそく》にもたれていた。床の間を背にして、宿屋の縕袍《どてら》を着ていたが、その側《そば》に紋付を着て坐《すわ》っている男より、きちんとした感じがあった。唐突な出合いに、伊藤も、

「あ、お多加さん、あんたは……」

一瞬、驚愕《きょうがく》したが、すぐ平常《へいぜい》のもの静かさにかえった。

「まあ、えらい失礼しまして……、つい、あんまりええ芸妓《げいと》はんの声に引っ張られて

しもうて……、ほんまに御無礼で……」

不恰好な様《ざま》で、伊藤と出合った多加は、すぐ念の届いた挨拶が出来なかった。

「いきなり部屋を引き開けられて、驚いた、私の座敷やいうこと、知ってましたんか」

「いいえ、どなた様とも知らず、ちょうど安来節謡いを探しに来てましたんで、ええ声聞いてつい欲が出まして——、それより暫《しばら》く寄席《うち》へお見えになりまへんので、お政とお噂してたところだす、何時《いっ》からこちらで——」

やっと多加は平静を取り戻し、席主らしい機嫌伺いの言葉が出た。

「痔瘻《じろう》の手術のあとの養生で、この向うの玉造《たまつくり》温泉へ二カ月ほど前から来ていたけど、明日ぐらい大阪へ帰ろう思うて、こちらの県会議員の方たちと今日、安来へ来たばかりです」

と云いながら、怪訝《けげん》な眼で多加を見ている県会議員の方へ振り返り、

「このいきなりお座敷飛込みした女の人は、私が贔屓《ひいき》にしてる花菱亭いう寄席《よせ》の席主ですよ、大阪には、こんな物騒な女の人が沢山いるので、病気の養生もとても大阪ではゆっくりやれません、ハハ、、」

座を持ち直すように、伊藤が云うと、島根県の県会議員たちは興味深げに、

「安来節を買いに来たてね、大阪てとこは、何でも金に化けさすとこだね、百姓が肥《こ》料担桶《えたご》かついで謡っちょう野良唄まで、金になるなんてえらいとこだね」

伊藤の横に坐っている口髭《くちひげ》を生やした県会議員が、厭味《いやみ》な口調で云った。その隣に坐っている山寺の和尚《おしょう》のように頭をまるめた県会議員は、

「おかげで、出雲は安来で黄金《こがね》の家が建つてえもんだがね、さあ、うんと謡うて大阪の金巻き上げちゃろや、出雲大社《たいしゃさん》も近頃では縁結びも、金結びもさっしゃるそうだけん」

と巫山戯《ふざけ》たのを機《しお》に、芸者たちは囃子を入れた。引っ込みのつかぬ具合悪さで、敷居際《ぎわ》に坐っている多加に、伊藤が目くばせして招いて呉《く》れた。目だたぬように、そっと席を立ち、伊藤の右隣へ坐った。まる顔で小肥《こぶと》りの芸者が謡い出した。多加をこの座敷まで誘《おび》き寄せた安来節芸者であった。側《そば》で聞くと、さらに咽喉《のど》の調子の良さが解《わか》る。

「あの初奴《はつやっこ》の安来節にひっかかったんだな」

伊藤は、苦笑しながら多加の顔を見た。多加は黙って頷いた。

「あれも、買うて帰りたい思うてるのだろ」

「へえ、そら、もう買えるもんなら」

「それはあかん、この辺きっての安来節芸者で、まともな安来節聞きたかったら、出雲までおいでと云うて、出雲から一歩も外へ出ん意地を持ってる妓《こ》なんだ」

「そない云われますと、よけいに欲しい思うもんだす」

多加は、咽喉だけで売っている気負った初奴の顔を見た。まるいふくらみのある顎《あご》を締め気味にして、高い調子を引き出している。

「あんたは何を見ても、商売にしか見えんらしいね」

「そら、商売のことよりほか、考えたことおまへんので」

「ふうん、商売のこと以外に何も考えない――」

冷やかな響きがあったが、多加は強いて明るい声で、

「へえ、ちょうど先生方が、何をしてはっても一日、一日が選挙、選挙で暮してはる心意気と同じだす」

「私は選挙、選挙で毎日を暮していない、選挙は、選挙の時になって力を入れる、その間、自分のしたいこと、好きなことを考えて暮してます、あんたも商売のほかに、何か考える時があるでしょう」

伊藤の言葉が、ぷつんと切れた。賑やかな囃子入りで、まだ初奴は謡っている。島根の県会議員たちは、初奴のお尻《しり》に随いて踊り、紋付袴《はかま》の裾《すそ》が、だらしなくずり落ち

そうになっている。こんな騒々しい酒宴の中で、伊藤は不機嫌そうに、ぐいと盃《さかずき》の酒を干した。多加は慌《あわ》てて冷たくなった銚子《ちょうし》をとって伊藤の盃へ酒を満たした。伊藤は押し黙ったまま、またぐいと盃をあけた。突然、多加と伊藤の間に眼に見えぬ深い谷間が掘られた。それは笑いに紛らせて飛び越せそうにみえて、飛び越せない奇妙な深みをもった谷間だった。

多加の脳裡《のうり》に、二年前の春から夏へのことが、鮮やかに思い起された。十日に一度ぐらいの割合で姿を見せる伊藤をひそかに心待ちし、その部厚な肩の辺りを見ただけで男の体を感じた。ふと、暗い寄席の廊下で見詰め合った視線に、伊藤の求めるような眼を感じたはずだったが、それは多加の勝手な想《おも》い違いであったらしかった。そして暑い夏の朝、伊藤の顔が掲載されている新聞を四つに畳んで紙屑籠《かみくずかご》へ抛《ほ》り込んだ時以来、ぷっつり伊藤のことを思い捨て、贔屓客として以外は見ぬように心に決めて来た。ほんの一瞬のように多加の心を横切って行った人――。その過ぎ去ってしまったはずの一瞬が再び、多加の前で立ち止ったような気がした。

多加は、そっと伊藤の方を見た。四十五歳を過ぎても一向に衰えを見せず、鼻柱も豊かに肉付いているが、酒を運ぶ口もとには、苛《いら》だたしさが現われている。座敷の騒ぎは、伊藤の不機嫌さなどには無頓着に、一向果てそうもない。接穂《つぎほ》のなくなった多

加は、暫く手持ち無沙汰《ぶさた》に坐っていたが、何曲目かの初奴の安来節が謡い終ったのを機《しお》に、

「それでは、明朝、早うございますので、お先へ失礼させて戴《いただ》きます、どうぞ先生方はごゆっくり、先程はえらいご座興を妨げまして——」

改めて鄭重《ていちょう》に詫《わ》びて、引き退《さが》った。伊藤は、うんと微《かす》かに頷《うなず》いた。

廊下を出るなり、多加は肩が引き吊《つ》るような疲れを感じた。先程、按摩して貰ったばかりの体が、小一時間ほどの気疲れで、また元へ戻ったような気がした。部屋へ帰って手拭をとると、すぐ湯殿へ降りて行った。中庭に面した広い湯殿には人影が無く、薄暗い電燈の中で白い湯気と、蛇口《じゃぐち》から滴《したた》り落ちる水音だけが静かだった。湯槽《ゆぶね》にひたひたと、体を浸し、独りふうっと深い息をついた。手をのばして曇った湯殿のガラス窓を拭《ぬぐ》い、中庭を眺めると、外は靄《もや》に包まれたような暗い夜であった。庭木の繁《しげ》みに遮られて、真向いにあるはずの離れの灯も見えない。二階の奥座敷からは、一段と乱痴気騒《さえぎ》ぎになった囃子に入り混って、舌のもつれた濁声《だみごえ》が聞えて来る。多加は緩くなって来た瞼《まぶた》を閉じ、頭を湯槽の縁へもたせかけて、湯の中で仰向けになって、体を伸ばした。

湯殿の戸が開く音がした。遅くなった女客か、女中が入りに来たのか、ゆっくり衣

類を脱ぐ様子である。突然、荒々しい足音がしたかと思うと、中仕切りの戸が乱暴に引き開けられた。振り向くと、伊藤が立っていた。

「あっ」

多加は、息を呑《の》んで伊藤を見た。白い湯煙の中で、酒気に染まった伊藤の体が、朱をさして浮かび上っている。多加は湯槽の中で後《あと》ずさりして、両腕で前を掩《おお》った。伊藤は一言も云わず中仕切りの戸の前で突っ立っている。多加は呆然《ぼうぜん》と、眼を見開いて伊藤を見詰めていた。伊藤の体がのろのろと動いた。湯槽の方へ向って歩いて来る。激しい動悸《どうき》で眩暈《めまい》しそうな中で、多加はそれでも動けなかった。いきなり、伊藤の肢《あし》が湯槽を越えて、厚い胸が多加を掩った。温かい大きな体であった。多加は幾条もの水脈《みお》が広がるように、放恣《ほうし》になって行く自分を感じた。眼を閉じて湯の中の伊藤の体に溺《おぼ》れ込もうとした時、ざっと白い湯飛沫《ゆしぶき》がたった。多加はさっと身を翻《ひるがえ》し、湯槽を飛び越していた。

「お多加さん！」

背後でぐいと、多加の体を引き戻すような強い声がした。思わず、うしろへ返りそうになる体を両手で押しつぶれるほどかきしめ、全身を聾唖《ろうあ》にして、多加はぴたりと中仕切りの戸を閉めた。濡れた体の上に着物を纏《まと》い、縺《もつ》れる手もとで伊達《だて》巻きを一巻きするなり、廊下へ飛び出した。お多加さんと呼んだ伊藤の声が、後から追って来るようだった。そして、湯殿から遠ざかるにつれ、その声が強い力を持って迫って来た。足もとが乱れ、遅くなり、そのまま、もと来た湯殿へ駈《か》け戻りたくなる衝動に耐えて、多加は暗い廊下を蹌踉《よろ》めきながら歩いて行った。光を失ったような多加の眼の中に、夫の柩《ひつぎ》を送った日の自分の姿が映った。人気《ひとけ》のない長い廊下の先を、白い喪服を着た晴れがましい姿が、音もなく、するすると歩いて行くようだった。多加は眼に見えない糸に操られるように、夜の廊下を滑《すべ》るように歩いて、やっと自分の部屋まで辿《たど》りついた。

翌朝、多加は伊藤には挨拶《あいさつ》をせず、ガマ口と十人の安来節謡《うた》いを連れて、早々に安来を発った。三等車の一角を陣取り、出かけて来る時と異なり、賑《にぎ》やかな一行であったが、多加は浮腫《むく》んだような重い顔で、引率をガマ口に任せて、押し黙っていた。そんな沈んだ多加を見て、ガマ口は芸人探しの疲れが出たものと呑み込み、

「やっぱり、気に任せて無茶しはったらあきまへんやろ、今度みたいなことしてはったら、男でも体が持ちまへんわ」

と、意見がましい小言を云った。

多加は芸人達と離れて、窓際に坐り、薄く眼を開いて窓外を眺めていた。雲が垂れ

下った曇天の中で、伯耆富士《ほうきふじ》の裾が淡い稜線《りようせん》を見せている。多加はもう一度、昨夜のことを生まなましく思い返した。なぜ伊藤を拒んだのか解らなかった。白い喪服の幻影に操られるように逃れた自分も解らなかった。もし、あれがあのような唐突とした露《あら》わな場所でなかったら、自分はどうしただろうか、多加には判断がつかなかった。自分が求めた時は伊藤が避け、伊藤が求めた時は自分が避ける羽目になっている。何か眼に見えない行き違いの筋に、張りめぐらされているような皮肉な運命だった。その行き違いの筋も、今度で、ぷつりと大きな音をたてて切れてしまったようだった。

十

大阪へ連れて来た十人の安来節謡いは、恵美須町《えびすちよう》の寄席《よせ》芸人ばかりが住んでいる芸人横丁へ住まわせた。石畳の路地をはさんで、向い合せに並んだ二十軒長屋のうちの二軒を借り、布団《ふとん》と炊事道具、米から醬油《しようゆ》まで運び込み、小遣銭をやって一週間経っても遊ばせておいたから、ガマ口には腑《ふ》に落ちなかった。

八日目になっても、多加は一向働かそうともせず、まだその十人に着せる着物を日本橋の呉服屋へ買いに行きかけたので、ガマ口は腹の虫を据え兼ねて、

「御寮人《ごりょうん》さん、一体、どんな料簡《りょうけん》でいてはりますねん、せっかく、えらい目して安来から引っ張って来て、毎日うまいもん食わして、ゴロゴロ遊ばしてるだけやおまへんか、当節、狐《きつね》に抓《つま》まれたみたいな話でんな」

「阿呆《あほ》やな、あんたが、わての思案がわかりまへんか、なんぼ謡えても、泥のついたままでは、大阪の舞台《いた》へは載せられまへん、あないして遊ばして、田舎の泥をうんと吐かして、裾《すそ》模様や紋付着ても恰好《かっこう》つくようになってから舞台へ出すのや」

と云《い》い捨てるなり、裾模様を買いに出かけた。出雲《いずも》から連れて来てから、ちょうど一カ月目であった。初めて十人を舞台へ出したのは、それから二週間近くしてからであった。

大看板の落語家を入れている法善寺の花菱亭《はなびしてい》では、師匠達の強い反対があって、安来節を打つことが出来なかったから、多加は千日前の小さな寄席《こや》を買って安来節の定《じょう》席《せき》にした。新しい寄席《こや》へ、出雲から出て来たばかりの十人がずらっと顔を揃《そろ》えたので、僅《わず》かな間に評判になった。前から人気を取っている芸人も混って、新顔に食われまいとして、凝った節廻しで謡うと、かえって座が割れ、

「もうええ、店晒《たなざら》しもん引っ込んどれ、新ぱち、早よ出て来い！」

と弥次り、御目見《おめみえ》したばかりの十人が、次々と謡い出すと平場の客たちは、体を畳

に横倒しするようにして、聞き惚《ほ》れた。特にお種婆《ばあ》さん、芸名、出雲お種が出ると、わっと座が沸《わ》いた。別嬪《べっぴん》や苦味走った男の安来節を聞き馴《な》れている客も、皺《しわ》の見える婆《ばばあ》のくせに、一旦《いったん》、謡い出すと寄席《こや》中に声が通り、高い声から低い声に落ちる節廻しの時、押し出すように艶《つや》っぽい色気が滲《にじ》み出る出雲お種が珍しかった。田舎の婆さんにしてはちんまりと色が白く、裾模様を着てお尻《いど》からげした裾から赤い縮緬《ちりめん》の腰巻をみせ、浅葱《あさぎ》色の手拭《てぬぐい》を姉《あね》さん被《かぶ》りにして踊り出すと、猫が頬被《ほおかぶ》りして踊っているようなとぼけた恰好であった。

出雲お種の人気で定員七、八十人の寄席へ、入り代り四百人も入る日があったから、七月に入ると、寄席の中は人いきれで、蒸し殺されそうになった。七月二十一日の難《なん》波《ば》神社の夏祭りの日には、寄席《こや》の四方八方に氷柱をたてて廻ったが、そんなことでは一向に追いつかない。夕方から浴衣《ゆかた》がけの客がたて込み、脂汗《あぶらあせ》が滲むような蒸し暑い寄席で、団扇《うちわ》をバタつかせていたが、出雲お種が舞台《いた》にかかり上手《かみて》の鳴物に合わせて謡い出すと、急に団扇の音が止まった。そして波打つように客の背中が揺れ出したかと思うと一斉に立ち上り、諸肌《もろはだ》を脱いで、出雲お種の唄と手振りに合わして踊り出した。諸肌に汗を噴き出し、上気した額に何時《いつ》の間にか捻鉢巻《ねじはちまき》をし、手拍子を打って踊る客もある。煽《あお》るように出雲お種は、さらに声を張り上げた。呼応するように客は派手な手振りで浮かれ出した。木戸に坐《すわ》っていた多加は、驚いて平場へ飛び込んだ。せっかく立てた氷柱が横倒しになり、みるみるうちに畳の上に氷が流れ出したが、昂奮《こうふん》した客は素足で、その水浸《みずびた》しの畳の上を踏んで踊り狂っている。

「おばはん、何ボヤボヤしてんね、早よ踊らんかいな」

いやと云うほど背中を叩《たた》かれた多加は、

「へえ、えらいすんまへん」

たて続けにぺこぺこ頭を下げるなり、自分もお尻《いど》からげして、諸肌脱ぎの晒《さらし》の襦袢《じゅばん》一枚になって踊り出した。

「日本一の色気婆《ばばあ》――次は浄瑠璃《じょうるり》節《ぶし》で頼んまっせ！」

大声で客が舞台に相手になると、

「ほい来た、三つ違いの兄《あに》さんと……」

壺坂《つぼさか》の浄瑠璃がかりをはさみながら、つるりとすぐまた安来節に返って、舞台から客席へ相手になる。昂奮した客の一人が舞台へ投げ銭すると、客が客を呼んで熱狂し、さらに手振りの速度が早くなって行った。

「まるで天理教みたいやないか、みな憑《つ》きもんしたみたいに踊り狂うてる、わての買うて来た安来節は当ったんや、寄席の商いの冥利《みょうり》云うのは、これや――」

多加は、客の間に挟まれて、背中を小衝《こづ》かれたり、足を踏みつけられたりしながら、体裁もなく体を振って踊りながら、泣き笑いした。

千日前の小さな寄席では、到底、間に合わなくなり、思い切って多加は、翌年の正月から天満《てんま》、松島、法善寺などの花菱亭にも掛持ちで出雲お種らの十人を出し、すぐ、そのあとの補充も安来の丸十旅館の主人に頼んだ。一人十銭の木戸銭で、一日平均三百五十円の上りがあり、仕込みが全部で百五十円ぐらいのかかりであったから、一日二百円の儲《もう》け。ラムネが一本六銭の当時である。これ迄《まで》も殆《ほとん》ど亡夫の借金を返していた多加は、ここで大きく儲けて商いの資本を蓄積する段階に入った。

十一

年を越して、大正十二年の春を迎えても、安来節は一向に廃《すた》れそうもなく、二年越しに安来節で安穏な儲けが出来そうに見えたが、この年の九月一日に関東の大震災が起った。

九月三日の号外で初めて東京全滅の模様を知るなり、多加は前日の木戸の上り銭と手持金を引浚《ひっさら》えて谷町筋《たにまちすじ》へ走り、店の看板など見ず、表から通庭《とおりにわ》越しに一番大きな蔵

の見える店へ飛び込み、

「蔵から毛布五十枚、今すぐ引っ張り出しておくなはれ、夏場の毛布やさかい負けときな」

気色《けしき》ばんだ剣幕で値切り、その足で天満市場へ走って、米を三俵買い付けた。出入りの棟梁《とうりよう》に頼んで頑強な若い衆《し》を一日五円の日当で十人集めて貰《もら》い、それぞれに背負えるだけの毛布と米を担《かつ》がせ、ガマロと一緒に翌日の夜行で大阪を発《た》った。列車は東京に家族のあるものか、救援用の食料品を携帯する者に限って、ほかは乗車制限をしていたが、大きな布袋や風呂敷《ふろしき》包みを背負った男が犇《ひしめ》き、窓ガラスが破れ、連結部にまで人がはみ出していた。多加は二貫目ほどの背負い風呂敷を膝《ひざ》の上に置いて、やっと便所際《ぎわ》の席へ三人がけで割り込めた。列車が駅へ停《とま》る度に、入口で喚《わめ》き声があがり、その度に多加は、頭から被《かぶ》さって来る人のかたまりで押し潰《つぶ》されそうだった。腹掛け股引《ももひき》に印袢纏《しるしばんてん》を着た連れの若い衆とガマロは、通路へ下ろした荷物の上へ、折り重なって仮睡していた。列車は鈍行で信越線を廻って、その翌朝、焼け残った上野駅へ着いた。

東京は見渡す限り焼き払われ、ぷすぷすと燻《くすぶ》った煙がたち上り、街全体が、どす黯《ぐろ》い煙に掩《おお》われていた。人形町の末広亭を目指して、ガマロを先頭に歩きはじめたが、容易に方角がとれない。まだ周辺部の、ところどころから新しい火の手が上り、不気味な炸裂音《さくれつおん》が響いて来る。日本橋の方へ近付くにつれ、両側から崩れ落ちた木や鉄材でやっと人が通れる道幅になり、黄燐《おうりん》を吹き出した瓦礫《がれき》の間から、焼け焦《こ》げた人間の死体が見える。多加は恐怖に口がきけず、黙って夢中で歩いた。荷車の上へ焼け残った家財道具を積み、その上へ子供を抱いた女房を紐《ひも》で結びつけた男が、多加達を押し退《の》けるようにして荷車を牽《ひ》いて行った。やっと日本橋まで辿《たど》りつくと、向うの橋際から単衣物《ひとえもの》に木綿の兵児帯《へこおび》だけを巻きつけた男が、手ぶらで歩いて来る。男が間近になった時、急にガマ口が大声で怒鳴った。

「清やん！　清やんやろ！」

焼穴のついた着物の袂《たもと》を握ったまま、男は呆《ほう》けたようにガマ口を見詰めた。

「わいや、大阪のガマ口や、花菱亭の」

「あ、あんた……」

男は掻《か》き着くように、ガマ口の衿《えり》がみを摑《つか》んだ。人形町の末広亭の楽屋番で、大阪の紅梅亭から住み替えした清次であった。

「清やん、生きてて呉《く》れたんか、さあ、これ大阪から持って来てん、使うてんか」

ガマ口は背中から荷物を下ろして、毛布と米を分け、清次の体に押し付けた。

「大阪から見舞に……、こんな中を命がけで……」

「そうや、東京がやられたと聞いて、すぐうちの御寮人《ごりょうん》さんと一緒に見舞に来たのや」


若い衆の背負っている荷物の陰に、疲れ切った姿で立っている多加を指した。

「ご、御寮人さんまで……、おおきに……師匠らどない喜ぶことか……」

楽屋番は、泣くように云《い》った。多加ははっと生気を取り戻した。

「あんさん、師匠を訪ねて行きはりますのんか、どなたさんを訪ねて――」

「へい、柳家小さん師匠が五反田《ごたんだ》のお知合いへ避難してらっしゃると承って、只今《ただいま》から参りますつもりで――」

「さよか、ちょうどええわ、わてらも師匠達を一人ずつ、一人でも仰山《ぎょうさん》お見舞しようと思うて参りましてん、ほんなら、ガマロや若い衆もご一緒さして貰いまっさ」

楽屋番の背中を押したてるようにして、多加は五反田の方へ向って歩き出した。

銀座をぬけて日比谷公園の近くまで来たが、東京の空を掩っている焼け燻った煙のせいか、それとも天候のせいか、辺り一面が消炭色《けしずみいろ》の暗さに掩われている。多加の帯の間にはさみ込んだ懐中時計で、時間は三時前だと知ることが出来たが、まるで夕闇《ゆうやみ》の中を歩いているような暗さと静けさだった。焼け壊れた家の前で、のろのろ跡片付けをしている疎《まば》らな人影があり、ひび割れた茶碗《ちゃわん》に入れた一握りの赤い供養《くよう》花が道端に転がっている。時々、疾風《しっぷう》のように騎馬の兵隊が眼の前を横切って行く。駈《か》り過ぎながら、市内のそこここで暴徒が強盗、傷害を起しているから注意するようにと、云い残して行った。

若い衆は歩きながら固くなった握り飯を齧《かじ》り、水筒の水をラッパ飲みにした。市の中心部から出はずれるにつれ、焼跡が広く続き、不気味な不安に襲われた。お召の着物の上から紺絣《こんがすり》の上っ張りを重ね、草鞋《わらじ》がけで歩いている小柄な多加も、つい気《せ》が急いて、上半身を前へ倒し気味だった。一刻も早く柳家小さんの避難先に辿り着いて、人気《ひとけ》のある中へ加わりたかった。夕方になるにつれ、ますます辺り一面が墨色になり、雨催《あめもよ》いにさえなり始めた。小粒な雨がポツリと眉際《まゆぎわ》に落ちたかと思うと、瞬《また》くうちに本降りになった。背負い袋の中から合羽《かっぱ》を出して頭から被り、身をすぼめるようにして道を急いだ。大阪を発つ時は、勇み肌で力んでいた大工の若い衆も、無惨《むざん》に焼け果てている東京の中で、人一人を訪ね出す心細い難儀に、何時《いつ》の間にか石のように黙り込み、肩へ食い入る重い背負い袋を何回もゆすり上げた。

もうそこが五反田という地点になってから、雨足が急に強くなり、体に叩《たた》きつけるように降り出した。多加は、皮膚に痛いほど降りつけてくる大雨の中で、ガマ口や若い衆の背中の荷物に雨が通らぬよう、合羽のかけ具合を、先になり後になって見て廻った。案内にたっている末広亭の番頭にも渋紙の合羽を着せていたが、背中から容赦なく這《は》い込む雨の中で、寒そうに体を細めている。足もとは、みるみる膝下まで泥塗《どろまみ》れになった。雨宿りするにも、何処《どこ》にも適当な場所が見付からない。多加はもうどうしようもない焦《あせ》りで、その場にへたり込みそうになったが、

「こうなったら、ちょっとでも、歩いてる方がましでっしゃろ、さあ、どうぞ、歩いて、歩いておくんなはれ!」

前髪から滴《したた》り落ちる雫《しずく》と、直接、口の中へ降り込む雨を口に受けながら、多加は小走りに先に立って歩いた。歩きながら、顔中に流れる雨と一緒に涙が噴き出した。あての無い悲愴《ひそう》な思いと切羽詰った苦しさが、一時にこみ上げて来た。それでも、また同じ言葉を繰り返しながら一行の先へ立って歩いた。その度に若い衆は、『オー』『エー』と、短い掛声を返したが、生気のない掛声は、すぐ激しい雨音に消されてしまった。

やっと柳家小さんの避難先へ辿りついた。案内にたった楽屋番が、開きにくい戸を引きはずすようにして開け、中へ入った。うちらの灯《ひ》が明るくなり、玄関先に人影が見えた。ガマ口が荷物を下ろすなり、

「師匠！　花菱亭《はなびしてい》だす」

と、小さんの手をおし戴《いただ》くように握った。小さんは何かいいかけて、言葉にならず、ずぶ濡れになって暗い玄関の土間にたっている一行の姿を見ていた。そして、その場に高座の姿そのままの正しさで、坐《すわ》って手をついた。

「よう来て下すった……」

一言云ったきり、あとは激しく肩先を震わせて、嗚咽《おえつ》した。多加もこみあげて来る涙に押されて、口をきけなかった。うしろからガマ口がそっと、多加の背中を押して促した。

「師匠、よう御無事でいてくれはりまして、大阪から駈けつけた甲斐《かい》がおました」

多加は雨の通った合羽を土間に脱ぎ捨て、玄関の畳の上へ体を擦《す》りつけるようにして挨拶《あいさつ》した。こう云ったまま、あとはまた暫《しばら》く双方で言葉が出なかった。土間に立っているガマ口や若い衆も、泣いているようだった。小さんの体が前へかすかに動いた。

「みな大阪へ逃げて行く時、反対に大阪から女の席主のあなたが来て下すって……、命がけですよ、こんな東京へ今来るのは、申しわけないやら有難くって、可笑《かか》しいね、あたしが本気で泣き出したりして……」

小さんは顔を引き歪《ゆが》めて、無理に笑おうとした。頬《ほお》から顎《あご》へかけて青ずんだ窶《やつ》れが目にたった。

「ほかの師匠たちも御無事でっしゃろか、番頭と若い衆と一緒に御見舞を持って参じましたんで、お届けしとうおますけど——」

「何の恩愛もないのに、こうまでして戴いて、東京の落語家《はなしか》たちは、生涯忘れりゃ致しませんよ」

小さんは眼尻《めじり》に涙を滲《にじ》ませ、膝の上に両手を揃《そろ》えて、静かに深く頭を垂れた。

「師匠、わての一番辛《つら》いことは師匠のような名人を失うことだす、わてのように師匠たちの芸で商いさして戴いております者には、名人の死はかけ替えのない損だす、普通の商いの損は、何とか自分の才覚と努力で取り戻せますけど、芸をもったまま死にはる名人の死は、どないしても取り返しがつきまへん」

一瞬、打たれたように小さんは多加を凝視した。雨で湿ったお召の着物を着て、小さな顔の中に一重瞼《ひとえまぶた》が張り、小柄で平凡な女であった。男勝《おとこまさ》りらしい柄も、素振りもどこにもない。こんな平凡で地味な女のどこから、性根《しょうね》の通った言葉や才覚が出て来るのか、見当がつかなかった。小さんはもう一度、まじまじと多加の顔を見詰めた。

「師匠、何を考えていやはります、お宜《よろ》しかったら、東京の寄席《こや》が立ち直るまで大阪へお越しやす、何時でも喜んでお待ち致してますさかい、裸で来ておくれやす、ほんまに師匠の体一つでお出《い》でやす」

多加は小さんの体を労《いたわ》るように膝を躙《にじ》り出して念を押し、毛布五枚と米一斗、それに金一封の見舞金を添えて差し出した。

その晩は、小さんの避難先の玄関と台所の間を借りて雑魚《ざこ》寝《ね》し、翌朝はまた早くから、聞き伝えにして知った師匠たちの避難先を訪ねて行った。三日目にはやっと静岡から来た荷馬車をうまく捉《とら》え、これに乗って神田伯山をはじめ、大看板の師匠達を見舞に廻ることが出来た。


十月の初旬に真っ先に大阪へやって来たのが、神田伯山であった。次に柳家小さん、柳亭《りゅうてい》左楽、桂《かつら》小文治、三遊亭円歌などの大看板が、続々と大阪へ到着し、それまで東京の名人の大阪出演は難しく、柳家小さんなどは拝むように頼んでも、年に一度ぐらいしか来演しなかったから、大阪中の人気を淩《さら》った。こんな時やないと東京の名人を一堂に並べて聞かれへん、名人の大売出しやと云うので、一般の客達はお茶子《ちゃこ》や下足番などに阿呆《あほ》らしいほどの祝儀《しゅうぎ》をつかませて、争って席取りした。定員四百人の寄席が、連日二倍に埋まり、五十銭の木戸銭が一円に撥《は》ね上っても客足が落ちなかったので、大阪の若手の芸人らの出ている他《ほか》の端席《はぜき》は空っぽになった。暫くの間だけと思っていた名人達も、東京の寄席《よせ》の復興が一向に捗《はかど》らず、大阪へ腰を落ちつけたので、ますます端席を素通りする客が多くなり、気の短い端席の席主は、花菱亭の表口で首吊《つ》って死んでこましたる、と息巻いた。

多加は、法善寺の花菱亭から程近い畳屋町に、旅館を月定《つきぎ》めで借りきり、名人たちの面倒を見たが、今まで日だて百二十円もかかっていた名人に、八十円で出演して貰えたから、寄席界の常識からみれば嘘《うそ》のような安い出演料であった。その上、順番に四国、九州への巡業にも加わってもらったから、多加の経営する花菱亭の名前が地方にまで知られた。

震災の翌年の秋には、遂《つい》に法善寺の西と東で張り合っていた三友派の紅梅亭を買い取り、大阪に大小とりまぜて十三軒の寄席《こや》を持ち、太夫元《たゆうもと》としての地位も築いてしまった。天満《てんま》の樽屋町《たるやまち》の自宅では、南の法善寺横丁まで交通が不便な上に手狭になったので、法善寺に近い三津寺筋《みつでらすじ》に引っ越して、ここを十三軒に増えた寄席の事務所と自宅を兼ねたものにした。三津寺筋に面した事務所は、間口五間、軒庇《のきびさし》の深い落ち着いた構えだった。軒下には、法善寺の花菱亭と同じ藍地《あいじ》に、四季の花々を朧染《おぼろぞめ》した花のれんを水引のように真横一文字にかかげた。

多加の打つ手、打つ手の向うには、何時も幸運が待ち構えていたようだった。商人の一生は運、鈍、根というが、多加には鈍、根でする辛抱よりも前に、運の方が早く来過ぎてしまったように思えた。三十八歳の多加は自分の得ている商い運に、空怖《そらおそろ》しい思いがして、急に吉三郎の墓参りをした。

吉三郎の墓は、大阪の上町《うえまち》台地の本妙寺にあった。西船場《にしせんば》で二代続いた河島屋呉服店の菩提所《ぼだいしょ》らしく、本妙寺の一角に広い墓所《はかしょ》を取っていた。盆会《ぼんえ》と彼岸にはきまって墓参りする多加であったが、突然、訪れて来た多加に墓守は驚き、すぐに水桶《みずおけ》や線香の用意をしかけた。多加は、それを断わって独りで右手に水桶と小さな箒《ほうき》、片手に線香と花を持った。十一月の半ばを過ぎた墓地は人影が絶えて、石碑で埋められた細い道は白く乾いていた。

東寄りの奥の一角の方へ曲ると、二つ並んだ河島家の石碑が見える。右側の小さい方が、吉三郎の石碑だった。椎《しい》の木の繁《しげ》みから洩《も》れる小寒い陽の光の下で、御影石《みかげいし》の肌が銀色に冷たく光っている。石碑のまわりに散り敷いた枯葉を、かさかさと踏みくだきながら、多加は小さな箒で墓石を掃き浄《きよ》め、水桶の底を竭《つ》くまで柄杓《ひしゃく》で何度も清水をかけた。ぽとぽとと雫の滴り落ちる石碑の前へ花を供え、香たてに線香をたてて、長い間そこに蹲《うずくま》るように手を合わせていた。夫に芸人道楽されれば黙って耐え、女道楽されれば泣き喚《わめ》いて苦しんだ十三年前の自分を、手繰り寄せるように思い起した。

平凡な自分が、思いがけず二夫に目見《まみ》えぬ象徴《しるし》の白い喪服を纏《まと》い、商いにだけ一生を賭《か》けることになった女の運命の不思議さが、胸に来た。多加の体の深い底から、ふつふつと湧《わ》き出で、ふつふつと消えて行くようなものがあった。墓石の間を縫って、冷たい風が吹きつけた。線香の先の細い火がかき消された。多加はもう一度火を点《つ》け、その煙が淡く尾をひいて重なり合う石碑の間を静かに流れて行くのを、じっと見守っていた。

十二

多加は通天閣の展望台に立った。地上二百五十尺の望楼から、大阪が一望のもとに見渡せる。捉《とら》えようもない雑然とした町並の中に、東横堀川、西横堀川、長堀川、大川の四つの川に囲まれた四角な地帯が、くっきり浮かびあがっている。そこは大阪の富商が集まる船場《せんば》である。黒い屋根瓦《がわら》の連なりは、三月の明るい陽ざしの下で、墨絵のような鮮やかさと重々しさを見せ、銀色に輝く四つの川は、贅沢《ぜいたく》な額縁のように富商の町を縁取る。この額縁の四方から黒い線が延びているのは、船場とその隣接する町とを繋《つな》ぐ橋々であった。橋々の際《きわ》で、一段と強く眼に入るのは、南の宗右衛門町と北の曾根《そね》崎《ざき》新地の花街で、船場の両袖《りようそで》を押えるように、ぴったりと寄り添っている。この周辺から家並が疎《まば》らになり、仕舞屋《しもたや》風《ふう》の家が多い上町台地が見え、さらに市内から遠くなるにつれ、碁石を一握りずつ置いたように、住宅街と町工場が押し詰っている。林立する町工場の煙突からは、絶え間なく煤煙《ばいえん》を吐き、昭和初年の活気が、そこにあるようだった。黒い煤煙の流れの向うに、淀川《よどがわ》、大和川が、広い川幅で大阪を囲繞《いにょう》し、これを境にして、急に緑の樹《き》や畑が広がる。

多加の立っている通天閣の下から、耳鳴りするように喧噪《けんそう》な音が伝わって来る。視線をすぐ足もとの、真下に移した。寄席《よせ》、活動写真館、小料理屋、射的屋などが犇《ひし》めくようにたち並び、めし屋の大きなめし提燈《ぢようちん》だけが、風船玉のようにぽっかり、軒下から空に向って突き出ている。路地のような、細い道に人間がのろのろ歩き、その間を縫って、タクシーが走っている。道頓堀《どうとんぼり》、千日前より、さらにくだけたこの新世界には、仲見世《なかみせ》も出て、小屋がけの芝居やサーカスで賑《にぎ》わっていたが、ここの名物は、何といっても、新世界の、玄関口に聳《そび》えている通天閣である。鉄骨で組んだ塔の上に饅《まん》頭《じゆう》のような屋根を持った望楼があり、エレベーターで昇降出来るようになっている。

この通天閣を、多加が買い取ったのである。大正元年から十六年間に三人の手を渡り、多加が四人目の持主になった。前の持主であった松田善三郎は、親譲りの新世界一帯の寄席持《こや》ちであったが、寄席商いの目利《めき》きがきかず、ここ二、三年の間に二軒ずつの割で寄席を手離していた。今度も三津寺筋の多加の自宅まで、二軒の寄席を売りに来た時、四十四、五というのに年寄りじみた陰気な顔をして、

「通天閣の両側にある寄席を二軒買うて貰《もら》うついでに、あの真ン中に突っ立っている通天閣も、一緒に買うてくれはれしまへんか」

と切り出し、多加がまだ返事もしないうちに、吃《ども》りながら、

「えらい押売りみたいだすけど、今度みたいな機会やないと、あんな馬鹿《ばか》でっかい奴《やつ》は売れまへんわ」

気弱に笑って、多加の顔色をうかがった。

「新世界の名物やというもんを、なんでまた急に売りに出しはりますねん」

「それが、皇太子殿下《さん》の御成婚記念から大阪城の天守閣へも昇れるようになりましたやろ、あれからお上りさんの見物料を通天閣で独り占め出来んようになって、さっぱりあきまへんわ」

「ふうーん、そうでっか」

多加は、松田の放蕩疲《ほうとうづか》れしたような澱《よど》んだ眼と、右手に持った華奢《きやしや》な男ものの手提

げ袋を見比べながら、暫《しばら》く考え込んだ。

「松田はん、わての要るのはあの両側の二軒の寄席《こや》だけですねん、そやけど昔から地続きは買うとけという言葉もありまっさかい、まあ、地代に毛生えたみたいな値やったら、引き取りまひょ」

「地代並いいはりまんのんか、え、え、えらいきつう、お、おますな」

激するとそうなるらしく、松田はまた吃った。

「抱き合せみたいな取引は、それぐらいの辛抱して貰わんなりまへん、わてかて、あんな嵩高《かさだか》いもの買うて、どない商売に廻したらええか、見当つけしまへんさかいな」

取引を元へ戻すような気配で、多加が突っ放すと、松田は陰気くさい顔を硬《こわ》ばらせ、「まあ、なにも今、決めんならんことおまへん、お互いに明後日《あさって》まで考えまひょ」

話を持ち越しにして、猫のように足音もたてずに帰って行った。

この商談をガマ口に話すと、頭から反対した。

「御寮人《ごりょうん》さん、商売は上げ潮の時の用心が肝腎《かんじん》だっせ、何も両側の寄席買うからいうて、真ン中にたってる無用の長物みたいな通天閣まで、買わんかてよろしおますやろ」

「あれ、無用の長物と違いまっせ、なるほど、この頃は一人十銭のエレベーター代の上《あが》りも悪なってるそうやけど、エレベーター代で商いしよう思うから、勘定合えへん、ほかの商いのやり方も、あるやないか」

「そんな狐《きつね》に抓《つま》まれたみたいなこと、云《い》いなはんな、十六年間も男の商売人がエレベーターを上げ下げして、見物料だけで商いして来たのだす、このほかに、どんなやり方がおますねん、まさか、まっすぐ立ってる通天閣を逆さまにも、横にもでけまへんやろ」

「いや、わてはあると思いまんねん、そら、今すぐどないするねんと云われたら困るけど、ともかく新世界の玄関口へデーンと控えて、いやでもこの下くぐらんと新世界の寄席や芝居を観《み》に行かれへん、その度に、ああ、これ花菱亭《はなびしてい》の通天閣や云われてみい、それだけでも値打ちあるやないか」

「阿呆《あほ》らしい、そんなええ気分だけで、仰山《ぎょうさん》、金を使う商売人おますかいな」

ガマ口は腹だたしげに、語気を荒げた。

「さよか、けど、苦労して造ったわてのお金や、気分だけでは使いますかいな、花菱亭の通天閣やいうことになったら、新世界にたった二軒しか寄席持《こや》たんでも、新世界全部が花菱亭のもんみたいに思うてくれはる、呉服や傘《かさ》を売ってる商売と違いまっせ、わてらの商売は、人気で繁昌《はんじょう》さして貰いますのやで」

「へへえ、つまり、東西屋がわりにもなるいいはるのでっか？　それにしては、高過ぎる出銭《でがね》やおまへんか」

「これが出銭《でがね》になるか、入銭《いりがね》になるかの帳尻《ちようじり》は、こっちの商い次第で定《き》まることや」

「えらい自信でござりますな」

下唇を皮肉に引き歪《ゆが》めて、ガマ口は吐いて捨てるように云った。それでも多加は強引に、翌日、松田の方から折れて出たのを幸いに、山口銀行から九万三千円引き出して通天閣を五万七千円、二軒の小さな寄席を三万六千円で買い取った。昭和二年の二月の初めだった。それから一カ月で改装工事をして、女節句の今日に定めた披露式に間に合わせたのである。

長い間、楼上に立っていた多加は、背中から冷えこんで来るような寒気を感じた。展望台の周囲に張りめぐらせた紅白の幔幕《まんまく》が、急に吹き出した肌寒い早春の風に強い音をたてではためいた。薄鼠色《うすねずいろ》の裾模様《すそもよう》の上に鉄色の丸帯を締めた礼装の多加は、衿《えり》もとをかき合せ、晴れがましい今朝からの出来事を思い出した。朝から大阪の芸能界や政界、財界などの名士を招いて、多加が改めて通天閣を経営する披露宴を張った。

宴会場は通天閣から眼と鼻の先にある料亭『小若《こわか》』の大広間で催した。コの字型に並べた会席膳《ぜん》の前に紋付羽織やモーニング姿の各界の名士が居並び、南と北の新地の芸者が会席膳の前に控えた。来賓の祝辞が終ると、多加は体をすぼめるようにして立ち上り、四十を越してから急に小肥《こぶと》りになって来た膝《ひざ》に両手を重ね合せ、

「大阪というところは、ほんまに有難いところでございます、何の経験も才覚もない素人《しろうと》あがりのわてでも、十七年間、一生懸命してますと、ちゃんと女のわてにも商いさしてくれはるだけの場所を皆さん方で空けてくれはります、商いにきついとこだけにまた、ええ商いもさして戴《いただ》けるところでございます、こうして、今日ええ商いを戴けますのも、一重に皆さん方の御贔屓《ごひいき》のお力で、もったいのうおます、どうか、今後もお陰を蒙《こうむ》らして戴けますように、宜《よろ》しうお頼《たの》申します、おおきに、おおきに」

たて続けに御辞儀して、長男の久男と並んで畏《かしこま》った。この日のために東京から帰省した大学生の久男は、母の稚拙《ちせつ》な挨拶《あいさつ》に顔を赫《あか》らめていた。商いの場では強気で大胆な多加であったが、大勢の人前で改まって喋《しゃべ》ったり、挨拶したりすることは不得手であった。そんな多加を、市会議員の来賓として出席している伊藤友衛《ともえ》が、人の肩越しに見詰めていた。

伊藤は正面の上座に坐《すわ》り、独り盃《さかずき》を口もとに運んでいる。モーニング姿の顔がやや酒気を帯び、五十を過ぎて豊かな肉付きを増して来たように思えた。多加は、気付かれぬように、時々、伊藤の首筋から肩へかけての、重厚な男の気配へ眼を遣《や》った。伊

藤は多加と眼が合うと、労《いたわ》るような優しい視線を絡《から》み合せ、眼の奥で笑って、また多加を静かに押しやるように、すうっと視線をはずした。

出雲《いずも》の丸十旅館で伊藤を振り切って別れてしまってからは、暫く伊藤の足が遠退《しおの》いていたが、三カ月ほどすると、また一カ月に一度は法善寺の花菱亭をのぞきに来るようになった。木戸や廊下で顔を合わせると、多加は、その場に磔《はりつけ》られそうな気持を押えて、以前と同じように小腰を屈《かが》めて丁寧に挨拶した。伊藤も何事もなかったように普通に会釈《えしやく》した。多加は胸の中ではひび割れるような乾いた思いがしたが、それでよいのだと耐えた。月に何回か伊藤が来てくれるということだけで、心が温まり、多加の心が落ち着くようだった。そんな空気のような密度と馴《な》れのままで、何時《いつ》の間にか八年も過ぎている。伊藤は八年来の御贔屓客で、多加は贔屓を蒙っている席主であるだけだった。

一時過ぎに会席を終え、引き続いて紅白の幔幕を張った通天閣へ来賓を案内した。酒で頰《ほお》を赫く染めた賑やかな人の列が、エレベーターの前へ寄った。多加はエレベーターの入口に立って、一人、一人の来賓に、

「本日は有難うさんでござりました、どうぞ、ごゆっくり御覧のほどを――」

と挨拶して、十三人ずつ区切ってエレベーターで、楼上へ案内した。三回目の区切

れの時に、伊藤が、多加の挨拶を軽く受けながら、低い多加にだけ聞える声で、

「やっぱり、あんたは商いにだけ賭《か》ける人——」

たった一言、そう云った。その声には、多加の体の奥深くにまで届く、情愛の籠《こも》った響きがあった。強いて固く閉ざしていた多加の心の重石《おもし》が、微《かす》かに揺れ動くようだった。多加は思わず、その声に追い縋《すが》るように、体を前へ動かしたが、伊藤はもう、エレベーターの扉《ドア》の向うへ入り、するすると、鉄骨の間を上昇して行った。

夕方の楼上は、さらに風が冷たく強くなって来た。三百人の来賓が昇って帰って行った展望台のあとは、砂埃《すなぼこり》で白くなっている。多加はもう一度、眼下を見渡した。夕《ゆう》闇《やみ》の中で疎《まば》らに灯《ひ》がつきはじめている。つい先程まで血の気を失ったような暮色の中にいた街が、灯とともに再び息づいている。二十年前には夕餉《ゆうげ》の支度を楽しんだ平凡な自分が、今こんな大阪を一望に見下ろす塔の持主になって、商いに一生を賭けている。今立っている通天閣も、大きな賭けに違いなかった。同じ賭けるのやったら、女の執念で大きう賭けたる——と、強くなった風の中で、多加は手摺《てすり》から身を乗り出すようにして、呟《つぶや》いた。

披露式の翌日、午前十時から通天閣の新店《しんみせ》開きをした。赤く錆付《さびつ》いていた鉄骨に防腐剤が塗られ、古びてガタガタになっていたエレベーターは真っ赤に塗り直されて、

勢いよく昇降した。黒い二百五十尺の鉄骨の間を、真っ赤な箱型のエレベーターが昇って行くのを見て、新世界に日の出が昇ったと、その日のうちに縁起のいい人気を得た。

日が暮れるのを待ち構えていたように、この日の六時半になると、突然、通天閣のどてっ腹に途方もない大きなイルミネーションが輝いた。しかも『ライオンはみがき』という字をまばゆいばかりに照らして出したから、新世界はもちろん、道頓堀を歩いていた人たちも、あっと驚いて足を止めた。これが多加の考え出した通天閣の新しい商いの仕方で、ライオンはみがきの広告料は年間一万八百円。その上、通天閣へ昇った客はきまったように両脇《りょうわき》の花菱亭の寄席《こや》へ足を運んだから、通天閣と抱き合せに買った二軒の寄席も最初から入りが続いた。

この通天閣がきっかけで、翌年、多加はさらに京都にも寄席を持つ大席主になったが、下駄や靴《くつ》のままで入れるようになった高麗橋《こうらいばし》の三越を見て、寄席も下足なしにしなければと気付いた。昔ながらの寄席気分を味わう通《つう》の客の多い法善寺の花菱亭を除き、あとの寄席は桟敷《さじき》だけを残して全部、椅子《いす》席にし、お茶子《ちゃこ》の案内や下足なしで気軽に入れるようにした。これを機会《しお》に、四十を過ぎても甲斐性《かいしょう》無しの亭主と別れられず、急に白髪の増えたお茶子頭のお政は、

「椅子席の寄席ができるようでは、お茶子の先も見えてるわ」

と、祝儀《しゅうぎ》を蓄《た》め込んだ金で、小料理屋の権利を買った。千日前の播重《はりじゅう》の近くに開く店のために、多加は、金一封二千円を祝い、屋号を、『花衣《はなごろも》』と、付けてやった。

十三

寄席《よせ》の舞台の方は、気狂い沙汰《ざた》に近い流行《はやり》であった安来節《やすぎぶし》も、昭和四年の末頃から、廃《すた》れ気味になり、寄席の本筋である落語が、やはり長い目でみると強く続いていた。落語を聞く客は同じ落語《はなし》でも、今度は誰それが演《や》るから聞きに行くというのが多いので、それだけ根強い。その上、三木助や春団治のような人気師匠が高座に出ていたから、落語の出番が目立った。特に春団治は落語《はなし》が面白い上に、突飛《とっぴ》な奇行や出鱈目《でたらめ》な生活で、大阪の寄席界の人気者だった。船場有数の富商である岩井松商店の未亡人を婚家先から引っ張り出し、二度目の女房にしてしまってからは、後家殺し！　の異名がたち、春団治見たさで来る客も多くなり、法善寺の花菱亭《はなびしてい》を始め、春団治が掛持ちする、北、堀江、松島の花菱亭まで満員になった。

金看板の春団治であったが、奇言奇行が多いだけに多加は気苦労が絶えなかった。

その日は正月の高座というのに、時間になっても春団治が現われない。楽屋番からお茶子まで顔色を変えて、春団治の掛持ちの寄席《こや》へ探しに走ったが、一向、出先が摑《つか》めない。多加はコートを羽織るなり、車に飛び乗って春団治の家の前まで来ると、まさかと懸念《けねん》したことが起っている。家のぐるりに、黒い葬礼幕《そうれん》が張りめぐらされ、玄関口に人だかりがしている。多加は葬礼幕を引き千切るようにして、家内《いえうち》へ駈《か》け込んだ。襖《ふすま》を開けると、床の間を背に死装束を着た春団治が、三枚重ねの座布団《ざぶとん》の上にちんまり坐《すわ》っている。

「なに阿呆《あほ》な真似《まね》してはりますねん！　出番の時間やいうのに」

春団治の胸もとを権尽《けんずく》に突いた。小突かれながら春団治は至極、神妙な顔をして、

「それがあきまへんねん、二、三日前に正月やから思うて染丸、円馬はんらに取っておきの猥談《わいだん》聞かしたるよって、わいの指定の場所まで来いいう廻状《かいじょう》出しましてん、それが、その筋に洩《も》れて罷《まか》りならぬという厳しいお達しの上に、廻状出したみなにまで迷惑かけたさかい、こないして死んでお詫《わ》びを、つまり棺桶《かんおけ》来るのを待ってまんねん」

と云《い》い、皺《しわ》になった死装束の衿《えり》もとを気にして、直した。

「アホなこと、そんで、花菱亭の高座はどないしてくれはりまんねん！」

むかっとした多加は、春団治の膝際《ひざぎわ》へ、びしゃりと坐り込んだ。

「そら、困りまんな」

人ごとのように答えて、南無阿弥陀仏《なむあみだぶつ》と、掌《てのひら》に巻いた数珠《じゅず》を、まさぐった。

「ごた(冗談)もいい加減にしておくなはれ、あんたのごた道楽で、花菱亭の信用は台無しや、さあ、今からすぐ高座へ上っておくなはれ」

多加は、春団治の背中へ手をかけ、白い死装束を剝《は》ぎとり、黒紋付に着替えさせ、玄関口でおろおろする弟子に、

「こんな人騒がせな時に、恋女房の嫁はんはどこへ、雲隠れしてはんねん」

と叱《しか》りつけ、春団治を車に押し込み、法善寺まで引っ返した。

シバリ(終りから三番目)になっていた春団治が、トリ(最後の番)が済んでも出て来ないから、満員の客が花菱亭はインチキやと罵倒《ばとう》し、座布団や湯呑《ゆのみ》を蹴散《けち》らして、帰り足になっていた。囃子《はやし》部屋ののぞき桟の間から、この様子を見て取った春団治は、それまで多加に支えられながらぐにゃぐにゃしていた体をしゃんとしたかと思うと、マントを脱ぎ、羽織、着物まで脱ぎ捨て、長襦袢《ながじゅばん》一枚になり、この上からマントだけ羽織って楽屋から高座へ駈け上り、マントの打ち合せから長い手を出し、

「モシ、モシ」

大きな声で、帰りかけの客に呼びかけた。客が振り返ると、いきなりぱっとマントを脱ぎ、女物のような派手な長襦袢一枚になって舞台へ頭をすりつけ、

「今日、高座へ遅参致しましたは、ちと事情《わけ》あって冥土《めいど》へ気晴しに参っておりまして──」

と、今朝ほどの死装束の阿呆なことの次第から始めて、本筋の落語《はなし》に巧みに引き入れてしまったから、客は怒るどころか、

「ついでに冥土《めいど》の猥談も頼んまっせえ！」

大向うがかかり、終演時刻の十一時の鉦《かね》が鳴っても、春団治は高座を退《さが》らず、客も席をたたず、多加は臨監席の巡査に五円、罰金を取られた。

こんなことが、さらに春団治の人気の因《もと》になったが、二人の妾《めかけ》のほかにも気紛れな女関係があり、始終、もの要りで借金に追われていた。色の浅黒い扁平《へんぺい》な顔だちで、後家殺しなどという浮名が不思議なほどであったが、一旦《いったん》、高座へ出ると、灰汁《あく》の強い面白さと妙な色気で客の心を引っ浚《さら》った。多加と顔を合わすと、遠慮なく借金して行った。多加も芸人への貸金は、一種の芸人操縦法だと思っていたから、売れる芸人には黙って貸したが、必ず証文は取った。

春団治の借金の証文が、四ヵ月程の間に金庫の中へ一寸余りの厚さになって溜《たま》りか

けると、さすがに多加もそれ以上貸さず、毎月の給料から差し引くことにした。借金が給料引きになると、春団治は、

「御寮人《ごりょうん》さん、あんたは若うて別嬪《べっぴん》さんで金持や、そやけど後家頑《ごけがん》、つまり、後家のくそ頑張りいう奴《やつ》だすわ、わては借金持ちの素寒貧《すかんぴん》で、後家殺しときてる、後家頑《ごけがん》と後家殺しでは、話がうまいこと行くはずおまへんな」

厭味《いやみ》を云い、人を食った眼つきで、多加の胸のあたりをじろっと見、白い歯を出して、皮肉な笑いをした。

それから一週間目、春団治は多加に無断で上本町《うえほんまち》九丁目の大阪中央放送局から、落語放送をした。多加が太夫元《たゆうもと》になり花菱亭に出演している芸人は、ラジオに出られない約束になっている。ラジオで寄席演芸を聞けるなら、わざわざ寄席まで足を運ばさず、家でお茶漬《ちゃづけ》でもかき込みながら聞く客が多くなる。そうなると誰よりも大阪、京都に十六軒の寄席《こや》を持ち、寄席一本でたっている自分が真っ先に参るというのが、多加の考え方であった。

ガマロが春団治のラジオ出演を知って、三津寺筋《みつでらすじ》の多加の家へ駈け込んで来たのは、その日の四時過ぎであった。多加は大学の春休みで帰省している久男と向い合って夕食をしていたが、知らせを聞くなり、

「しもた！」

男のような声で、手に持っていた箸《はし》を刃物のように食卓の上へ突ったて、敷居際にたって息を切らしているガマ口に、

「あこぎなこと（むごいこと）しはるやないか！　それほんまか」

眼を血走らせて憤《いきどお》りながら、まだ半信半疑で、もう一度、ガマ口に念を押した。

「今、人に聞いたとこだす、間違いおまへん」

「ラジオなんかで落語《はなし》されたら、花菱亭《うち》が一番こたえるのや、あんなお客の顔も伺えんようなところで、ろくな芸が出けるもんか、春団治はんは、みすみす、花菱亭《うち》との一札を破りはったわけやな」

多加はこれからの寄席《こや》の入りを考えると、体が細って行きそうだった。

「お母はん、そやけど、ラジオの落語《はなし》もなかなかいけるで、そない血相変えんときいな」

紺絣《こんがすり》の着物を着た久男が、上眼遣いの気弱な笑い顔で、多加のいきりたった気を柔らげるように云った。

「あんたは何も知らんのや、黙っていなはれ、寄席商いはそんなな まやさしいもんやあらへん」

頭ごなしに叱りつけ、食卓の箸をきちんと箸箱へ納めて、

「ガマロはん、わては女やけど、このまま引っ込んでしまへんで」

とガマロの手を掴むようにして、住居《すまい》と続きになっている事務所の席主部屋へ引き籠《こも》った。一時間もすると、常着の上に単衣《ひとえ》紋付を羽織った多加と皮の手提げ袋を持ったガマロが、せかせかと表口へ出、タクシーに手を振った。車の扉《ドア》を開けながら、

「五十銭で行きまっせ」

という運転手に多加は、

「五十銭よりもっと張り込みまっせ」

と声高に云い、車を飛ばして住吉の春団治の家まで乗り着けた。

「ごめんやす、失礼さん」

と一応、挨拶《あいさつ》の声はかけたが、あとは返事も待たず、表戸を開けて中へ入ると、中の間で春団治が晩酌を傾けていた。長火鉢《ながひばち》を間にして、春団治に後家殺しと浮名をたたせた後家はん上りの女房が横顔を見せて坐っている。風呂《ふろ》上りらしく、縞《しま》お召の下に重ねた浴衣《ゆかた》の衣紋《えもん》が、ゆるくはだけて、衿白粉《えりおしろい》の下がほんのりと艶《つや》っぽい。多加は一瞬、怯《ひる》みかけたが、ガマロは、四つ這《ば》いに這うような姿勢で、春団治の前へ坐り込んだ。

「夜分に御無礼さんでござります」

くそ丁寧な挨拶をした。

「なんや、お前、ぬうっと入って来て、まるで居坐り強盗やないか、それにしては修繕のきかんガマロみたい何時《いつ》見ても面白《おもろ》い面《つら》さらしとるな、これでは威《おど》しも利《き》きまへんわい、ヒヒ……」

春団治は、黄八丈の丹前の膝に酒をこぼしてせせら笑い、銚子《ちょうし》を持った手を宙に浮かせている女房に、酌を促した。ガマロは、その間に割って入り、女房の手から銚子を奪い取り、火鉢の際へ膝を躙《にじ》り寄せて、春団治の盃《さかずき》に一杯、お酌をした。

「師匠、夜分、居坐り強盗みたいに参上致しましたのは、今日、師匠が出はったラジオ出演のことだす、あれは、ちゃんと一本、約束が入ってるやおまへんか、これでは約束を反古《ほご》にして、花菱亭の首紋めはったのと同じや、師匠が、そんな気でいてはるなら、花菱亭《うち》も、その気で勘定さして貰《もら》いまっさ」

と云うなり、皮の手提げ袋の止め金をはずし、中から白い紙片を出したかと思うと、紫色の長い舌で唾《つば》をつけ、眼の前の長火鉢の上へペタリと貼《は》り付けた。幅八分、縦一寸五分位の長方形の白い和紙に、花菱亭と墨で記した上から、印肉の判を捺《お》している封印紙であった。

「ガマロはん、一体、これなんやねん」

「へへ……、高利貸しやおまへんけど、貸金と損害賠償の抵当《かた》に、家財道具を差押えさして貰う次第でおますわ」

「そんなえげつない！　御寮人さん、何とか——」

春団治は、一言も口をきかないでいる多加の方へ振り向いた。多加は無表情な顔で、春団治の眼をじろっと一瞥《いちべつ》しただけで、答えなかった。横からガマロが、

「師匠、今日のところは番頭のわてが一切、構えさして貰いまっさ、御寮人さんは、阿呆らしいて口もききはりしまへんわ」

と軽くいなして引き取り、

「えげつないのは、師匠の方や、ラジオが寄席《こや》にとって、どないこわいもんか知っての上やおまへんか」

こう云い返すと、ガマロはさらに昂奮《こうふん》し、長持、簞笥《たんす》、机と、ペタ、ペタ、封印紙を貼り付けて廻った。多加は、いきり立っているガマロを止めもせず、胸もとで合わせた袖《そで》に顎《あご》を埋め、そ知らぬ顔をしていた。時々、ちらっと春団治の方を見ると、不貞《ふて》くさったように長火鉢に肘《ひじ》をついて、独酌でコップ酒を飲んでいる。女房も青ざめた顔を、権高《けんだか》につんと横向けていた。ガマロは飽かずに、花瓶から脇息《きょうそく》、乱籠《みだれかご》、衣裳《いしょう》

箱《ばこ》の中の着物に至るまで封印紙を貼り付け、差押え物件を一々、丹念に帳面に書き込んだ。

「御寮人さん、これで家財道具一切、差押えだす、あとは三度のご飯を食べる鍋《なべ》、釜《かま》と茶碗《ちゃわん》だけということですわ、宜《よろ》しおますか」

ガマ口が帳面を多加に示すようにして、尋ねた。

「ご苦労さん」

と頷《うなず》きながら、多加はいきなり、つかつかと長火鉢の傍《そば》まで近付いた。多加の白い手が大きく伸びたかと思うと、寝そべりかけている春団治の口の上へ、ピタリと封印紙を貼りつけた。春団治は跳《は》ね起きざまに自分の口に手を当てた。

「殺生《せっしょう》な！　口まで差押えせんかて借金は返したるで」

封印紙が下唇だけはずれて、春団治の上唇の上でヒラヒラした。

「師匠、わては借金の一寸の証文が三寸になるより、ラジオが一番こわい、家財道具より師匠の口を、差押えさして貰いまっさ」

「そんなえげつない、落語《はなし》の質入れは聞いたことあるけど、口の差押えは生れて聞き始めや、せちべん（しぶい）なことしなはんな」

「商いにせちべんな算盤《そろばん》はじくのは、あたり前やおまへんか、師匠が人気者の桂春団治の間は、わての大事な商品やさかい、商品並につき合して貰いまっさ、その代り師匠が落ちぶれはったら、人並に優しうしたげまっさ」

そう云いながら多加は、春団治の上唇で取れそうになっている封印紙を、もう一度貼り直すように指先で押えた。

「さよか、落ちぶれるまでわては商品というわけでっか……、さすが、あんたは、女のくせに大阪一の馬鹿《ばか》でっかい通天閣を買うたお人だけおますわ」

封印紙の下の不自由な口でこう云い、春団治は眼尻《めじり》に奇妙な薄笑いをうかべた。

それから三カ月はこともなくすんだが、再び春団治は無断でラジオに出た。この時、多加は、たまたま京阪神の席主の懇親会で、六月の節季をすませてすぐ、城《き》ノ崎《さき》温泉へ行っていた。夜の宴会の最中に大阪から、

マタラジ　オモウアカン

という電報が来た。字数を節約《しまつ》したか、慌《あわ》てたのか差出人の名を打っていなかったが、すぐガマロからと解《わか》った。

途端、血の気がかっと、顔に逆上《のぼ》って来た。多加は素早く周囲に眼を配り、ちょっと湯あたりで逆上《のぼ》しましてんと、単衣物の袖で頬《ほお》を押えながら、電報用紙をもみくちゃにした。何気ない振りをして宴会につき合い、そっと女中に祝儀《しゅうぎ》を握らせ、大阪行

の汽車の時刻表を見させたが、この日の大阪行の最終列車は、出てしまっていた。多加が帰阪したのは、翌日の夕方であった。大阪駅へ迎えに出たガマ口の顔をみるなり、

「口の次は、どこを差押えしたらええのや」

と云い、ビーズ編の手提げ袋を右手の腕に通し、土産物一つ持っていない両手を、男のように袖口からだらりと、前へ垂らした。ガマ口は、手提げ袋を受け取り、多加の背中を押すようにして、タクシーに乗った。

「ガマ口はん、今度は胴身《どうみ》に堪《こた》えたわ、わてにはもう思案がおまへん」

多加は、ぽつりとこう云い、疲れた体をうしろへもたせかけた。

「まあ、家へ帰ってから、よう思案しまひょ」

参り切っている多加の心を労《いたわ》るように、ガマ口は強いて落着きを作ったが、内心はガマ口の方が度を失っていた。

多加は、お梅の用意してあった風呂にも入らず、ガマ口と廊下伝いに事務所へ行き、人気《ひとけ》のない机の前で顔を見合せたまま、暫《しばら》く黙り込んでいた。途方に暮れるというのはこのことやと思いながら、多加は打つ手が思いつかない焦《あせ》りで、口の中が酸《す》っぱい唾液《だえき》で粘って来た。突然、表戸が手荒く引き開けられた。法善寺の寄席《こや》の下足番が、

法被《はっぴ》姿で額から汗を噴き出し、息せき切っている。

「どないしてん、使いに来たんやったら、早よもの云いさらせ！」

ガマロが怒鳴りつけると、

「えらいことだす！　昨日の春団治師匠のラジオで——」

「なに！　ラジオであかんのか」

「いえ、かえってえらい人気で、札止めでんねん」

「馬鹿たれ！　それを先に云わんかいな」

飛び上るように椅子《いす》から立ち上ったガマロと多加は、下足番の背中を叩《たた》いた。

「札止め！　ラ、ジ、オで——」

多加は大きな声で復誦《ふくしょう》するように、区切って云った。それでもまだ信じ兼ね、

「満員いうのやな、ほんまか」

「へえ、もう、えらい入りで」

多加は汽車の中で皺になったままの着物で、立ち上った。着換えをする間が惜しかった。目と鼻の先の法善寺であったが、車に乗って走った。

寄席《こや》の中は、これ以上入れ込みがきかないほど詰っていた。七月の初めというのに、満員の客は蒸し暑くなった人気《ひとけ》を、出番書《でばんがき》でパタパタ扇《あお》いで風を送っている。木戸番

に聞いてみると、昨日の三倍の入りであった。まだ高座には春団治がかかっていなかったが、ラジオの春団治の噂《うわさ》が桟敷《さじき》にも廊下にも溢《あふ》れていた。

――これはわての負けやった――、多加はこう小さな声で独り言を云い、押し合う客に揉《も》まれてゆるんだ帯〆《おびじめ》を、そっと締め直した。

十四

安来節《やすぎぶし》がすっかり下火になってしまい、落語も文三、文団治、枝雀《しじゃく》、文団枝《ぶんだんし》などの大看板の師匠たちが相次ぐように亡《な》くなり、一人で喋《しゃべ》る落語よりも、二人で演じる漫才の方が大衆に迎えられるようになったのは昭和五年頃であった。活動写真や運動競技が盛んになるに連れて、話の筋の予備知識が要り、じっと芸を味わうような落語よりも、二人が舞台にたって流行歌を唄《うた》ったり、物真似《ものまね》芝居をしたり、頭を叩《たた》き合う派手な漫才の方に大衆の興味が移って行った。

多加も寄席《こや》の商売としては、初めから落語、講談などの本筋もの以外に、色物を取り入れ、それで成功をおさめて来たから、漫才にもこだわらなかったが、落語家達は漫才師を卑《いや》しんで楽屋で顔を合わせるのさえ嫌った。その上、花菱亭《はなびしてい》の贔屓《ひいき》客には通《つう》が多く、漫才の出番を多くすることには頭から反対であった。上方落語の伝統を固守する師匠達の気持も解《わか》るし、これを愛好してくれる顧客の気持も有難かったが、多加はわては商人や、十人の御贔屓さんも大事なら、百人の一見《いちげん》さんも大事やと判断して、漫才に力を入れる決心をした。

法善寺や、北の新地の花菱亭へかけることを避け、初めは松島や新世界の端席《はぜき》へかけた。最初のうち落語、講談、音曲、安来節、山中節などの間へ挟んでかけていたのだが、だんだん漫才の出番の方が多くなり、雁玉《がんぎょく》に十郎、雪江に五郎、アチャコに今男、文男に静代などの組合せが人気を争い、落語家の中からも漫才師に転向するものも出て来た。

漫才が流行《はやり》出すと、多加は家風呂《ぶろ》を止《や》めて、せっせと千日前や新世界の寄席に近い銭湯へ通い出した。銭湯へつかっていると、きまったように漫才の噂《うわさ》が出る。誰の組が面白《おもろ》いとか、面白うないという勝手な客の話が遠慮なく聞ける。その日は、千日前の檜湯《ひのきゆ》で昼風呂につかっていると、沸《わ》き滾《たぎ》って真っ白い湯気をたてている薬湯の方から、

「昨日《きのう》、わてな、神戸で面白《おもろ》い漫才聞いてん、湊川《みなとがわ》神社の楠公《なんこう》さん拝みに行った帰り、新開地の千代《ちよ》廼《の》座へ入ったらエンタツいう、活動のチャップリンみたいなおっさんが

出て来て、変った漫才やってたわ、あんなスカタンな漫才、わてはじめてや」

こう云《い》い、多加がびっくりするほど、けたたましい笑い声をたてた。

「へえ——昨日のことやのに、まだ笑うほど可笑《おか》しかったん？」

「そら、あんた、横に坐《すわ》ってはる男はんに、恰好悪うて、おへそ押えて笑うてん、まあ、一ぺん行ってみなはれ」

「ふーん、一ぺん、行ってみたろ」

聞き手の方が妙に感心して云うと、また昨日、神戸へ行った方が、笑いこりた。濛々《もうもう》とたち籠《こ》めた湯気の向うになっていて、笑いこけている女客の姿は見えなかったが、ぴちゃぴちゃと音をたてる湯面《ゆづら》の気配で、体を捩《ねじ》っているのがわかった。多加は濡《ぬ》れた体をろくにも拭《ふ》かず、湯道具を抱えて家へ帰るなり、すぐ神戸へ出かけた。

神戸の新開地の入口から、少し南へ行った千代廼座は、客が八分入りであった。紋日《もんび》以外の八分入りは、有卦《うけ》の客数だった。浪花節《なにわぶし》と講談のあとに、エンタツが出て来た。

黒縁の眼鏡に謹厳なチョビ髭《ひげ》を生やし、黒い背広をきちんと着込み山高帽を冠《かぶ》っている。眼鏡をかけて髭を生やして舞台へ出ている芸人は、見始めであった。常に眼鏡をかけていても、舞台へ上る時は、楽屋ではずして出るのが、これまでの芸人の常識である。多加はエンタツの容貌《ようぼう》と風態に、小学校の校長か、田舎の村長さんを連想した。融通の利《き》かない謹厳な顔で、阿呆《あほ》なことを喋るところが、ねらいらしかった。

エンタツが一こと喋る度に、客が笑った。他《ほか》の漫才師のように賑《にぎ》やかに歌ったり、踊ったりせず、田舎くさい勘の鈍い男と組んで、話のやりとりだけで笑わせている。しかも、相棒の受けの悪さを引きとって、間合いにまで巧《うま》い動きがあり、指一本の仕《し》種《ぐさ》にも笑いがある。扇子や手拭《てぬぐい》、音曲器具を使って動く漫才に見馴《みな》れていた多加は、殆《ほとん》どしゃべくりだけで生きているエンタツの舞台に驚いてしまった。

早速、千代廼座の席主と話し合い、エンタツに倍額の給料、百円を支払って花菱亭へ引き抜き、前からいたアチャコと組み合せた。

紋付を着て、鳴りもの入りで出て来る夫婦漫才の多い中で、洋服を着て対話形式で笑わせるエンタツ、アチャコの組合せは、その服装も芸も、見る人の眼に目新しかった。対話の内容も、裏長屋や夫婦喧嘩《げんか》の話が多かったこれまでの漫才と異なり、郊外の住宅街の話や、この頃から流行し出したカフェや喫茶店の話をすぐ取り入れたから、若いサラリーマンの客が目だって来た。

新しい客の顔触れが増えて来ると、多加も急に、今まで頑《かたく》なに固執していた庇髪《ひさしがみ》をふっくらした束髪に結い変えて、入口のモギリ（入場券の半分を千切ること）を手伝ったりした。

その日は、ちょうど五月の出番《でばん》替りで、落語、講談、音曲などを少なくして、エンタツ、アチャコの漫才を中心にした番組をかけたばかりの日であった。八人の案内係のうち二人が揃《そろ》って休んでいたので、多加も着物の上に花菱亭の前垂れを締めて、薄暗い廊下をこまめに往《ゆ》き来《き》していると、横合いから多加の袖《そで》をぐいと引っ張り、

「おばはん、プログラム持って来てんか」

大学へ入ったばかりのような学生が、金ボタンを光らせてこう云った。

「へえ、よろしおます、ちょっと、待っておくれやすや」

と断わり、多加はすぐ裏方の男衆《おとこし》を廊下の売店の横へ呼んだ。

「今、若い学生はんが、プロ……何たら……、そう、そう、プロラムたらいうもん持って来てくれ云いはったけど、何やろか、あんた知ってなはるか」

「いえ、そんなけったいな名前、聞きはじめでおまして――」

二十《はたち》を出たばかりの若い男衆であったが、小首をかしげた。

「そうやろうなあ、わても聞きはじめの名やけど――」

多加は暫《しばら》く思案していたが、

「そうや、ちょっとそこの角の薬屋はんまで行って、プロラムたらいうお薬おまへん

か、云うて来てみい、きっとお薬でっせ、あんまり満員やさかい、気分でも悪なりはったんに違いおまへん」

裏方を走らせると、これのことですやろと、薬屋が推量した黄色い紙箱の薬を持って帰って来た。

「えらい、お待ちどおさんでございました」

多加は、慇懃《いんぎん》に紙箱の薬を学生に手渡した。

「え、これプロメタールやないか」

「へえ、さようで」

「おばはん、わいはプログラム、つまりやな、番組を印刷してある紙を云うてるのや」

「あゝ、あの出番書《でばんがき》のことでっか！」

多加は、いきなり両手を打って大きな声で合点し、相手の学生客を呆気《あっけ》に取らせた。出番書のことをプログラムと云うことを知った多加は、やっぱりエンタツ、アチャコの漫才聞きに来はるお客はハイカラやと感心し、すぐ楽屋へ走って、出番待《でばんまち》をしているエンタツにこの話をした。

「へえ、さよか、こら面白《おもろ》い、おい、アチャやん、すぐこの話やろやないか」

と云うなり、舞台へ上り、

——キミ、ところでプログラムたらいうもん知ってるか、今、お客さんに持ってこい云われてんけど、

——プロロン、いやプロラム、——何や聞いたことある名やが、思い出せんな、

——どこへ買いに行ったらええのや、

——そら、薬屋にきまっているがな、

——薬屋？　そらあかんわ、トイレットはと聞かれて薬屋へ走ったいうのはキミやな、

——ほんまに頼りないことでおますわ、
と即興的に入れたので、わっと客が笑い、エンタツ、アチャコの即興漫才け、また一つの売りものになった。その上、毎日の新聞から変った話のタネを取って、気のきいた対話形式でやってのけたので、何時《いつ》の間にか〝インテリ漫才〟などとも呼ばれるようになった。

上方落語にだけ肩入れして、漫才といえば苦い顔をした通人も、ようやく認めるようになり、花菱亭の本拠である法善寺横丁の寄席《こや》でも、その出番が多くなって来た。月に一、二度、花菱亭へ顔を出し、漫才の出番になると廊下へ出て煙草を喫《す》い、多加

と顔を合わせても露骨にいやな顔をしていた伊藤も、次第に席を立たなくなった。多加は漫才で大入りを取り、有頂天になっている時でも、伊藤の興ざめた表情に出会うと、心を重くした。五十五を越しても伊藤は、一向に老《ふけ》を見せず、五尺五寸程の背丈に肉付きを見せ、白髪の混った頭は品を増している。大島の着流し姿に、綴《つづれ》の角帯をきりっと締めた腰廻りから裾《すそ》にかけて、衰えのない粋《いき》が通っている。粋過ぎて冷たい感じがした。その冷たさで、席主としての多加を量《はか》るような容赦のない眼を向けていたが、その伊藤もやっと漫才に耳を傾けるようになった。

多加は、安来節が当った時よりも、率直に嬉《うれ》しがった。安来節は、多加が初めて大きく賭《か》けて商いしたものだったが、出雲《いずも》の民謡を舞台に載せて売っただけであった。漫才は大阪から生れ、大阪の言葉で、喋って笑いをつくる芸であった。大阪弁のもつ庶民的などぎつさ、阿呆らしいほどのとぼけ、それでいてズバリと云いたいことを云ってのける勘が、大阪の漫才を創《つく》り上げている。

算盤《そろばん》に固い多加が、漫才というと眼の色が変り、算盤を弾《はじ》き損ねるほど肩入れし、漫才を寄席《こや》の番組の一つにして置くのが、不満になった。もちろん既に花菱亭では漫才を主にし、落語、講談、浪花節、安来節などを組み合せていたが、多加は別に漫才専門の寄席《こや》が欲しいと思った。しかも、十銭白銅一枚で聞いて貰《もら》いたかった。

ガマロはこの話を聞くなり、まじまじ多加の顔を見詰めた。

「また安来節の時みたいに、反対するつもりでっしゃろ」

多加の方から、口をきった。だが、ガマロは、歯齦《はぐき》が薄くなり、がたついてきた総入歯を口の中でもぐもぐさせながら、首を大きく横に振った。

「女のお人や思うて、何時もわてが出しゃ張って心配して来ましたけど、御寮人《ごりようさん》さんは昔からの、ほんまの大阪の女《おなご》はんだす、表見《おもてみ》は愛想のええ普通の御寮人さんやけど、芯《しん》は牛車《うしぐるま》を牽《ひ》っ張るみたいに辛抱強うて、その上、きつい商いの才覚を持ってはりますす」

「なに、てんごう（冗談）云うてるのや、わては本気で相談してまんねんで」

「てんごうやおまへん、出雲へ安来節を買いに行ったのは、今から九年前だす、それからずっと今日まで、わては御寮人さんの商いぶりはよう見せて貰うてまっさかい、今度も考えはった通り、やって見ておくなはれ」

それだけ云うと、ガマロは部厚な唇の端に溜《たま》った唾《つば》を手でこすり取るようにして、立ち上った。

「ガマロはん、わてはやっぱりあんたに反対して貰わんと、事が決れへん」

うしろから引き戻すように云ったが、

「そら無理だすわ、もう何も云うことおまへん」

と云い残して、背中をみせた。

多加はガマ口が帰ってしまってからも、長い間、坐っていた。三津寺筋《みつでらすじ》の事務所の裏側に続いた住居《すまい》は、十六軒の寄席《こや》を持つ多加の家にしては手狭だった。八畳一間、六畳二間、四畳半三間で、番頭、お茶子《ちゃこ》、下足番などはみな通いであったから、多加と久男と女中のお梅に、若い下女中二人という人数であった。多加の居間は、八畳の客間の隣で広縁を隔てて庭に面していた。夏に向ってそろそろ蒸しかけ、暗い庭の植込みから白い蚊が一、二匹飛んで来ては、多加の肌に止まらず、部屋の壁に止まった。家の中は多加と、女中部屋に下女中がいるだけで、ひっそりとしていた。表通りを事務所にして、庭を隔てて裏側へ住居を建てているから、街内《まちなか》というのに夜になると思いがけない静けさになる。

一人息子の久男は、大学を卒業して二年前から京都の花菱亭を差配しに行っている。大阪の大学をという多加の希望を無視して、さっさと東京へ行った久男は、卒業すると、また多加に反対して、大阪の寄席を手伝わず、黙って京都へ行ったきりだった。その久男のところへ、乳母《うば》代りの女中であったお梅が、絶えず訪れている。お梅は多加より三つ齢下《としした》であったが、嫁《い》かず後家のせいか、齢より老けて見え、睦《むつま》じい二人を親子と思い違えする人があると聞いて、多加は心穏やかでなかった。今日もお梅が昼から京都へ出かけたと聞いた途端、わてと違うてお梅は暇で結構やと、口まで出かかるほど腹をたてたが、一旦《いったん》、事務所へ出てしまうなり、忘れてしまっていた。

下女中のお松が、夕食を云いに来た。台所の次の間になる茶の間で、独り箸《はし》を取った。蛤《はまぐり》のおすましに鱁《はまち》の塩焼、それに壬生菜《みぶな》のおしたしであった。台所仕事をしなくなって二十年近くになり、何が旬《しゅん》のものかなどという、女らしい感覚が薄れてしまっている。食卓に並べられたものを、男のような無関心さで食べている。多加はふと、涙が噴き出るような衝動に襲われた。給仕盆を持って、怪訝《けげん》な顔をするお松に、

「ちょっと、暑うなって来て、気分悪いだけだす」

と云い、途中で箸を置いた。

多加は、なぜ自分が突然、あんな女らしい感傷に襲われたのか解らなかった。居間に帰って涼しげな麻の座布団《ざぶとん》の上に坐ると、十分も経《た》たぬ間に、そんな衝動は消えてしまった。そして、ガマ口に相談したばかりの十銭で入って貰う漫才専門の寄席のことを考えた。

ラムネが一本六銭の時代に、入場料十銭ということは確かに安いが、危険なことだった。しかし、漫才専門の寄席を造って、昼夜三回興行をして、短い漫才を次から次

へ演《だ》して行けば、客も十銭の入場料だから、聞きたいものだけ、また聞ける時間だけ聞いて出る。客がどんどん入れ代って、結局、数でこなせてしまうやろというのが、多加の勘定であった。事実、法善寺や北の新地の寄席などが、入場料五十銭取っているが、定員制のうえに上演時間は午後六時から十時まで、番組が落語、講談、浪花節、漫才、音曲など出揃《でそろ》っているから、たいていの客は、一通り聞いて帰る。これに比べると、入場料はその五分の一でも、客の入れ代りと安い仕込みをねらえば、充分、採算が取れそうだった。

それに昭和四年の緊縮経済からここ三、四年も長く尾を引いている不景気とで、大阪の庶民は百貨店へ買いものに行くのにも、その日の新聞広告に載った定価表をこと細かに見比べて、足代払うてもつり銭の出る安い方へ足を伸ばしている。百貨店の方も何かといえば、すぐ大売出しのビラを貼《は》って客を集め、大売出しの日の百貨店は、開店前から扉《ドア》の前に客が犇《ひしめ》き、巡査が大声を張りあげて整理している。一般に高級品が姿を消し、高級品から並級品、並級品から格安品へと動いて行っているようだった。

多加は帯の間から財布を出し、十銭白銅をあるだけつまみ出して、畳の上へ並べてみた。ギザギザの入った重味のある五十銭銀貨と違って、使いやすそうなまるこい十銭玉である。節約《しまつ》な大阪人も、十銭玉には気を許しそうだった。薄利多売が大阪の商いの定石であってみれば、芸を売る寄席《こや》の商いも同じことで、それに百貨店ではないが、寄席も芸の大売出しで行こうというのが、多加の考えた結論である。

多加は千日前に、二十日間の突貫工事で十銭漫才専門の寄席を建て、新花菱館と名付けた。定員二百五十人、椅子《いす》は一脚四人掛けの出来合いで間に合わせ、昭和八年のお盆の日に蓋開《ふたあ》けした。

ラムネよりたった四銭高いだけやというので、懐《ふところ》固い大阪人もつい、回入ったろかで入る。入ってみると、安もんでも低級ではなく、若い漫才師が一生懸命にやっている。面白《おもろ》いけれど、次から次へ漫才ばかりであるから、まあ十銭分だけ楽しんで、欲張らずに出る。『只今《ただいま》満員』という札を出しても、十銭やから立見でもええわと入るので、新花菱館の周囲に客がぐるぐる、とぐろを巻いた。多加はこの人気に応じて、ガマロに大阪の端席《はぜき》や田舎の寄席から、見込みのありそうな芸人を引っ張って来させ、エンタツとアチャコに対話式漫才を教えさせた。田舎から出て来た芸人達は、古池からあがった鮒《ふな》が泥水を吐くように灰汁《あく》を抜いてしまえば、大阪一の席主が経営する新花菱館のお抱えになれるという野心で、気負いたって舞台を勤めた。それだけに何時も、新しい顔ぶれと変った試みがあるという評判がたち、安うてええものといえば、〝十銭漫才〟と云われるようになった。夕方から俄雨《にわかあめ》が降り出した日などは、たった十銭で笑いながら雨宿りが出来るので忽《たちま》ち札止めになった。

十銭漫才が繁昌《はんじょう》しかけると、瞬《また》くうちに千日前や心斎橋などの盛り場には、十銭ストアが次々に出来、食物《たべもの》、玩具《がんぐ》類から日用雑貨に至るまで何でも十銭均一で売り出し、十銭寿司《ずし》、十銭足袋まで現われ、十銭戦術は大きく当った。多加は十銭玉を握った客が、新花菱館の前へ長く列《なら》び出すと、じっとして居《お》れず、何時もの紋付羽織の姿で、

「へえ、毎度、お待ちどおさんだす、すぐ入れ代って戴《いただ》きまっさかい、へえ、おおきに」

列の間を縫うようにして、頭を下げて廻った。この多加の様子を聞き伝えた久男が京都から葉書で、

――お母さんが米搗《こめつ》きバッタのようにお客に頭を下げて廻るのが、新花菱館の名物になっているらしいですが、もういい加減にみっともない商いの仕方は止《や》めてほしい、寄席《こや》ももう近代経営に移って――

と書いて寄こした。起きぬけにこの葉書を受け取った多加は、そこだけ頭の中へ入れ、あとは読み返しもせず、

「一銭五厘《りん》の切手を使うて、こんなことしかよう書いて来えへん、男の商人のくせに、ど根性のない子や、商売人云うもんは、人の顔みたら皆自分とこの、ご贔屓《ひいき》に見える

ほどにならんとあかん」

とお梅にまで葉書を突きつけて、怒った。

「えらいすんまへん、ぼんぼんは、つい気が優しうおますので……」

自分のことのように謝りながら、お梅は三日前の夜のことを思い出した。

久しぶりで多加のお伴《とも》をして松島の花菱亭へ出かけ、遅くなった帰り道を四つ橋で電車を降り、夕涼みがてらに南へ向って歩いた。四つ橋を西横堀川に沿って炭屋町に入ると、炭問屋の大戸がすっかり降りてしまって、昼間の商いの賑やかさが嘘《うそ》のような静かさであった。日々の節約《しまつ》を旨《むね》にする問屋筋であったから、商いが終ればすぐ店先の灯《ひ》は消してしまっている。暗い人気《ひとけ》のない問屋筋を、四、五丁歩いて行った時、突然、多加が立ち止った。

「へえ、毎度ご贔屓に有難うさんで――」

びっくりするような大きな声で、二つ折れになって道の真ン中で挨拶《あいさつ》した。お梅は驚き、

「御寮人さん、どないしはりましたんで、誰もいやはりまへん」

「ええ、そやかて――」

と云《い》い、多加は自分の前を指した。よく眼を凝らすと、一間ほど先に郵便ポストが

立っている。

「なんや、ボストかいな、わてはまた、魚八《うおはち》の旦那《だん》はんや思うてん、土曜の夕方になったら、きまってかぶりつきで一時間ほど笑うて帰りはるけど、ほら、えらい肥えて円こうて、ほんまによう似た恰好やないか、あのご贔屓さんと間違うて、あゝ、可笑《おか》し、わていうたら、どないかしているわ――」

多加は、体を仰反《のけぞ》らして暗い道の真ン中で笑いこけた。お梅は、一緒になって笑えなかった。道傍《みちばた》のポストの黒い影までが、見馴れた客の姿に見える多加の商い心が、蒸し暑い夜気の中で、お梅の背筋を寒くするほど恐しかった。そして、自分が乳母のようになって育てた久男が、母親の多加に似ず気弱で、商いに不向きであるのが痛ましく思えた。

この年の暮に近付くと、急に千日前一帯の興行街に洋館の改装が目だち、次々と新しい映画館が建ち並んで来た。多加はさらに、十銭漫才専門の寄席《こや》を千日前の新花菱館のほかに、道頓堀《どうとんぼり》沿いの新地に二軒増やした。十六軒の落語、講談、浪花節《なにわぶし》などを打つ寄席と、三軒の漫才専門の寄席を持ち、毎日の上り銭が目に見えて大きくなって来た。

寄席がはねると、方々の寄席から責任者の番頭が、上り銭を三津寺筋の多加の家まで持って来る。十一時過ぎのその時刻になると、もう事務所の方は閉めてしまって、隣接している多加の住居《すまい》の方へ持ち込むしきたりになっている。十九軒の寄席《こや》を差配している十九人の番頭が、次々に寒そうな白い息を吐きながら、玄関から中の間に通り、四角い勘定台の前に坐《すわ》っている多加と大番頭のガマ口に、

「今晩は遅うございます、今日《こんにち》の上《あが》りをお勘定申します」

と挨拶《あいさつ》をして、自分の持ち場の上り銭を勘定台の上に置く。それぞれ勘定済みの札束と小銭に、上り高の計算書を添えて差し出す。多加とガマ口とで、手早く現金と計算書を引き合せて、勘定が合うと、

「おおきに、ご苦労はん、風邪《かぜ》ひきなはんなや」

と犒《ねぎら》って送り出し、次の番頭の勘定を受け取る。

多加は、二百円の金にも困った河島屋呉服店の頃の節季を思い出した。集金に来た織元への支払いが出来ず、半日上《あが》り框《がまち》へ這《は》いつくばって支払いを延ばした時は、吸いつくように銭が欲しかった。空《から》っぽの金庫とささくれだった勘定台の前で身動きも出来なかった自分が、今、次々に持ち込まれる上り銭の勘定に追われている。銭というものの勝手な集まり方、散じ方が、多加の胸にこたえた。

勘定台の上に札束と小銭が並びかけると、竹で編んだ四角な笊籠《ざるかご》の上から渋紙を貼

った赤いボテの中へ納める。十九軒分を全部、勘定し終ると、ガマロが縁《へり》の剝《は》げかけたボテの蓋《ふた》を閉め、

「御寮人さん、ちゃんとした金庫があるのに、なんで、こんなけったいな容《い》れもん使いはりまんねん」

皺《しわ》だった大きな手で蓋をぽーんと、叩《たた》くようにして押える。何時も同じところを叩くから、その部分だけが汚れてへっ込んでいる。

「金庫へ入れたら、泥棒にねらわれて心配やけど、これやったら安心でっしゃろ」

多加は笑いながら答えて、ガマロからボテを受け取った。熱い番茶で一服して、ガマロが席をたつころは、もう、十二時半を廻っている。

ガマロが帰ってしまい、お梅と二人の下女中だけの女住まいになってしまうと、多加は急に臆病《おくびょう》になった。金が出来始めてから、目だってその気配が強くなった。絶えず強盗に押し入られそうな不安に襲われ、寒い風の吹く日や、氷雨《ひさめ》の降る日は怖《おそ》しさで一晩中眠れぬこともあった。金庫は泥棒に金の在《あ》り場所を教えるようなものだから、木綿の布袋に金を入れて仏壇のうしろへ置いたり、台所の米櫃《こめびつ》の中へ隠したりしていたが、この頃では、それでも気が休まらない。赤いボテの中へ金を入れて、押入れの布団の間へ隠した。

今晩に限って多加は妙に胸騒ぎして、怖しい予感がした。夕方から吹き出した木枯しが、雨戸を揺さぶっている。外を窺《うかが》うように木枯しの音にきき耳をたてていた多加はふと、伊藤の体軀《たいく》を烈《はげ》しく感じた。後家暮しだからと頑《かたく》なに、住込みの男衆《おとこし》さえも置かず、独り寝の布団の中で風の音に怯《おび》えている自分が寒々しく憐《あわ》れに思えた。

三時を廻っても、風の音は弱まらず、時々、ガタッと大きな音がする度に、多加は息を詰めた。この頃になって、急に昔からの冷え性がきつくなり、大きな炬燵《こたつ》を入れていたが、恐怖で体の芯まで凍《こご》えて来た。今にも押入れの戸がガラリと引き開けられて、銭ボテが強奪されそうな気がする。思うまいと枕《まくら》の上で頭を振れば振るほど、その妄想《もうそう》が濃くなり、動悸《どうき》が次第に激しくなる。多加はいきなり起き上り、押入れを開けた。布団の間から赤いボテを引きずり出し、部屋中を見廻した。戸袋、茶簞笥《ちゃだんす》、長火鉢、これといって目新しい隠し場所も無い。台所や奥の間まで行くのは、木枯しの吹く深夜だけに、なおのこと気後れする。多加はボテを抱えるようにして暫《しばら》く、布団の上へ蹲《うずくま》っていたが、ふと、こんもりした型の炬燵が眼に止まった。立ち上ってボテを炬燵の横へ入れ、冷たくなった体を布団の中へ辷《すべ》り込ませた。炬燵と隣り合って、銭ボテが確かに多加の足もとに在《あ》り、暫くすると体中がホコホコと温《ぬく》もって来た。

この翌日から多加は、きまって銭ボテを炬燵の横へ入れて寝ることにした。そうすると泥棒などの心配も起きず、妙に体が温もった。ガマ口には勿論《もちろん》、お梅や下女中などにも知られぬように、ひそかに銭ボテを炬燵の中へ入れて保管した。

朝になると、山口銀行から二人の行員が足を運び、まだ炬燵の温みが残っているボテを怪訝《けげん》な顔で受け取り、前夜、ガマ口達が計算した勘定台の上で、もう一度、札束と小銭を勘定し直す。札は扇子のようにパラパラ広げながら、器用に目勘定し、小銭は内側に整列板がついた箕《み》のような形をした硬貨計算器で掬《すく》い、ジャラジャラ、音たてながら数える。勘定し終ると金嚢《かねぶくろ》に金を納め、挨拶して帰って行く。多加は空っぽになって、そこへ残されたボテを見ては、また今晩も上り銭を詰めて寝んならんわと勢いづき、金儲《もう》けへの情熱が今までにも増して強くなって行くようだった。

十五

多加は、その翌年の秋に初めて、エンタツ、アチャコらを連れて、東京の新橋演舞場へ出る決心をした。大阪漫才の最初の東京進出だった。

劇場の準備と宣伝方のために、ガマ口は一カ月前早く上京し、多加とエンタツ、アチャコ達は、初日の三日前の朝、大阪を発《た》つことにした。その日の朝、多加は早く起き、法善寺横丁の水掛不動へ詣《まい》った。六時過ぎの法善寺は、花街の真ン中だけに、人影もなく、眩《まば》ゆいばかりの秋の陽が、まだ昨夜からの湿りで濡《ぬ》れている石畳の上に落ちていた。多加は、水場の井戸から桶《おけ》に水を汲《く》み入れて、石造りの水掛不動の頭へ柄杓《ひしゃく》で水をかけた。小柄な多加は、七尺程の高さの不動明王の頭へ水をかける度に、袖《そで》を濡らした。それでも背伸びするようにして、桶に三杯たっぷり水をかけ、線香を供えて拝んだ。水掛不動の頭から、ぽとぽとと、音をたてて滴《したた》り落ちる雫《しずく》が、朝の陽の光の中で白く輝いた。洗いたてられたような清々《すがすが》しい気持で、気負い込んでいる多加の心を映し出しているようであった。もう一度、多加は膝《ひざ》を屈《かが》めて蹲《うずくま》るようにして拝んだ。

大阪駅には、花菱亭傘下《はなびしていさんか》の寄席《こや》関係者や、東上する芸人の家族達が見送りに来ていた。『新橋演舞場公演　大阪爆笑漫才　花菱亭』と記した赤い幟《のぼり》を押したて、幟の周囲で昂《たかぶ》った歓送の声が甲高《かんだか》く行き交うている。京都の寄席を差配している久男も、わざわざ大阪駅まで見送りに来て、上背のある背広姿を見せているが、一塊《ひとかたまり》になった赤い幟の陰に隠れるようにして立っている。多加は汽車の座席から、気忙《きぜわ》しく見送り人達と言葉を交わしていたが、時々、久男の方へ手で合図した。久男は気付かないのか、煙草《たばこ》を喫《す》いながら、ずっと前の方の車に視線を向けていた。

東上する一行は、エンタツ、アチャコをはじめ、雁玉《がんぎょく》、十郎、雪江、五郎、ワカサ、一郎などを中心にした三十二人であった。芸人は全部二等、裏方二十人は三等に乗って発った。汽車が動き出すと、見送り人達は列車に随《つ》いて、プラットホームの端まで小走りした。走りながら怒鳴るように激励すると、芸人達も気負い込んだ挨拶《あいさつ》を怒鳴り返した。

多加は十一年前の、関東大震災の時のことを想《おも》い出した。大きな風呂敷《ふろしき》包みや布袋を背負った男が犇《ひしめ》いている大阪駅を、ガマロと大工の若い衆と一緒に汽車に乗り込み、信越線廻りでやっと東京へ辿《たど》りついた。それは、東京の落語の名人を見舞に行くためであった。今度は大阪の漫才を初めて、東京へ進出させるためである。四十八歳になる今日までたった二度しか上京しない自分が、その二回とも大きな商いのために東京の土を踏むことが、何か不思議なめぐり合せのように思えた。

しかし、今度の東京興行の見通しは難しかった。大阪喜劇の元祖である曾我廼家《そがのや》五郎が初めて東京公演したのは明治三十八年であったが、大阪弁の面白さが全く通じず失敗に終り、その後、二回、三回と赤字公演を繰り返し、五十四回目にやっと笑いの声が起った東京である。大阪漫才も最初から受けるなどとは思わなかったし、儲《もう》けられるとも考えなかったが、多加は大阪弁のもつ空《そら》とぼけた面白味と、えげつなさを東京へぶっつけてみたかった。対話式の漫才の時は、言葉自身に色合いを持っている大阪弁が強味だと信じていた。大阪人である多加が、体にじかに感じて、商い育てて来た大阪漫才だけに、細かい算盤《そろばん》をはじきながらも、つい損得《そんとく》ぬきでムキになってかかっていた。

東京での前景気はよかったが、多加は興行の前人気などはあまり信じない。人体の見通しがついていても、客の頭数を数えてみるまでは気を緩めなかった。初日の朝は、八時になるともう築地《つきじ》の宿屋を出て、独りで新橋演舞場へ向った。

十月の中旬だったが、肌寒い朝である。まだ劇場係の裏方の姿も見えない。多加は楽屋口から、客席の方へ廻った。人影のない椅子《いす》の列は、黒い歯を並べたような不気味さで、一様に舞台に向い、多加の足音が椅子席の天井に届きそうなほど、高い響きをたてた。中程の席へ坐って、ゆっくり舞台の方を見た。つけっ放しの薄暗い電燈《でんとう》の下で、黒い部厚な幕が重々しく垂れている。東京の舞台、ここへエンタツ、アチャコを上げて、今から数時間後には、初めて大阪漫才を喋《しゃべ》らせる。多加は、体の芯《しん》が昂り、袷《あわせ》を着た背中が汗ばんで来た。

急に舞台が明るくなり、妙に白けた大きさで、多加に襲いかかって来るような気がした。なおも眼を凝らしていると、舞台の袖からするすると、影絵のような二人の人影が現われた。それは、エンタツ、アチャコらしかった。人影は黙って舞台の中央まで来ると、いきなり、突拍子もない速さと受け渡しで喋り出した。独楽《こま》がぶんぶん、音をたてて回るような早さと、目まぐるしさであった。多加の耳奥が割れるように鳴り出し、息切れしそうになった。それでも、独楽のような速さは停《と》まらない。背丈ほどの札束を背負って、汗みどろになって、客を笑わせようとしている二つの人影が、いきなり、大映《おおうつ》しになって多加の眼の前に迫って来、どこからともなく、哄笑《こうしょう》と拍手が湧《わ》いたようだった。

多加は、あっと小さな叫び声を上げて、前の椅子の背を摑《つか》んだ。舞台はもと通り、重々しく幕の垂れ下った薄暗さにかえった。多加の眼に一瞬、映った人影も消えてしまっている。周囲を見廻しても、人気《ひとけ》のない椅子がぎっしり詰っているだけである。多加は帯の間から脂紙《あぶらがみ》を出して、小鼻の横の脂汗《あぶらあせ》を吸い取り、算盤をはずしてかかっている筈《はず》やのに女は欲深いもんやと、独りで苦笑した。

背後《うしろ》で人の気配がした。ガマ口であった。紬《つむぎ》の対《つい》の紋付を着て、懐《ふところ》から日本手拭《てぬぐい》を出して鼻を拭《ぬぐ》っている。

「どないしはったんや、風邪でもひきなはったんか」

「へ、それより、御寮人《ごりょうん》さん、なんでこんな早うから――」

「なんし初めてのことやし、気になってじっとして居られへんさかい、ここへ落着きに来てるねん」

てれくさそうに、多加はわざと、袖の振《ふり》をはたいた。

「御寮人さんでも、まだ、そうだっか」

「そら、そうや、この舞台で東京人がわっと笑えば、わての勝で、わての儲けや、クスンとも笑うて貰《もら》われへんかったら、わての負けで、二万の損だす、商いの賭《かけ》は、何年やってもこわいもんやなあ、ガマロはん、あんた、今度はどない思いはる？」

「御寮人さん、この漫才については、わては初めから意見なしでしたやろ、もう、あんさんには、わてがご意見いうことおまへん、今度も先に東京へ来て、云《い》いはる通りの段取りをしただけだす、この東京興行がどっちになっても、船場《せんば》の御寮人さんあがりで、よう、ここまでして来はった、そない思うだけですねん」

暗い椅子席を横に二つ隔てた位置から、ガマロは一つ一つ区切るような語調で云った。

「それも、あんたという相棒があったからや、旦那《だん》はんが生きてはる時は、あの人――死にはってからはガマロはん、人間いうもんは、誰か相手がないと動けんもんだすなあ」

「旦那はんの道楽の露払いみたいなこととしてたわてを、商いの相棒や云うてくれはりましたか、おおきに」

ガマ口は、ぎいっと椅子の軋《きし》みをたてて腰を浮かせ、体を深く前へ屈めた。六十近くになったガマ口は、骨張った頑丈な体つきであったが、薄くなった胡麻塩《ごましお》頭の額から顎《あご》にかけて、急に落ち窪《くぼ》み、土色に乾いている。暗い椅子席の中でも間近に見ると、その老い方が眼にたった。

多加はまじまじとガマ口の顔を見た。子供はないが女房持ちの男が、十八年間、鰥夫《やもめ》のような身薄さで、多加の商いに随き、その半生を埋めている。醜い顔で多加を労《いたわ》り、励まして来た。ふうっと溢《あふ》れ出るものを、多加は感じた。

「御寮人さん、どないしはりましてん」

「いや、別に――もうあと二時間程で蓋開《まくあ》けやな」

紛らわすように、多加は高い張りのある声で云った。

エンタツ、アチャコの大阪漫才は、当った。この初めての東京進出で成功をおさめた多加は、東京から帰ると、すぐ京都にも漫才専用の寄席《こや》を増やした。年末から正月にかけては、かつての安来節《やすぎぶし》のように漫才は、どの寄席《こや》も満員にした。

新年は例年にない暖かさであったが、五日目の夜から小雨が降り出した。少し長雨になるかと危ぶまれながら、九日の夕方頃から降り止《や》み、十日戎《とおかえびす》の日は再び元日《がんたん》のような静かな温かさであった。今宮戎神社のお祭は、大阪商人がその年の繁昌《はんじょう》を祈る大紋日である。船場の老舗《しにせ》も、この日は早仕舞にして夕方から大戸を降ろし、番頭から手代、丁稚《でっち》、女中に至るまで正月のお為着《しきせ》を着て戎さんへお参りする。

多加も、夕方にちょっと、法善寺の花菱亭と千日前の新花菱館に顔を出して、すぐ一人で今宮戎へ詣った。大国町《だいこくちょう》から神社の境内までの三丁ほどの間は、うねるような人波に埋まっていた。境内に近付くほど人混みが激しく、顎を前に突き出し、人の背に貼《は》りつくようにして蠢いている。人波の両側には、お多福飴《あめ》や福笹《ふくざさ》を並べた出店が赤い幕をひらひらさせながら屋台を列《つら》ね、アセチレンガスの青い焔《ほのお》が、屋台先とその前を列なるように通り過ぎて行く人々の顔を明るく彩っている。多加はうしろから押されて脱げそうになる新品《さら》の下駄の足もとを気にしながら、やっと拝殿の前まで辿りつき、特別の祈禱料《きとうりょう》を払って拝殿の奥へ上った。階《きざはし》の下の賽銭箱《さいせんばこ》の前に群がった人達が、拝殿の奥に向って賽銭を投げつけるから、床一面に小銭が散り敷かれている。多加は脚の痛いのを辛抱しながら、小銭の上へ坐《すわ》り、神主の祝詞《のりと》を謹んで聞いていた。祝詞の声が一段と高くなった時、うしろからビシャッと、多加のお尻《いど》に賽銭が当った。振り返ると、十七、八歳のにきび面《づら》の丁稚が、

「おばはん、尻痛《けつ》かったか、わいの分までよう儲かるよう頼んどいてんか」

と厚かましく怒鳴った。多加はきつい眼で睨《にら》みつけ、今度はお尻《しり》の向きを変えて坐り、改めて祝詞を受け直した。神主から開運の御神札を戴《いただ》き、その足ですぐ本殿の裏へ廻った。

大きな本殿の裏は、そこだけが暗くなり、その暗闇《くらやみ》の中で、人が押し合うように群がり、争って本殿の裏の羽目板をドンドン叩《たた》き、

「戎さん、お参り致しましたぜ、忘れんといておくれやっしゃ」

大きな声を出して、拝んでいる。戎さんは聾やから、本殿の羽目板を叩いて商売繁昌を念押しして頼まんとあかんという、云い伝えがある。多加も、拳《こぶし》が痛いほど羽目板を叩きつけて繁昌を祈願し、福笹を買って人混みをかきわけながら鳥居の方へ出ようとした時、多加の斜めうしろから男の手が伸びた。右側から多加の背中を抱えるようにして、左の腕へそっと触れて来た。掏摸《すり》かと警戒して、振り切るように体を捻《ね》じ曲げると、中折れ帽を目深《まぶか》にかぶった伊藤友衛《ともえ》であった。身動きもできない鳥居前の人混みで、伊藤の顔が、すぐ多加の眼の上にある。

「まあ、伊藤さん――、てっきり、巾着切り《きんちゃくきり》やと思い込み、とんだご無礼を――」

頭を下げて挨拶する隙間《すきま》もなく、多加は眼と口だけで挨拶をした。伊藤も眼くばせ

しながら、多加の肘《ひじ》を支えるようにして、鳥居前から帰路の方の流れへ入った。境内を出ると、やや人の流れがゆるやかになり、多加はずり落ちそうになった肩掛を、かけ直した。伊藤も握りしめていたステッキを、左腕に軽くかけた。

「あんさん、お一人でお詣りですか」

「へえ、今宮戎さんの日は、寄席も大入りにきまってますさかい、一人でも手を抜くのがもったいのうて、お詣りはわて一人で」

「やはり戎さんだけあって、えらい人出ですな」

人混みに疲れたような力のない伊藤の声だった。

「日頃は神信心などしはれへん方も、戎さんだけはお詣りして、お賽銭もらんと張り込むさかい、毎年、今宮戎が大阪中のお賽銭頭《がしら》らしうおます」

「賽銭頭――」

伊藤は、ふうっと、含み笑いをしたようだった。多加は調子づいて喋った。

「お賽銭ぐらいで功徳《くどく》あるのやったら、誰もあくせく働く必要なんかおまへん、そやけど、お賽銭投げてたら、神さんでもこないしてお賽銭で金儲けしてはるんやから、ましてわてら人間は働いてもっと金儲けせんとあかんいう気になるのは確かだす、皆そんな気で、御神体にぶっつけるみたいに、パッパッとお賽銭投げてるのと違いまっしゃろか」

「なるほど、あんたはやっぱり大阪の商人——、私には、そんな料簡《りょうけん》は思いもつかない」

こういうなり、伊藤は黙り込んでしまった。多加と伊藤の前を、晴着を着飾り、福笹を肩にかかげた人々が、陽気に歩いている。時々、人混みの中からどっと、喊声《かんせい》を上げる組詣《くみまい》りの一群もある。

伊藤の言葉の跡絶《とだ》えが、多加の胸に響いた。こう何時《いつ》も、口を開けば商いのことしか云えぬ自分が、急に恥ずかしい愚かな者のようにも思えた。そのまま黙り合い、人の流れに押されるようにして、大国町の市電の停留所にまで出てしまった。そこへ立ち止まってから、はじめて思いついたように伊藤は、

「お多加さんは、これから、どこか急ぎはるご用でもありますか、無かったら、ちょっと牡蠣船《かきぶね》ででも、軽い夕飯食べましょうか」

と誘った。多加は出かける時から、お詣りをすませると、すぐ寄席《こや》の手伝いをする心づもりでいたが、伊藤の声にふと温《ぬく》もりを感じた。そのまま伊藤の呼び止めたタクシーに乗って道頓堀《どうとんぼり》橋の際《きわ》で降りた。

橋詰の石段を下り、細い船板一枚を渡ると、ひたひたと川面《かわも》の水音が聞える柴藤《しばとう》の

牡蠣船だった。暗い川面に、道頓堀筋の赤い灯《ひ》、青い灯が染粉を流したような鮮やかさで映っている。何時もは静かな船座敷が、今夜は今宮戎帰りの客で賑《にぎ》わい、紺絣《こんがすり》の着物に赤い帯紐《おびひも》を襷《たすき》がけした女中が、顔を熱《ほて》らせながら立ち廻っている。伊藤と多加は、四畳半ほどの小間に向い合って坐り、酢牡蠣と吸もの、牡蠣めしを注文した。広島から仕入れた牡蠣は厚味でぽってりし、そのまま舌の上で溶けてしまいそうな柔かさであった。商いにかまけて、牡蠣船で寛《くつろ》いで夕食をとることなど無かった多加には、身にそうように美味《おい》しい。伊藤は先に一度、話が跡切れてからは、相変らず黙っていた。伊藤とは十数年来の付合いであったが、こうして二人きりで会い、向い合って食事をするのは、初めてであった。

置き床を背にした伊藤は、胸から腰への豊かな肉付きを、角帯できちんと受け止め、足を崩した膝《ひざ》先から贅沢《ぜいたく》な羽二重の裏地をのぞかせている。五十九歳になっても一向に齢《とし》を見せず、かえって首筋のあたりの皮膚に艶《つや》やかさをそえている。何時会っても、粋《いき》の通った一分の隙《すき》もない身ごなしである。塗《ぬり》の箸《はし》を持った手も、大きく骨張りながら肉付きを失わず、きれいな男の手であった。多加は、膝の上の自分の手を見た。小肥《こ》《ぶと》りになって、靨《えくぼ》のような窪みの入った小柄な白い手を見た。別々の仕事をし、暮しをして来た手であったが、どこか心の深い奥底で、互いの心を握り合っている手のようにも思えた。

伊藤は月に一、二度、法善寺の花菱亭に顔を出し、お茶子《ちゃこ》や下足番などへ祝儀《しゅうぎ》を渡して帰って行き、その度に多加が挨拶をするだけであった。それでも多加は伊藤という男が生きていて、月に何度かきまって花菱亭へ姿を現わしてくれるだけで、秘《ひそ》かな心の拠《よ》りどころになっていた。旅先の出雲《いずも》で伊藤が多加に挑んだことは、もう遠い昔のことで、その露《あらわ》な記憶も忘れかけている。伊藤もその後は、何事もなかったように平静な顔をして、多加と接して来た。時々、思いがけぬところで出会い、その度に多加の心に触れるようなことを云って、さっと去って行く。多加は微《かす》かに揺らいでは、黙って見送るだけであった。

おかしな付合いや――、多加は口の中で呟《つぶや》き、伊藤の方を見た。伊藤は差向いの多加を忘れたように、暗い川面を見詰めていた。ガラス障子越しの薄明りで、伊藤の顔が蒼白《あおじろ》み、眼と鼻のあたりが、消炭色の影で隈《くま》取られているように見えた。

「どないしはったんだす、お顔がえらいきつう見えますのんでっけど――」

「あゝ、失礼しました、私は時々、ぼんやり、つまらんことを考える質《たち》でしてね、お多加さんみたいに、一つのことにむきになる激しい性分《しょうぶん》になりたい思いますな」

「そら、伊藤さんみたいに家持ちの市会議員さんで、ゆっくり出来はるお方は、それしんどいものだす」

「いや、かえってそんな商人の厳しさが、女一人の生涯《しようがい》を支える場合もありますな、二十九で後家になり、ちゃんとした金の余裕と器量を持ちながら、商い一筋で通して来るのは嘘《うそ》みたいな話やけど、あんたの場合は、それがほんとうなんだね」

伊藤は、静かだが射るような眼《まな》ざしを多加に当てた。それは一瞬、出雲で挑まれた時と似たような熱っぽさを持ったものであったが、すぐまた歳月を経た奥深い落ち着いた伊藤の眼に戻った。多加もふと、惹《ひ》きつけられそうになった心を、遮《さえぎ》るように押し静めた。伊藤は冷たくなったお茶を飲みつぎ、

「えらい引き止めてしまいましたな――」

ぽそっと呟くように云い、それを機会《しお》のように立ち上った。外へ出ると九時過ぎの道頓堀橋の上は、今宮戎帰りの人で賑わい、福笹にぶら下げた小判や百万両蔵、大福帳などの張子が、人々の肩の辺りで景気よく揺れている。雑踏の中を多加は、伊藤とかすかに肩を寄せるようにして歩いた。長年連れ添った夫婦のように静かに馴染《なじ》んだ気配であった。太左衛門橋の橋際まで来ると、伊藤は、

「商いも商いやけど、体を大事にして下さい」

と労《いたわ》り、多加の肩を押すようにして、別れて行った。遠くの方で、多加の商いする通天閣のイルミネーションが、夜空を明るく照らし続けていた。

十六

多加は鏡の中の自分の顔を見詰めていた。

背後の障子越しに射《さ》し込んで来る秋の陽で、鏡が銀色に光り、妙に白ぼけた顔に見えたが、五十を越しても白髪を混えない髪は、髪油をたっぷり吸い込んで黒々と光っている。多加の前髪を一束ずつ束ねて梳《くしけず》ってゆく髪結いの手もとで、糸を紡《つむ》ぐように一気にしゅっと、黄楊《つげ》の櫛《くし》が音たてる。その度に、一束の髪の中に正しい櫛の目が通り、艶々《つやつや》しい重みを増す。鬢《びん》にも櫛目が通り、毛たぼを膨らませ加減に入れて、後頭部で前髪と鬢を一つにして元結《もとゆい》で締めるのであるが、元結の締めにかかると、多加は神経質になる。髪結いは左手で一束にした髪の根元を支え、白い元結の端を前歯で銜《くわ》え、右手で片一方の端を凧《たこ》の糸のようにぴーんと張らせながら、ぐるぐると髪の根元を結わえる。一分ほどの幅にきちんと結わえられると、一筋、一筋の毛がそこから生え出したような締まりを感じる。この元結が少しでも緩目《ゆるめ》であったり、巻き分量が多過ぎたりすると、多加は、急に背骨が、ぐにゃぐにゃになったような気持の悪さを感じる。元結をかちっと結わえ、膨らませ加減の束髪の髷《まげ》が、生え際《ぎわ》よりやや高く、着物の襟を汚さない位置に納まらなければ、多加の一日中の気分が壊れてしまう。

今日は、芸人の給金日であった。大阪漫才の東京進出後、五年経《た》ち、大阪市内に二十三軒、京都を合わせて二十七軒の寄席《こや》を持ち、約百人程の芸人を終始、抱えるようになっていた。明治四十四年の七月に天満《てんま》へ初めて寄席を開業してから、二十八年の歳月がかかっていた。商いが大きくなると、それだけ経費も膨れ上り、月末の二十七日の給金日は一仕事であった。多加は、この日の朝には定《きま》って髪結いを家へ呼んで、髪を整えた。

給金は、三津寺筋《みつでらすじ》の事務所で昼過ぎから支払われることになっている。夜席にかかっている芸人は、昼過ぎに取りに来、昼席にかかっている芸人は、昼席がはねてから六時過ぎに取りに来る。多加は一番奥の席主部屋の机の前に腰をかけ、その横に会計係が給料袋を入れた大きな木箱を前にして控える。ガマ口は隣の部屋に坐《すわ》って、計算書渡しをすることになっている。去年、新しく建て増して、リノリウムを敷いた床の上を、毎月のことながら、芸人たちは畏《かしこま》ってやって来る。最初にガマ口の部屋へ通っ

て、

「今日《こんにち》は、太郎《タロウ》（芸人言葉で給金ということ、金太郎から転じたもの）戴《いただ》きに参りました」

小腰を屈《かが》めて挨拶《あいさつ》する。

「へえ、御苦労さん」

ガマロは、給金の計算書を渡す。真打《しんうち》で三百円、中堅で百五十円、下端《したつぱ》で五十円が、大体の芸人の相場であった。計算書を見て納得すれば、それを持って隣の多加の部屋へ行って給金を貰《もら》う順序になっているが、不足があると、

「番頭はん、もうちょっと張り込んでおくなはれ、今月ぐらいから、ぼちぼち値上げして貰わんとやって行けまへん」

「なに云《い》うてんねん、ちょっと人気が出て来たら、もうそれや、それに、あんたは今月、四日も舞台休《いた》んでるやないか、まあ、それで辛抱しときいなあ」

「そんな殺生《せつしよう》な、何とか、もう五円だけ、張り込んで貰われしまへんか」

「あかん、なんやったら算盤《そろばん》で、ちゃんと日割にした太郎《タロウ》みせたろか、ちっとも少ないことあれへんぜえ」

前に置いた算盤を眼で示しながら、ガマロがこう云い出せば、かけ合うだけ時間の無駄になる。

たいていの芸人は、チェッ、老耄糞番頭《おいぼれくそばんとう》！　早《は》よ死にくされ！　と肚《はら》の中で怒鳴りながら、仏頂面《ぶっちょうづら》で計算書をひったくり、多加の部屋へ入って来る。

「御寮人《ごりょうん》さん、本日は、お給金有難うさんでございます」

「御苦労さん、なんぼだす」

計算書の数字を見て、現金入りの給金袋を、黒い盆に載せて渡しかけると、

「御寮人さん、えらいご無理云いますけど、いまの九十円を何とか、もう五円値上げして貰われしまへんやろか」

「ふうん、五円でっか」

渋い縞《しま》お召を着て、束髪に結った多加の顔がきゅっと引き締り、一重瞼《ひとえまぶた》の切れ長い眼が笑いながら仔細《しさい》に光る。

「番頭はんに、なんぼ頼んでもあきまへんので——、御寮人さんに何とかして戴いたら、精出してやらして貰います」

「五円無かったら、精出えしまへんか」

「へえ、正直なとこ、五円きばって貰うたら、やりまっせえ」

こう粘る芸人が、ちょっとでも見どころがありそうなら、

「まあ、番頭はんの定《き》めたことや、給料は九十円にしといて、その代り、これはわて

の気持や」

　多加は帯の間の財布から五円札をぬいて、給料袋の中へ入れてやり、この調子で二、三ヵ月様子を見てから、五円の値打があれば、翌月から、正規の給金に繰り入れた。同じ五円の金でも、いきなり昇給するより、多加から、わての気持やと云って手渡すと、芸人は親身《しんみ》に喜ぶし、しかも、その五円の昇給の是非を、日をかけて見定められるというのが、多加の考えであった。

　五円の値上げを粘る芸人や、頭から十円値上げを吹っかける者、気弱に黙ってぺこぺこ頭を下げて給金を貰いに来る芸人たちで、殆《ほとん》ど半日中、多加の机の前には給金取りの列が切れない。

　漫才、手踊り、女講談、安来節《やすぎぶし》などの女の芸人が給金を貰いに来ると、多加は真っ先に頭を見、結いたての髪をしていなかったら機嫌が悪かった。

「御寮人さん、本日はお給金を――」

「なんや、その頭、芸人で髪結い賃惜しむようでは、ええ芸人になられへん」

　そっぽを向きながら、給金袋を盆の上に載せて、ぐいと前へ突き出した。そんな多加の気心を推し測って、利口者は結いたての髪をして来る。

「そうや、女の芸人は、日髪《ひがみ》（毎日結う髪）やないとあかん」

上機嫌になって、多加は給金と別にちゃんと五十銭の髪結賃を出したので、花菱亭《はなびしてい》の給金日には、南の髪結いは、女の芸人で満員になった。真打の師匠や、人気者の漫才師たちへは、男衆《おとこし》がズボンの上に、花菱亭のしるしの入った厚司《あつし》を着て、自宅まで給金届けに廻ったから、芽の出ぬ芸人たちは、早く給金届けをして貰えるようになりたいと羨《うらや》んだ。

十七

十一月に入ると選挙の話でもち切り、寄席《こや》の桟敷《さじき》も空いた日が多くなり、贔屓《ひいき》の旦《だん》那衆《なしゅう》の姿も見かけられない。市会議員の伊藤友衛もここ二カ月程は、ぷっつり姿を見せなかった。

多加は昨日からの風邪気味で寝込んでいたが、迫って来た選挙の下馬評を読むために、新聞を開いた。

途端、あっと声をあげて、布団《ふとん》の上に起き上った。黒い活字の中で、伊藤の顔が、大きく楕円形《だえんけい》に囲まれている。

大阪府警本部では、大阪市東区本町二丁目大阪市会議員伊藤友衛《ともえ》（六四）の選挙違反について内偵を進めていたが、昨夜九時、突如、同氏を刑事課に連行、取調べの結果、確証を得たものの如《ごと》く同夜は身柄を留置した。

多加は昂《たかぶ》った声で、音読した。もう一度、しっかり読み直した。

多加の胴内を、黒い重石《おもし》が降りて行くようだった。暫《しばら》くその重味に堪《た》えるように、布団の上に蹲《うずくま》っていたが、お梅を呼んだ。

「お梅どん、伊藤さんが選挙違反で引っ張られはった、すぐガマロはんの家へ走ってんか」

お梅を使いに出した後、多加は足もとばかりが冷え、上半身が熱《ほて》る体を、真綿の胴着を重ねて身づくろいした。下女中のお竹が、急な多加の起床に慌《あわ》て、手水《ちょうず》の用意を、多加の部屋の前栽《せんざい》先まで運んだ。白い琺瑯《ほうろう》びきの洗面器に竹楊子《たけようじ》、食塩皿、水色のコップ、何時《いつ》もと同じ洗面道具であったが、何か手もとが違うような気がした。鈍い動作で、竹楊子を取って食塩をつけた。その途端、左手に持っていた食塩の小皿が、多加の掌《てのひら》から辷《すべ》った。真っ白な食塩が、薄ら寒い秋陽の中で、粉雪のように、ぱらぱらと、庭石の上へ散り落ちた。白々とした儚《はかな》い印象であった。多加は、不吉な思いに襲われた。

表からガマ口のしゃがれた声がした。多加は手早く、洗面道具を取り片付けさせ、居間の長火鉢《ながひばち》の前へ坐った。

「御寮人さん、まさか、あの伊藤先生が、こんなことになりはるとは……」

ガマ口は、言葉を跡切《とぎ》らせた。多加は、ガマ口が来れば、気が落ち着くものと思っていたが、ガマ口と向い合ってみると、かえって、伊藤への気持が奔《はし》り出すようであった。

「仰山《ぎょうさん》、家や土地持ってはるのに、なんでこんな無理までして選挙に勝とう思いはったんやろ、無理して勝てるお人やないのに――、どないしたらええやろ」

「どないしたらて――御寮人さん――」

「そら、解《わか》ってる、わてらにどないもでけへんことや、そやけど、花菱亭《ち》の大事な御贔屓《ごひいき》さんや、早速、あんたは伊藤さんのお宅までお見舞に行って来て、それから、伊藤さんの様子早う解るように、大阪芸能新聞の武田はんとこへ廻って、按配《あんばい》、頼み込んどいてや」

「へえ、宜《よろ》しおます、そやけど、武田はんに、そんなこと頼むのは、どうでっしゃろ」

「かまへん、こんな大事な時やないか、武田はんやないと頼めんことや」

多加は、ガマロの思惑などは無視して、大阪芸能新聞の寄席《よせ》関係を担当し、花菱亭《はなびしてい》へよく出入りしている武田に詳しい情報を知らせて貰うことにした。武田は〝韋駄天《いだてん》のタケ〟と云われるぐらいの早耳で、彼の歩いたあとはペンペン草も生えないと云われるほどの腕ききであったが、その代りこちらの弱点を握られれば、それだけまたこわいという相手であった。

「さよか、ほんなら、行って参じます」

ガマロは、重い返事をして、腰を上げた。

「ほんなら、あんじょう頼みまっせえ」

と念を押し、

「あ、ちょっと、ガマロはん、あの、わても伊藤さんの面会行きたいさかい、どないしたらええか、尋ねといて――」

ガマロの背後《うしろ》から、押し付けるように云《い》った。

多加は眼を閉じた。何時も仕付糸を切ったばかりのような着流しに、絹ずれがしそうな角帯をきちんと締め、小指の先一つにも汚れを見せない伊藤が、留置されている。恥という字を書いただけでも、心に辱《は》じるような伊藤が、どんな思いで留置場にいるかと思うと、多加は体中がささくれだつようだった。

夕方になって、ガマロが多加の居間へ姿を現わした。伊藤の家へ見舞に行って来たことと、伊藤の差入《さしいれ》は家族に限られ、他人は面会、差入ともに厳禁されていることを伝えた。

「そいで、武田はんは、どない云うてはったんや」

「伊藤はんは政治家にしてはきれい過ぎる、そこに今度の事件の躓《つまず》きがあるらしいと云うてはります、人望があって、一部に次の市会議長と噂《うわさ》されてはっただけに、伊藤さんになられたら困る利権食いが、沢山居《お》ったらしおます、そんな奴《やつ》らが、お互いさまの戸別訪問を、警察へ密告したらしいでっせ」

多加は、黙って頷《うなず》いた。伊藤らしい倒れ方だと思った。

「非常時やいう時やさかい、戸別訪問でも、きついことになるのやないか、武田はんには、よう頼み込んでくれはったのやろなあ」

「へえ、武田はんは、花菱亭のことやからと、あっさり引き受けてくれはりました、なんかあったら、すぐ知らせてくれはる段取りになってますわ」

「さよか、おおきに」

新聞のたった数行の記事でしか摑《つか》めなかった伊藤の消息が、はっきり捉《とら》えられるようになった。多加は、そそりたっていた神経が、急に撓《しな》いだような疲れを感じて、臥《ふ》せった。ガマロが、多加に代って法善寺の花菱亭へ出かけて行った。

多加は短い叫び声をあげて、眼を醒《さ》ました。そっと両方の掌を、布団から出してひろげて見たが、熱気で汗ばんでいるだけで、何時もと同じ小さな白い掌だった。今、見た夢の中ではこの掌が、べったり汚れていたのだった。朝、手水を使った時に、ぱらぱらと庭石へ落ちた食塩が、みるみるうちに庭石の上の汚水に湿り、真っ白な塊りがどす黒く穢《よご》れて行った。多加があっと叫びながら、僅《わず》かに残った白い食塩の塊りを掬《すく》いあげると、今度は、多加の掌の上で、忽《たちま》ち墨色に変色して行った。朝あった事実と夢が、熱っぽい多加の頭の中で、妙に混合しているようだった。手を伸ばして、枕元の水差しからコップに水を移し、乾いた咽喉《のど》を潤《うるお》した。

夜更《よふ》けになると、表の方から各寄席の番頭達が、その日の上《あが》りを勘定するために出入りする足音がした。やがて勘定が終ったらしく、表戸を閉め、銭ボテに上り銭を詰めるガマロの気配だけがした。

突然、表戸を激しく叩《たた》く音がした。

「あ、武田はん！」

ガマロの筒抜けの声がし、戸を開ける音がする。多加は寝床の上に起き上って、伊《だ》達巻《てまき》を締め、寝巻の上から、手早く着物を着付けた。

「御寮人さん！」

というなり、返事も待たず、ガマロは襖《ふすま》の引手を押し開けた。

「伊藤さんが、今――」

ガマロの言葉が、跡切《とぎ》れた。武田の体が重なるように、ガマロのうしろから、部屋へ踏み込んで来た。

「伊藤さんが、今、死にはりました」

「え、死にはった――」

多加は放心したように、問い返した。空疎《くうそ》な手ごたえのなさと、薄い冷たさに包まれたようだった。

「つい一時間ほど前に、自殺しはった」

「自殺――」

多加は鸚鵡《おうむ》返《がえ》しに、こう云ったまま、またぼんやり武田の顔を見詰めた。武田は油気のない前髪を額に垂れ、青白んで昂奮《こうふん》している。

「ハンカチを裂いて、首を吊《つ》りはったんです、夜勤をすましてから一杯飲んで、何となく府庁へ足を向けたら、裏門の辺りで守衛がうろうろしとおる、何かあるなと、ピーンと来て張ってたら、伊藤はんが死にはったいうのです、わいだけ取れた特ダネや、これも今日、ガマロはんに情報を頼まれたおかげやから、すぐ知らしに来ましてん」

一気に喋《しゃべ》って、武田は額に汗を滲《にじ》ませた。府庁から西区にある新聞社へ帰る途中、多加の家へ立ち寄ったらしく、胸ポケットにさした二、三本の鉛筆が十文字になって乱れている。

「伊藤さんが、自殺、もう死んでしもうてはる――」

多加は確かめるように、今度は正気にかえった鋭い眼で、武田の眼を捉《とら》えた。武田は、気を呑《の》まれたような顔をしたが、何を思ったのか、ぱっと洋服の裏を返したかと思うと、新聞紙にくるんだ薄い紙包みを取り出した。

「伊藤さんは、この通りだす」

多加の胸先へ突きつけた。鼻をつくような酸《す》っぱい匂《にお》いがした。一葉の写真と原板であった。

ぐあっと、異様な呻《うめ》き声をあげて、多加は体を捻《ひね》った。担架の上に伊藤の死体を載せ、府庁の裏門から運び出す瞬間の、写真であった。カメラを真上から向けて、死体の形をそのまま捉えていたが、毛布で死体を掩《おお》っているから、伊藤の顔は見えない。しかし、多加には死顔をそのまま見せられるよりも、惨《むご》い思いがした。和服を着ても、洋服を着ても衿《えり》もと一つ崩れていることのない伊藤が、汚れた筵《むしろ》のような毛布に掩われて、深夜、人眼を避けて裏門から運び出されている。これが、何時も花菱亭の西桟敷に坐って、お茶子《ちゃこ》に世話をさせながら高座に耳を傾け、品よく粋《いき》で、洒落者《しゃれもの》の伊藤の死に方だろうか。多加は思わず、まだ水洗いが乾いていない写真を両手で温めるように、掌の間へそっとはさんでみた。

「武田はん、あんた、これをどないして――」

「わいが撮りましてん、守衛の気配で伊藤さんのことが解った途端、ほら、府庁から一丁程東の角に写真屋ありますやろ、あすこはうちの社の特約店やから、いきなり飛び込んで写真機借りて、裏門の横の二階の窓から一発、パッと撮ったんがこれや、何時も小さい二流新聞は、記事と写真両方せんならん云うて、ぶつくさ云うてたけど、今日はその有難味が解ったな、帰りにすぐ写真屋で現像して、まだちゃんと水洗いも出来てへんけど、ともかく早いとこ社へ持って帰らんならん」

武田は、多加の掌の上の写真に手を伸ばした。多加はぱっと肩をかわして、武田の骨張った大きな手を払いのけた。

「武田はん、この写真どないしはりまんねん」

「トップにでかんと、いかして貰《もら》いまっさ、うちは夕刊の芸能新聞やから、明日《あした》の夕方になるけど、特ダネの写真やから、朝刊紙より遅れても大丈夫いけますわ」

「ほんまに、この写真撮ったんは、あんたはん一人だけでっか」

「ガマ口はんのお陰で、わいだけや」

「そうでっか、そんなら、武田はん、この写真、わてに譲っておくなはれ」

「え？　写真を譲る？」

「へえ、たまたま、うちから情報頼んだのが因《もと》で撮れた写真やったら、わてに原板ごと買い取らしておくなはれ」

多加は刺すような強い語調で、云った。

「そんな殺生《せっしょう》な、これは特ダネで……」

「そうだす、あんたお一人の特ダネやから譲っておくなはれ云うてますねん、他所《よそ》の新聞社も撮ってはったらおしまいやけど、運よう武田はんだけだす、そやから、黙って買わしておくれやす」

いきなり、多加は床の間の脇《わき》にある手金庫の蓋《ふた》を開け、百円札の束を取り出して、写真と原板をくるんであった新聞紙に、札束を包んだ。

「武田はん、ちょうど三千円おます、これで黙って、代えておくれやすな」

「冗、冗談を――」

武田は、三千円という法外な金額を信じ兼ねた。

「冗談やおまへん、伊藤さんは二十年来の御贔屓客だす、あんな惨《むご》い姿を載せんかて、一日ぐらいの新聞はでけますやろ、このお金で伊藤さんが最期《さいご》まで、洒落者で通せたら結構だす、武田はん、どうぞ黙って、な、お願いだす」

多加は哀願するように、きちんと坐り直して武田の前に手をついた。武田は狼狽《ろうばい》しながら、気弱に笑った。

突然、ガマロが二人の間へ割って入った。

「御寮人さん、気でも狂いなはったんでっか、写真一枚に三千円も、そんな阿呆《あほ》な話が、阿呆な、阿呆な……」

ガマロは部厚な唇を噛《か》みつくように開き、体を揺すぶって、阿呆！　を繰り返した。

「ガマロはん、わては正気や」

「正気？　一枚たった二十銭ぐらいの写真に三千円使う、それでも正気でっか、公衆便所の中から五円札持って、師匠の袖《そで》引《ひ》きまでして、やっとここまで商いして来た御寮人さんが――」

「今日は、わての一生にたった一回の贅沢《ぜいたく》や、わては今日まで、何一つ贅沢してしまへん、節約《しまつ》、節約《しまつ》で細かいきつい商いばっかりして来たのやないか、今日は黙って使わしてんか」

叩《たた》きつけるような語調であるが、涙にくぐもっている。ガマ口は言葉を継げなかった。黙って多加の顔を見た。武田の手前を憚《はばか》って、辛うじて涙を堪《こら》えているが、唇が激情に押し切られそうになって細かく震えている。武田は異様な雰囲気の中で、火を点《つ》けない煙草《たばこ》を、不自然にもてあそんでいた。ガマ口は、重苦しい沈黙を破るように、口を切った。

「ほんなら、武田はん、今日のところは、何とかわての顔もたてておくなはれ、恩に着まっさ」

武田は、煙草をもてあそんでいた手を止め、思案のあげく、

「困りましたなあ、ほんなら、まあ」

当惑した顔をしながら、ゆっくり煙草をポケットに入れ、新聞包みを持って、席を立った。ガマ口もすぐ立って玄関へ送り出した。

多加は、伊藤の写真の上に俯《うつぶ》すように倒れた。堪えていた涙が、どっと噴き出し、激しく慟哭《どうこく》した。多加は初めて、伊藤に抱かれたい、伊藤が欲しいと思った。出雲《いずも》の旅館で、一瞬見た伊藤の体を、妙な生まなましさで思い起した。もう何年か前に終ってしまった筈《はず》の女の体が、伊藤の死を発火点にして荒々しく燃えた。多加は今になっ

て、女というものは誰かに愛されているか、愛しているかでなければ、ひたむきになって働けないことを悟った。そして、女のずるさを思い知った。

――自分が伊藤と過失を犯さなかったのは、潔癖でも貞節でもなかった。伊藤の胸に飛び込む以上は、伊藤の総《すべ》てを得たい、しかし、伊藤の総てを得ることが出来ず、商いの信用、評判、一切を失ってしまう場合が多い。それが恐しかった。伊藤と、自分の暮しを天秤《てんびん》にかけ、確実で重い方へ身をゆだねながら、貞淑の装《よそお》いをしていたのだ。そんな女のずるさ、浅ましさで、伊藤と相寄ることの出来た絆《きずな》を、むげに振り解《ほど》いた哀《かな》しみが、多加の胸にじかに来た。

背後に人の気配がした。武田と一緒に帰ったと思っていたガマ口であった。多加は、写真の上に倒れていた体を起した。ガマ口は、引き開けた襖も閉めず、敷居際《ぎわ》に立っている。そして、細い眼で食い入るように多加の顔を見た。白目の多い瞳《ひとみ》の中で、小さい黒目が、異様に光っている。

「堪忍《かんにん》な、今日はえらい気儘《きまま》いうて――」

多加は弱々しく笑った。

「御寮人さん、あんさんにも、そんな女の気持がおましたんか、わてはまた……」

「え？」

問い返すように、多加は眼を見張った。急にガマロの醜い顔が、大きく引き歪《ゆが》んだ。

「いいえ、わては……、そうや、何でもおまへん……ハハハ……」

語尾をかき消すように低く云うなり、ガマロは、くつくつと笑い出した。

「ガマロはん――」

多加の言葉にも返事せず、ガマロは高い乾いた声で笑い続けた。笑いながらガマロ自身が、突如として知った自分の心の正体に狼狽した。何も云わず、一晩笑い続けたら、それで済みそうだった。ガマロは、さらに笑いこけた。

「アハヽ……ハヽヽヽ……」

眼からも、鼻からも、口からも、涙を噴き出しながら笑い崩れた。多加の戸惑いした白い顔が、ガマロの眼の前に消えたり、映ったりした。やっと笑いが静まりかけると、ガマロは懐《ふところ》から手拭《てぬぐい》を出して顔を拭《ぬぐ》うなり、

「わては笑い上戸でんな、すんまへん、御寮人さん、お休みやす」

と云い、背中をまるめて、暗い廊下を音もなく帰って行った。

伊藤友衛の葬儀は、二日後に上本町《うえほんまち》の真如寺《しんにょじ》で、ひそやかに営まれた。朝から曇っていた空が、告別式の始まる二時頃になると、俄《にわ》かに本降りになり出した。世間を憚《はばか》って、わざと目だたぬ小さな寺を選んでいるわびしさに、雨が加わって暗い陰惨な気

配に包まれている。三人の僧侶《そうりよ》の読経《どきよう》も、ともすれば、激しくなって来た雨音に消されがちだった。祭壇の前は、紋服を整えた親類縁者の参列者で埋まっていたが、伊藤の遺族としては、五十過ぎの色の白い小柄な妻一人であった。

多加は、伊藤に子供が無いことを、この時初めて知った。昨日の新聞で、伊藤の友人の市会議員が、伊藤君はあまりにもきれい過ぎ弱過ぎたと、語っていたが、その弱さも子供のない人の人生の軽さであったかも知れない。それにしても、たった一晩の、留置場生活にも堪えられず、自ら死を選んで行った伊藤の脆《もろ》さが、多加には口惜しかった。一般参列者の焼香台に立って多加は香を燻《くす》べながら、

「伊藤さん、あんたは、ぼんぼん旦《だん》那はん——」

と低い声で詰《なじ》るように云った。

焼香する参列者の列が切れると、伊藤の寝棺が霊柩車《れいきゆうしや》に運び込まれ、静かに真如寺の低い山門を出て行った。多加は門際の庇《ひさし》の下に立って、伊藤の出棺を見送った。さらに激しくなった雨を、霊柩車の太いタイヤが飛沫《ひまつ》のようにはね上げた。山門際に並んだ樒《しきみ》の小枝が、雨に折られたのか、数本、泥水の上に落ちて汚れていた。

車が見えなくなってから、多加は傘《かさ》を広げた。風を混えて斜め降りになった雨は、多加の鬢《びん》を容赦なく濡《ぬ》らしかけた。多加はしっかり、傘の柄を握って支え、わては、

伊藤さんみたいな寂しい死に方せえへん、わては人に沢山集まって貰うてるところで賑《にぎ》やかに死にたい——と、声に出しながら、独り泥濘《ぬかるみ》を帰って行った。

十八

応召が目だって多くなり、毎日の新聞も、大陸戦線の戦況が、大きな活字で埋められている。

花菱亭《はなびしてい》の芸人たちも、次々に応召して行った。京阪神に二十七軒も寄席《こや》を持っているので、多加は一月に一度は、誰かの歓送にたち廻らねばならなかった。

三津寺筋《みつでらすじ》の住居の方へ、芸人の召集を知らせて来ると、多加は床の間に山積みして用意しておいた大きな木綿袋を一つ、一つ持って出かけて行った。予《あらかじ》め芸人の控え帳を繰って、次に召集の来そうな芸人の名前を記し、袋の中へ餞別《せんべつ》、千人針、晒《さらし》の褌《ふんどし》まで入れ、別に歓送会の仕出し用の食糧も用意しておいたから、すぐに間に合った。次第に物資が乏しくなっていたから、花菱亭の応召芸人たちは、多加の木綿袋を大方《おおかた》、アテにして出征の用意をしていた。

多加は物資が乏しくなりかけると、ガマ口をつかまえて、

「うちの商売は、ほかの商いと違うて、もの食べささんならん商品を扱うてるから、えらい苦労や、うかうかしておられへん、何でも口に入れられるものやったら、どんどん買うといてや」

真っ先に、芸人の口の心配をした。

「御寮人さん、給金払うてまっせ、芸人の台所の心配までせんかて、宜《よろ》しおますわ」

「いいや、せんとあかん、芸人がハネ（舞台衣裳《いしよう》）売ってお米に替えたり、食べもん屋の配給に列《なら》ぶようになったらしまいや、せめて花菱亭の芸人にだけは、そんなことさしとうないのや、少々、家内《いえうち》のことキビって（けちつく）もええさかい、蔵へたんと食べもん入れといてや」

と云《い》い付け、闇《やみ》商人の持ち込む食糧品は大口で、しかも値切らず買い取ることにした。その度にガマ口は怒気を含んで文句をつけたが、多加は、値切る値幅より、日増しに騰《あが》る物価の足の早さの方に眼をつけ、闇屋にどんどん持ち込ませる手段《てだて》に値切らなかった。

多加は、蔵の中にぎっしり詰った食糧品を見ては安心し、芸人の出征歓送式の日になると、この食糧の中から、必要なものを芸人の家へ運び、台所を引っ構えて豪勢な仕出しをした。

「御寮人さんが、こんな台所にいてはっては、わてらが困りますさかい、どうぞ、表へ出ておくれやす」

芸人の女房たちは気兼ねしたが、多加は、

「表は寄席《こや》の木戸におる時だけで結構だす、さあ、表のお客さんだけでなしに、あんたらも仰山《ぎょうさん》、食べておくれやすや」

こう云って、うちらの者まで振舞い、量が多過ぎて残すと、

「食べ残しは、もったいないやおまへんか」

と本気になって怒った。ガマ口が、人眼のつかぬところで、

「御寮人さん、人のええ大振舞いもいい加減にしなはれ、腹一杯で食べられんほど食べささんかて、よろしいやおまへんか」

しわい顔をして意見をすると、多加は、

「あんた男のくせに割かた吝嗇《しぶちん》やな、わてら芸人さんのおかげでご飯食べさして貰《もろ》うてるのやで、もっと芸人を大事にしなはれ」

平手打ちをくらわすような剣幕で云い、

「この気持にならんと、ええ商いはでけへん」

と不機嫌になった。

若い芸人たちについで、中年の予備役の芸人たちも出征し、防空演習が頻繁《ひんぱん》になって来ると、法善寺の寄席をはじめ、どの寄席も閑散とした客席を相手に、僅《わず》かに残った少数の芸人で舞台を勤めるようになった。

黒い暗幕《あんまく》を張りめぐらし、防水桶《おけ》と火叩《ひたた》きを寄席の四方、八方に置いて開ける夜席は、目立って寒々しい陰気な気配になる。十二月になっても、豆炭の入った心細い火鉢《ひばち》を二つ、三つ置いて高座の落語《はなし》を聞いていると、体の芯《しん》まで冷えきってしまい、せめて温かいものでもと思って出すお茶も、すぐ冷めてしまう。多加は、人気《ひとけ》の少ない法善寺の寄席の片隅に立って、客席を眺めていた。白黒の格子《こうし》柄《がら》に編ませた平場の畳は、黒い部分はさほどでもないが、白い部分は汚点《しみ》だらけで、ささくれだっている。畳替えしたくても、それだけの畳表が手に入らなかった。桟敷《さじき》の方へ眼を移した。桟敷の手すりの木口も汚れ放しになり、天井の鈴蘭燈《すずらんとう》にも掃除が行き届いていない。伊藤友衛《ともえ》が定《きま》って坐《すわ》っていた西桟敷の板障子も、乾いた木割《きわれ》がしたままだった。連日のように桟敷が旦那衆《だんなしゅう》で埋まり、平場がお茶子《ちゃこ》の入込み次第で三倍にも膨れ上っていたことが、嘘《うそ》のようなさびれ方であった。高座は、真打《しんうち》の三木助が病気休みし、円輔《えんすけ》が水洟《みずばな》をすすりあげながら、二十人足らずの客席を相手に、ぼそぼそ張りのない落語《はなし》をしている。寄席がさびれて来たら、舞台の芸人まで職人みたいな顔つきで、素人《しろうと》くさい芸をするものかと、多加はうそ寒い思いがして、そのまま表へ出てしまった。

法善寺横丁から東角を曲って、千日前の寄席《こや》を見に入った。曾《かつ》て十銭漫才で客をぐるぐる巻きにさせた新花菱館も、安来節《やすぎぶし》で沸《わ》かした千日前花菱亭も、暗幕で掩《おお》われた寄席の中は、非番の徴用工らしい客が、寝汚《いぎた》ない恰好《かっこう》で腰をかけている。舞台の方も、若い人気のある芸人は出征して、残っている芸人も殆《ほとん》ど軍や軍需工場の慰問に取られてしまい、やっと寄席に出ているのは、五十過ぎの面白味のない芸人だけであった。それでも戦闘帽をかぶり、疲れ果てた顔をした客たちは舞台に向って掠《かす》れたようなか細い声で笑った。多加は思わず、胸が衝《つ》きあげて来た。僅かな娯楽を求めているお客たちのために、軍の慰問大会に行っている芸人たちを、すぐにでも大阪へ呼び戻し、わっと沸きたつような笑いをばら撒《ま》きたかった。

寄席を出ると、暮の繁華街であったが、ひっそりと人通りが絶え、明りを少なくした街燈が、淡い影を落している。程近い新世界の方角を眺めてみても、大阪の夜空を彩《いろど》る通天閣の姿は、見えない。その筋のお達しで、イルミネーションを消してしまっている。光を失った真っ黒な夜空が、冷え冷えと広がっているだけであった。

年が明けて、まだ正月気分が抜けきらない一月十八日の朝、久男に海軍の召集令状が来た。

多加は京都の花菱亭へ電話をかけ、久男にすぐ大阪へ帰って来るように云ったが、久男が帰宅したのは、その日の深夜になってからであった。赤飯と、探し廻って手に入れた鯛《たい》の頭付きを整えて待ちあぐねていた多加は、久男の足音を聞くなり、

「こないして、朝から待ち通しやったけど、どないしてはったん？」

「うん、寄席の事務引きつぎや、ちょっとしたあと片付けしてて遅なったんや」

「そんなんあとで、わてが按配《あんばい》しとくのに、ところで、久男、あんたは幾つになったんや」

「三十五になったとこや」

「ふうん、あんたの三十五は高いなあ」

「何が高うおますねん」

「齢《とし》だけいってて、何の苦労もせんと、軍隊も乙種で今度が最初でっしゃろ、そやから、あんたの正味《しょうみ》より、齢の方の値が高いいうてまんねん」

「お母はんは、何でも金に勘定するねんなあ」

久男は眼もとを神経質に痙攣《けいれん》させて、鯛の頭を突ついた。

そんな久男の顔を見ながら、多加は、三十五歳になっても妻帯せず、母親と離れて

京都の花菱亭の棟続《むねつづ》きで独り暮している久男が不思議だった。一カ月に一回は、久男の衣類や好物を整えて、京都へ見舞に出かけるお梅に聞いてみても、別に変ったことがない。立派な体格をしていながら、心臓疾患で乙種合格であったが、それ以外に長患《ながわずら》いするようなことはなかった。要するに、一人子によくあるもの云わずの、偏窟《へんくつ》というよりほかはなかった。

「明後日《あさって》の朝、大阪駅を発《た》たんならんけど、何かわてに云うとくことあれしまへんか」

「別におまへんわ」

と云ったきり、久男は黙って箸《はし》を口に運んだ。多加は、何《いず》れ久男にも近いうちにと思って、千人針や奉公袋の用意をしてあったから、別に取り急いですることもなかった。久男が東京の大学に進学した頃から、ずっと離れて暮しているから、俄《にわ》かに淋《さび》しいということもなかったが、一人息子が応召となると、さすがに多加も心細い気折れがした。何かしんみり話し合いたいと思ったが、急に話の接穂《つぎほ》もなかった。遅い夕食をすますと、多加は、久男に断わらず、自分の部屋へ布団《ふとん》を二つ並べて敷いた。久男はそっ気ない顔をして、寝床の中へもぐり込み、上布団を頭の上までひっかぶって寝てしまった。

翌々日の早朝、久男は町会の盛大な歓送を受けて出発した。午前八時三十分大阪発、呉行《くれゆき》列車のホームは、何百組かの歓送陣で混雑していた。多加はホームへ上って、湧《わ》き上る万歳！　の声や、重なり合うような旗や、幟《のぼり》の間に巻き込まれると、急に涙がこみ上げて来た。一人息子が征《い》ってしまうという強烈な実感が胸に来て、思わず、

「久男――」

と云ったが、久男は黙って頷《うなず》いたまま、落ち着きのない視線を、人々の頭や肩の間へ向けている。多加の反対側からお梅が、久男の肘《ひじ》を小突いたようだった。途端、久男は、人波の間を縫うようにして、くるっと多加の傍《そば》から離れた。四、五尺ほど人波に揉《も》まれて、久男の丈高い体が、たち停《ど》まった。背中をまるめるようにして下を向き、何か必死になって喋《しゃべ》っているようだった。多加も、久男のあとを追い、間近《まぢか》まで来て、はっと人影に隠れた。

久男が、多加の見知らぬ女とホームの柱の陰で体をすり寄せるようにして話し合っている。女は久男より二つ三つ齢下らしく、甘えるような眼で久男を見ていたが、洗いざらしの銘仙《めいせん》の着物と羽織に、筋切れした人絹《じんけん》の帯をしている。肩に巻いているショールも、ケバのたった何年も前の品物だった。何も手渡すものがないのか、袂《たもと》から千人針だけを出して、久男の手に渡した。久男は受け取った千人針を小脇《わき》にはさみ込

むような振りをして、千人針を持った女の手を、脇の間にはさみ込んだ。女は周囲の人眼を憚《はばか》り、手をひっ込めようとして抗《あらご》うたが、久男は、むしゃぶりつくように女の手を離さない。体を奪い合うような生活をして来た男と女の姿であった。

多加は声を呑《の》んで、人波の間に自分の体を支えるようにして、立っていた。一人息子の久男が、母の勧めるまともな縁談に耳をかさず、玄人《くろうと》上りらしい女とひそかに一緒になっていた。多加が一切を握っていて、金の自由のきかぬ久男であったが、どうせ許されぬと知って、母の眼の届かぬ処《ところ》で、細々と同棲《どうせい》を続けて居たらしい。愛《いと》しさだけで寄り添って来た生活の馴染《なじ》みが、そこに浮き上っている。召集令状が来た日も、その翌日も夜更《よふ》けてから帰宅したわけが、初めて多加に解《わか》った。今朝、家を出る間際《まぎわ》に、お梅と二人で、ひそひそ話し合っていたのも、乳母代りであったお梅との別れではなく、この女のことであったのかと思うと、多加は激しい怒りが突きあげて来た。

発車のベルが、けたたましく鳴り出し、万歳！　の声が、ホームのそこここに、どよめいた。久男は、はっとして女から離れた。多加は素早く、女の腹のあたりを見た。別に異常はなかった。多加は、ほっと惨酷な安堵《あんど》をした。列車が、ガクンと大きく一揺れした。

「河島久男君、万歳！」

多加の耳もとで大きな叫び声が上った。

「頑張って御奉公して参ります、有難うございました」

久男はデッキに立って敬礼し、しっかりした声で挨拶《あいさつ》しながら、眼は真っすぐに、柱の陰に立っている女の方へ向けていた。

十九

通天閣の解体が決まったのは、昭和十八年の一月の末日だった。

戦況が緊迫して来るに連れて、指輪、時計はもちろん、鍋《なべ》、釜《かま》、鉄瓶、銅壺《どうこ》などまで献納が強制され、郵便ポストも陶器に替えられた。その中で、地上二百五十尺の鉄塔の通天閣が聳《そび》えていたから、去年から何度も、献納の話が出ていた。しかも、空襲の心配が多くなるにしたがい、その目標にもなるので、軍の方でも、喧《やかま》しく取り沙汰《ざた》していたが、大阪名所を無くすことと、解体に莫大《ばくだい》な費用を要することで、延び延びになっていた。しかし、そんなことをいっておれない程の戦局になって来たらしく、ついに大阪市が解体費を半分持ち、あと半分を献納者である多加が持つことに話が決まった。

大江橋の市役所から、三津寺筋《みつでらすじ》の事務所へ帰って来ると、多加は、

「ガマロはん、わてにも召集来ましたで」

「朝っぱらから、なにじゅんさい（いい加減なこと）云《い》うてはりまんねん」

「いいや、ほんまでっせ、うちの通天閣、献納に決まってしもうたわ」

「え、何時《いつ》だす」

寄席《こや》の仕出しの帳面つけをしていたガマロは、驚いて筆を置いた。

「二月十三日」

ぽつんと云い、多加は椅子《いす》の背にもたれて、天井を見上げた。前からその心づもりではいたが、はっきり解体の期日が定まると、さすがに体が萎《な》えて行くようだった。塔上のイルミネーションは、節電で一昨年から、既に明りを消していたが、毎朝、物干しから見える通天閣は、多加の心の大きな拠《よ》り処《どころ》になっていた。

「へえ、とうとう決まりよりましたか」

ガマロも、太い息をついて黙り込んでしまった。

昭和二年に通天閣を買い取ってから、現在までエレベーター料とライオンはみがきの広告料で、大きく儲《もう》けて来た。そして、大阪、京都に二十七軒の寄席を持つ花菱亭《はなびしてい》であったが、花菱亭といえば通天閣を連想するほど、大きな宣伝力になっていた。多

加が初めねらった通り、一般の大衆は、新世界の玄関口に聳える通天閣を見て、実際以上に強大な力を花菱亭に感じてしまったようであった。通天閣に人気が出ると、自然に周囲の土地も値上りし、ボロ小屋同然の叩《たた》き値《ね》で買った通天閣の両横の寄席も、大きな儲けになった。その上、この界隈《かいわい》の食べもの屋からは、儲け分けをしてくれはったと、有難がられていた。

「御寮人さん、せっかく騰《あ》げた地代、これでまた下げになりまんなあ、か、か……」

ガマ口は笑おうとしたが、笑いにならなかった。

二月十三日は快晴であった。通天閣の展望台の周囲には、白い幕を張りめぐらし、その塔下の礎石《そせき》の前に、祭壇が組まれた。午前十時から、陸軍のおえら方、大阪市長をはじめ、市の有力者が参列し、四天王寺管長の引導によって、解体献納式が始まった。地元の人々も複雑な表情で、この式に列《つら》なっていた。

多加は、何時もの、モンペをはかずに、挽茶色《ひきちゃいろ》の訪問着に黒紋付を重ね、最前列の市会議長の横に立っていた。関係者の長々しい献納協賛の辞が続いたあと、四天王寺管長の読経《どきよう》が始まった。多加にとっては、どれも空疎《くうそ》なものであった。多加はじっと、通天閣の頂上を見上げていた。

雲一つなく冴《さ》え渡った冬空の中で、通天閣の鉄傘《てつさん》が、キラキラ輝いている。礎台から上《かみ》すぼまりに延びている鉄組の脚も、銀色に光っている。一昨年まで、昼は、その展望台のエレベーターで人を運び、一望のもとに大阪を見せ、夜は大阪の夜空を明るく照らし続けた塔だった。

多加は、ふと塔上に紅白の幔幕《まんまく》を見たような気がした。通天閣の開店披露をした日のことが、鮮やかに胸に甦《よみがえ》った。沢山の人々が集まって、多加に祝辞を贈った。死んだ伊藤友衛《ともえ》も、そこに居た。伊藤は多加にだけ聞えるような声で、あんたは、やはり商いにかける人——と呟《つぶや》くように云って、するすると鉄塔の間をエレベーターで昇って行った。そして、多加自身もその日、人気《ひとけ》のなくなった塔上に立って、この鉄塔に自分の人生の何分の一かを賭《か》けた。夕闇《ゆうやみ》の中で、大阪の街の灯《ひ》が、息づくように点《とも》り、多加の心を力強く満たした。十六年前のことであるが、つい、この間のことのようであった。その日、塔上に立って商いを賭けた自分が、今日は地上に立って、それを失おうとしている。多加は、写し取るように塔を見詰めていた眼を、静かに閉じた。

読経が終った。人々の騒《ざわ》めきがして、塔下の廻りにしつらえられた花活台《はないけだい》に、参列者が花を一本、一本、飾った。多加はこの日、風邪《かぜ》ひきと偽って、献納者としての挨拶はしなかったが、供花の時は両手で花を抱え、次々と花活台の中へ冬花を投げ入れて行った。花を飾り終ると、豊中組の大工が足場を伝って、するすると塔の中程までかき上って、身構えた。

一瞬、カーンと、高い鉄鎚《てっつい》の音が入った。通天閣、解体の第一鎚の音である。多加は、ぐうっと、体の中から迸《ほとばし》り出る涙が押えられなかった。降り落ちるように流れる涙の中で、塔上の白い幕が、幾重にもなってはためき、滲《にじ》むように広がった。

それから、毎日のように多加は、朝起きると、通天閣の前へ足を運んだ。一日、一日、解体されて、形を変えて行く鉄塔を見て、多加は自分の体の骨が、一本、一本、はずされて行くような痛みを感じ、何時迄《いつまで》も立ち竦《すく》んでいた。そして通天閣は、その後、三カ月もかかって、やっと解体を終り、その形を地上から消してしまった。

この年の夏から、急に戦死の公報が多くなった。芸人の遺族からその知らせを受ける度に、多加は席主部屋へ入って、壁へ三段がけにずらりと並べている芸人の名札を、一枚、一枚、裏返して行った。

蒸し暑い夜、電燈《でんとう》を消した席主部屋で独り坐《すわ》っていると、足もとの蚊やりの煙が、壁際《かべぎわ》の裏返しの名札にそって白くたち上り、まるで墓場にいるような錯覚に捉《とら》われた。昨年の初め、呉《くれ》から何処《どこ》へともなく出港した久男からも、ここ半年以上、便りがない。独楽《こま》のように渾身《こんしん》の力で回転し、その回転に随《つ》いて、一切のものが多加に集まっていた時代に比べると、今は、回転を失いつつある独楽のように頼りなかった。

十一月の節季をしている時に、三木助師匠の危篤《きとく》が知らされた。ちょうど師匠の給金を袱紗《ふくさ》に包んで使いの者が、今里《いまざと》まで届けに行こうとしていた。多加はその給金を持ち見舞の金をそえて、すぐ三木助の家へ駈《か》けつけたが、もう額から頰《ほお》にかけて、紫色の濃い斑点《はんてん》が出ていた。最近、病気がちで、この夏頃から目に見えて衰弱し、そのまま寝ついてしまい、多加も二、三回、見舞ってはいたが、こんなに俄《にわ》かに悪くなるとは思ってもみなかった。多加は枕元《まくらもと》に坐って、

「師匠、しっかりしておくれやす、今、あんたはんに往《い》かれたら、わては、ほんまに寄席《こや》閉めてしまわんなりまへん」

三木助の耳もとで、ゆっくり区切るように云った。三木助は聞えたのか、閉じていた眼を薄く見開いて、多加の顔を見た。

「師匠、解《わか》ってくれはりましたんか、みんな征《い》ってしもうて、大阪には芸人が誰もおらんようになりましたわ、そんでも、師匠さえ達者でいてくれはったら、師匠一人で寄席《こや》が開けられます、ほら、この間も、師匠の高座の時は、防空頭巾《ずきん》をもったお客さんで詰まりましたやろ、な」

三木助は、掛布《かけぶ》団《とん》に顎《あご》をこすりつけるようにして、何度も頷《うなず》いた。

しかし、その日の夜、三木助は死んだ。

北向きに寝た三木助の口元に水を湿し、多加は暫《しばら》く、その皺《しわ》の深く硬《こわ》ばった顔を見詰めていたが、背後《うしろ》に坐っているガマ口を振り返り、

「今晩のお通夜《つや》は、御詠歌《ごえいか》踊りや」

「え？」

「派手好きな三木助師匠のことや、今からすぐ花菱亭《うち》の者に、芸人さんの家を廻って、知らせて来て」

「御寮人さん、この非常時やいう時にそんな派手なお通夜して」

「非常時やさかい、三木助師匠ぐらいの名人でも派手な葬礼《そうれん》でけへん、せめて、お通夜だけでも名人らしうしてあげようやおまへんか」

ガマ口はすぐさま、お通夜の段取りにかかった。

二時間ほど経《た》つと、新世界や恵美須町《えびすちよう》の芸人横丁から芸人たちが、ぼつぼつ集まって来た。国民服を着た落語家や、モンペ姿の女漫才師が多かった。暗幕をひいた八畳の奥座敷は、正面に三木助の遺体を祭り、次の六畳の間をぶっ通して、二十人余りの芸人が、会席膳《ぜん》を前にして坐った。会席膳には、多加の家から運び込んだ酒を並べ、一升瓶を五本ほど置いた。多加は、一人でも通夜の客が増える度に、

「よう来てくれはった、賑《にぎ》やかに師匠を送ったげてや」

と自ら酌をしたから、気の弱い芸人は、

「御寮人さんに、そないして戴《いただ》いては」

と、尻込《しりご》みした。

「阿呆《あほ》かいな、今晩は無礼講で飲むのが、仏はんへのええ供養《くよう》や、さ、たんと飲んでおくなはれや」

眼を据えるようにして、多加は酒を振舞い、多加自身も一緒になって飲み出し、

「ガマロはん、三味線、三味線や」

怪訝《けげん》な顔をするガマロに、三味線を持って来させた。

「さ、これから、御詠歌踊りしてや、あんたらは鉦叩《かねたた》いて踊って、わてはちょっと面白《おもろ》うに、この三味線の伴奏を入れまっさ、それ！」

ピン、シャン、と撥《ばち》を入れると、芸人たちも小さな鉦を左手に取って、木鐸《ぼくたく》で鳴らしかけた。

「あ、ちょっと待ってや、今度は猫や、猫や」

と云いながら台所の方へ立った。多加は、三木助が、生前、可愛《かわい》がっていた子猫を五匹抱いて来て、三木助の枕元に行儀よく並べた。

「これでええ、さ、今度は、ほんまにいきまっせえ」
と云うなり、ピン、シャン、ツン

ふだらくや　きしうつなみは
　ふしま　の　の
なちのおやまに
　ひびく　たきつせ

手振りを入れて、三木助の遺体の廻りを輪になって、ぐるぐる踊り出した。三味線と鉦と手拍子と、男女の御詠歌が入り混って、奇妙な音声になった。十一月の末であったが、窓を閉めきり、暗幕に包まれた部屋の中は、人いきれと酒気で、踊り廻る人々の顔から、汗が滴《したた》った。三毛の子猫が、じゃれつく度に、踊りの輪はさらに賑やかに乱れ、御詠歌の声が甲高《かんだか》くなった。

多加は何時《いつ》の間にか、三味線をガマ口に押しつけ、輪の中に入って踊っていた。踊りながら、くつくつと咽喉《のど》から乾いた声を出したが、笑っているのか、泣いているのか、自分で解らなかった。何もかもが自分から遠ざかり、独り取り残されて行く時の動きが身に堪《こた》えた。このまま、ぶっ倒れてしまいたいような収拾のつかぬ寂しさが、胸を充《みた》した。多加はさらに大きな身振りで踊り出した。首を振る度に、天井がぐるぐる廻り出すようだったが、多加は狂ったように踊り続けた。ガマ口は大きな口で、パクパク、拍子をとりながら、飽かずに撥を動かしていた。

二十

多加は、やっと荷物を疎開《そかい》する決心をした。半年も前からガマ口とお梅は、荷物の疎開を勧めていたが、多加は寄席《こや》の収拾に心を奪われ、身の廻りの荷物の整理にまで手が届かなかった。しかし東京が大空襲され、大阪も不気味な空襲警報のサイレンが鳴り響くようになったから、お梅の故郷《くに》である和歌山の箕島《みのしま》へ荷物を送ることにした。やっと手に入れたトラックに、南森町のガマ口の家の荷物も一緒に積み込んだ。トラックのあとを追って、多加とお梅が阪和線で箕島まで行った。

お梅の家は、既に両親が亡《な》くなり、五十過ぎの弟が戸主になっていたが、快く疎開荷物を引き受けてくれた。荷物のあと始末のためにお梅を残し、多加だけその翌日の夜、帰阪した。

家へ帰るなり、ガマ口が軍事郵便を突きつけた。

「ぼんぼんからでっせ」

「え、久男から――」

七カ月ほど前から便りが跡切《とぎ》れていた。多加は鋏《はさみ》を取るのももどかしく、爪《つめ》の先で封筒の端を千切り取った。


突然、会えることになりました。三月十三日、午後五時、神戸大丸の前まで来て下さい。

もし、この手紙が遅れてその日時までに間に合わず、会えない時は、僕は元気でやっていますから安心して下さい。一人で何かと大へんでしょうが、無理をせず達者でいて下さい。

久男

とだけ、簡単に書いてあった。三月十三日は、翌日であった。多加は、たった一日違いで、和歌山へ行っていた今日でなかったことを、救われる思いで喜んだ。

久男は、神戸大丸の電車通りに面した入口に立っていた。三十八歳にもなる久男が、大きな衿《えり》のついた水兵服を着ているのは、子供じみて可笑《おか》しかった。

「久男、あんたは――」

斜めうしろから背中を小突くようにして笑いかけたが、久男の食いつくような眼に出合って、多加は、はっとひるんだ。真正面に向い合って見ると、久男の頬骨《ほおぼね》が高くなり、浅黒く陽灼《ひや》けした顔の中で、眼が窪《くぼ》み、人相が変ったように嶮《けわ》しくなっていた。

「お母はん、よう会えたな」

柔らかい低い声だけが、変っていなかった。多加は、ふうっと涙になるのを押えて、久男を誘うようにして、人通りの少ない広い道を元町から山手通りの方へ向って歩き出した。埃《ほこり》っぽい曇った日であった。

「七カ月も便り無うて、急に、神戸へ来い云《い》うて、どないしたんや」

「うん、それが――」

久男は、辺りへ視線を配り、人気《ひとけ》のないのを確かめてから、

「今、僕らの輸送船《ふね》、神戸へ入ってるねん、明日、また輸送に行くのや」

「何処《どこ》へ？」

「そんなこと解《わか》れへん、この間、硫黄《いおう》島へ行って来たけど――」

言葉を切ってしまった。

「そんで、今日、何時頃までええのんや」

「夜中の二時に、輸送船《ふね》へ帰らんならん、それまで――」

疲れているのか、久男の言葉は跡絶《とだ》えがちだった。多加は、二丁ほど先に見えた旅館へ入った。

六畳の部屋の中に、小机と座布団《ざぶとん》があるだけで、上るなり、顔色の悪い主婦に、お米は？　と突慳貪《つっけんどん》に聞かれた。多加は大阪から提げて来た風呂敷《ふろしき》包みを開き、お寿司《すし》、おはぎなどを机の上に並べた。

「お母はん、阿呆《あほ》やな、食いものは僕らの方がええで、内地は何もない云うから、僕が食糧持って来たのに」

久男は布袋の中から、握り飯と罐詰《かんづめ》を出して笑った。

それでも、多加が手作りして来たお寿司とおはぎを頬張り、生ぬるいお茶で夕食をすますと、時間まで憩《やす》むことにした。

布団を二つ並べて横になっても、久男は相変らず言葉少なかった。多加だけが一人で、久男が出征してからの寄席《こや》の様子を喋《しゃべ》っていた。何時《いつ》の間に眠ってしまったのか、久男は相槌《あいづち》も打たず、眼を閉じている。多加はそっと頭を上げて、久男の方を見た。憔悴《しょうすい》していたが、鼻筋の通った下に恰好《かっこう》のよい唇があり、閉じた瞼《まぶた》の睫《まつげ》毛も深々としている。こうして大きな体を、傍《そば》に横たえられると、死んだ吉三郎に似た面影が強い。ふと、久男の出発の日、大阪駅で見た女のことが胸に来た。検閲が厳しく、両親以外に女には通信出来なかったのか、それとも最初から母にだけ連絡して来たのか、多加は詮索《せんさく》するように久男の寝顔を見詰めた。髭《ひげ》の剃《そ》りあとに脂《あぶら》がぷつぷつ浮いて、成熟しきった男の臭《にお》いがする。異様な強烈さで、多加は、あの朝、女の腹のあたりを盗み見し、その瞬間、手切金の心配をしたことを思い起した。

突然、空襲警報が鳴った。真っ暗な中で、手早く服装を整え、表へ飛び出した。鉄《てつ》兜《かぶと》を冠《かぶ》った警防団員と、防空壕《ぼうくうごう》へ向って走る人影が、暗い街の中で騒《ざわ》めいている。

「あ、大阪や！　大阪がやられた！」

久男が叫んだ。東南の空が真っ赤になって染まっている。神戸の山手からは、燃え上っている大阪が間近に見えた。

「久男、大阪が――」

多加は息を呑《の》んだ。いいようのない恐怖に襲われた。多加の留守に大阪が空襲されている。家には、ガマロと女中のお竹としかいない。各寄席は、五、六人に減った従業員が、廻り持ちで宿直している。多加は、ますます赤く広がって行く大阪の空を凝視したまま、久男の肘《ひじ》に強く取り縋《すが》っていた。

久男の生温かい手が突然、多加の肩を揺すった。

「お母はん、僕は今からすぐ輸送船《ふね》へ帰る、空襲警報が出たら帰船することになってるねん、お母はんは空襲がおさまってから、大阪へ帰っておくなはれ」

切迫した久男の息遣いが、多加の耳元に伝わった。

「いいや、わては今すぐ大阪へ帰りまっさ」

「そんな無茶あかん、今、空襲されてる真っただ中へ帰る人があるかいな、お母はん、頼む、僕を心配させんと、輸送船《ふね》へ帰してんか」

久男は懇願するように必死な眼を向け、

「な、よろしいな」

と念を押すなり、さっと多加の手を振り切り、背中を見せて港の方へ向って走り出した。

ダッ、ダッ、ダッ、夜の坂道を降りていく久男の軍靴《ぐんか》の足音と、赤く燃え上っている大阪の空とが、多加の眼と耳の中で、激しく交錯した。

多加が大阪へ辿《たど》りついたのは、それから四時間後であった。淀川《よどがわ》大橋を渡って、大阪市内へ入ると、人の流れが多加に逆流し、市外に向っていた。家財をリヤカーに乗せて肩曳《かたびき》して行く男や、焼穴だらけの着物に腰紐《こしひも》一本で子供の手をひっ摑《つか》んでいる女、布団だけ背負っている人たちが犇《ひしめ》いていたが、不思議に誰も声を出さない。空を焼く焔《ほのお》で、真昼のように明るく照らし出された道を、無言で押し流されている。多加は神戸から、歩いては荷車やトラックに乗り継ぎ、もう疲れ果てていたが、火の手が大阪の周辺部から市の中心に向って広がっていることを知ると、一時も早く家まで辿《たど》りつきたかった。よりにもよって、留守中に空襲を受ける自分の大きな不運が、呪《のろ》わしかった。少しでも立ち止まれば、そのまま、そこにぶっ倒れて声を上げてしまいそうだった。

市の中心部に近付くにしたがって、乗物が見つからない。反対の方向から来る人の流れに突き倒されそうになり、放《ほう》り出された荷物に躓《つまず》きながら、絶えずうしろを振返り、乗物を探して歩いた。やっと背後《うしろ》から自転車に乗って来る警防団員の姿が、眼についた。多加は、体ごと自転車の前に立ち塞《ふさ》がり、

「乗せておくなはれ！　頼んます！」

ハンドルを両手で摑んだ。

「阿呆んだら！　危ないやないか！」

警防団員は、自転車から転げ落ちそうになって怒鳴った。

「すんまへん、何とか乗しておくなはれ、もう歩けまへんねん」

「おばはん、こんな時、何処へ行くねん」

四十過ぎの警防団員は、モンペの裾《すそ》を汚し、髪を乱している多加の姿を見て、こう云った。

「わて神戸からの帰りや、わての留守中に家が焼けてんねん、早よ帰らんとあかん！」

「留守にやられたんか、家は何処や」

「南の法善寺横丁の花菱亭《はなびしてい》だす」

男は黙って、眼で自転車のうしろを指した。多加はかきつくように、荷物台の上に乗った。

桜橋から御堂筋《みどうすじ》へ入ると、両側の街筋が燃え続け、避難者が御堂筋の二十四間の広い道幅を埋め、自転車一台、通るのがやっとであった。熱気と人波の中で、自転車が、何度も転倒しそうになった。その度に多加は、振り落されそうになる体を、荷物台に伏せるようにして摑まっていた。時々、耳の鳴るような音響がしたかと思うと、パッと爆裂するような火の手が上り、大きく燃え広がって行った。

心斎橋の辺りは、既に一面に焼き払われ、焦臭《こげくさ》い熱気が顔へ来た。燻《くすぶ》った材木や、真っ黒になった鉄材が散乱し、町名もはっきり見別けられなかったが、戎橋《えびすばし》の南詰ま

で来ると、

「ここだす、おおきに、助かりました」

「おばはん大丈夫か」

警防団員は自転車を止めた。多加は荷物台から飛び降りて、もう一度、礼を云うなり、法善寺横丁へ向って、驚くような速さで走った。多加の足もとで熱い丸太ン棒が、二、三度、音たてて転がった。

法善寺の寄席《こや》は焼け崩れてしまっていた。多加の生涯《しょうがい》をかけ、初めて、花のれんを掲げた花菱亭は、多加が神戸へ出かけている不在の間に、失われてしまった。ぷす、ぷすと白い煙を上げている焼跡には、何一つとして花菱亭の姿を止《とど》めるものがない。

多加は呆《ほう》けたように立っていた。体の奥深くから、ゴッ、ゴッと不気味な響きが伝わって来る。その響きが次第に早く、高くなって来た。突然、それがわけのわからぬ叫騒《きょうそう》になったかと思うと中断した。多加は、倒れるように地面に坐り、慟哭《どうこく》した。

人の声がした。ガマロであった。

「御寮人さん、みな焼けてしまいよりました、花菱亭も、三津寺筋の事務所も家も、それからほかの寄席もみな――」

多加は、頷《うなず》いた。地面に坐り込んだ裾を払って、ゆっくり立ち上った。

「ガマロはん、長い間ご苦労さんでした、あんたと一緒に造った花菱亭やった――」

頭を垂れ、両手を膝《ひざ》の上に重ねて、多加は深く腰を折った。

「御寮人さん！」

ガマロは、いきなり、多加の肩を掩《おお》うようにして号泣した。多加は揺すぶられながら、ガマロの肩に顔をもたせかけた。静かな涙が再び、溢《あふ》れ出て来た。辺り一面にたち込めている白い煙が、風に煽《あお》られては、流れて行った。

二十一

多加は毎日のように、布袋を肩からぶら提げ、焼跡を歩き廻った。花菱亭の芸人たちの避難先を尋ねるためであった。

終戦後、一年経《た》っていたが、焼跡には瓦礫《がれき》が積み重なり、夏草が生《お》い繁《しげ》り、赤ちゃけて乾いた土がひび割れていた。歩く度に白い土埃《つちぼこり》が舞い上り、汗の上にべっとりしみついた。多加は歪《いびつ》になった利休下駄を、時々左右履《は》きかえては、人気《ひとけ》のない照りかえしのきつい道を歩いていた。せっかく書き記《しる》して貰《もら》った地図も、道筋を失ってしまった焼跡では、役にたたなかった。

市電の下味原町《しもあじはらちょう》の停留所を目標にして、石《いし》ヶ辻町《つじちょう》のあたりへ来て、ずっと見渡すと、ぽつんと焼け残った土蔵がある。その陰に、へばりつくような恰好《かっこう》でバラックが建っている。多加は俄《にわ》かに早足になって、土砂に埋もれている斜めの近道を行った。表戸を開け放したバラック建ての中から、半吉の顔が見えた。アッパッパを着た女房の半子の姿も見える。夫婦漫才のおめでた半吉、半子であった。

「半吉はん、わてや、花菱亭の多加や」

大きな声で呼んだ。

「あ、御寮人さんや」

半吉が、猿又《さるまた》一つで飛び出して来た。

「どないしはりました、こんなところへ、このお暑い日に——」

「あんたらを探しててん、達者やったか」

「へえ、お訪ねもせんと会わせる顔もおまへん、御寮人さんもえらいご苦労してはると伺うてましたけど、借金もそのままで、よう、お見舞にも行かんと、ほんまにすんまへん」

裸の体をすぼめるようにして、顔を伏せた。うしろから出て来た半子も、

「わてが、鈍《どん》くそうて、悪うおましたんだす、うちの亭主《ひと》は何時《いつ》も気にしてはったん

でっけど、どうぞ堪忍《かんにん》しておくれやす」

何度も、卑屈に頭を下げた。

「まあ、暑うてかなわんよって、うちらへ入れて貰いまっさ」

多加は単衣物《ひとえもの》の裾《すそ》を端折《はしょ》るようにして、粗木《あらぎ》の反りかえった敷居を跨《また》いで、バラックの中へ入った。板張りの床に上敷を敷き、箪笥《たんす》の代りに行李《こうり》とリンゴ箱を置いて、家具らしいものも無かった。

「御寮人さんが、こんな汚ない中へ入りはって」

二人が恐縮しきって、大きな団扇《うちわ》で多加に風を送った。

「わてもこんなんで、さっぱりあかんけど、今日はな、ちょっと話があるのんや」

衿《えり》もとから風を入れながら、多加は口を切った。

「へえ、お話と申しますと――」

と云《い》いながら、もう半吉は警戒するような落着きの無い眼を多加に向けた。半子も団扇の手を止めた。

「実はな、このことで来たのや」

多加は、ゆっくりと布袋の口を開き、古びた紙包みを取り出して、二人の前へ置いた。

「まあ、開けてみて」

「へえ――」

怪訝《けげん》な顔をしながら、半吉は紙包みを開いた。半吉と半子の借金の証文であった。さっと顔色が変った。

「御寮人さん、こんな……今は、とても……」

半吉は狼狽《ろうばい》して、頭を上敷にすりつけた。

「何いうてるねん、わては借金を取りに来たのやあらへん」

「そやかて、御寮人さん、これはわてらの証文やおまへんか」

裸の半吉の首筋から胸へ、油のような汗が噴き出している。固くなって揃《そろ》えている両膝《ひざ》の上にも大粒の汗が滴《したた》り落ちた。半子は、硬《こわば》った不細工《ぶさいく》な唇の端をひくひくさせている。

「そうや、あんたらの借金の証文に違いないけど、これ破りに来たのや」

「え！　借金の棒引きに――」

半吉より先に、半子が叫ぶように聞き返した。

「そうや、それ破って放《ほ》ってんか」

「御寮人さん、それはまた……ほんまでっか……」

半吉は、まだ信じ兼ねるようで、多加の言葉に念を押した。

「わては寄席《よせ》芸で儲《もう》けたのやさかい、寄席芸で損してもええやおまへんか」

こう云いながら、多加は二人の証文を押しやるように、半吉と半子の膝元へ置いてやった。

「御寮人さん！　おおきに助かりました、わてらは……」

汗だらけの手で借金の証文を鷲摑《わしづか》みにして半吉が顔を歪《ゆが》めた。鼻べちゃな顔が、よけいに扁《ひら》たくなった。半子は、汚れたアッパッパの袖《そで》で、湿っぽく眼をこすっている。

「わて、漫才屋の泣くのん、初めて見たわ、この暑いのに泣きなはんな、汗疹《あせも》になりまっせ」

多加は、口を大きく開いて笑った。何も無いけど、闇《やみ》の純米だけおますから夕御飯を――と引き止める二人を、なだめるように断わって、多加はまた、もと来た道を帰って行った。

堂島川に沿い南森町に向って歩きながら、多加は、今日もガマ口が怒るやろと苦笑した。三津寺筋《みつでらすじ》の家が焼けてから、焼け残った南森町のガマ口の家へ身を寄せていた。五間の平家建ての家に、夫婦二人暮しであったから、多加に一番陽あたりのいい八畳の部屋を明けて、身の廻りの世話をしてくれた。久男は大阪空襲の日に神戸港を出てから、未《いま》だに還《かえ》って来なかったし、焼け果てた大阪の二十三軒の寄席も、どう拾収すればよいか見通しがつかなかった。南の繁華街は、第三国人の豚饅《ぶたまん》屋《や》やカレーライス屋などの食べもの屋に占拠されて、どの寄席もまだ復興していなかった。

借金の証文を持って、毎日のように芸人の家を探し歩き、一枚、一枚、反古《ほご》にしてゆく多加を見て、

「御寮人さん、焼け出されのボケもええ加減にしておくなはれ、今はこんなわけの解《わか》らん無茶苦茶な時でっけど、すぐまた寄席建ててやり直さんなりまへん、その時は、大事な証文でっせえ」

ガマロはひつこく反対したが、多加は黙って答えなかった。

秋が過ぎても、多加は相変らず、一人、一人の芸人の居所が解る度に訪ねて行き、借金を反古にしたが、次第に窶《やつ》れが目だって来た。

「そないまでして、借金の棒引きせんなりまへんか！」

ガマロは怒り、多加を迎えに来ているお梅と一緒に、暫《しばら》く和歌山へ静養に行くように何度も勧めたが、動かなかった。

この年の暮に多加は、風呂《ふろ》上りの湯ざめから風邪《かぜ》をひいた。燃料の乏しい時に、ガマロの女房のお兼が、どこからともなく集めて来た薪《たきぎ》で風呂を沸かしてくれた。その

日、多加は朝から、寒気をしていたが、四日ごとの入浴であったので、無理をしたのが悪かった。はじめは、ちょっとした風邪気味と軽い気持で床についたが、正月が過ぎても起きられなかった。長い間の疲れから来る全身的な衰弱であったが、特に心臓が弱っていた。

六十歳になるまで、病気で臥《ふ》すようなことがなかった多加は、寝込むと妙に気が苛《いら》だち、ガマロとお兼に不機嫌にあたった。お兼は、

「御寮人さんが、そない辛気《しんき》に病みはったら、わてが辛《つろ》うおます」

と云いながら、懼《おそ》れるようにガマロの顔色を見て、泣いた。多加が不機嫌になると、ガマロがお兼を叱《しか》りつけるらしい様子だった。多加は、胸が詰った。三十余年の間、花菱亭のためにだけ働き、家庭の温かさを忘れたような夫を持ち、今、またその女主人のために始終、おどおど気を遣《つか》って暮しているお兼が、多加の心に痛かった。

「堪忍《かんにん》な、あんたにまで辛い目に合わせて」

と詫《あやま》り、つい辛抱を失いがちになる気持を努めて押えた。

そんな多加も、四カ月も経ちかけると、縁側から射《さ》し込む春陽の日溜《ひだま》りを、楽しむようになった。ガラス戸越しに、柔らかい陽ざしが、その日によって変った形を作り、風の吹く日は白い羽根のように揺れた。多加は、ほっとして眼を閉じた。長い間、こ

うした陽の光も見ず、働き続けて来たような気がする。何か取返しのつかない速さで、歳月が多加の前を通過して行ったような思いがした。

暖かい日には、多加は起き上り縁側の座布団《ざぶとん》の上に坐《すわ》って、真綿の丹前の上から、日向《ひなた》ぼっこをしたりした。眼を閉じて静かに坐っていると、居眠っているように見えたが、多加は健康になったら焼け残った京都の寄席《こや》を売り、それで法善寺の寄席を復興させることを考えていた。ちょうど、その頃になれば、めぼしい芸人たちも還って来て、顔が揃《そろ》うだろうと思った。

松島の花菱亭の差配をしていた杉田が、突然、見知らぬ男を連れて訪れて来た。戦災後、一度、多加を見舞に来たまま、ぷっつり、消息を絶っていた男である。ガマロと同歳であるから、もう七十になっている筈《はず》であるのに若々しく、何時《いつ》の間にか金縁の眼鏡をかけて、新調の茶色の背広を着ている。連れは、五十過ぎの背の低い男で眼だけは素早く動いて、油断のならない感じであった。

「御寮人さん、えらい御無沙汰《ごぶさた》致しとりまして申しわけおまへん、その後、この大川剋太はんのお世話で、金融の仕事しとります、今度も、大川はんが是非、御寮人さんにご紹介してくれ、いいはりましたんで、早速、お連れしました次第で、へえ――」

揉《も》み手をしながら、勝手に喋《しゃべ》り、いやに低く頭を下げた。その卑屈な頭の下げ方だけは、昔の小心で卑屈な杉田であったが、半面に持っていた律義《りちぎ》な性格はどこにも見当らない。多加は軽く頷《うなず》いただけで、返事もしなかったが、間《あいだ》を取るように大川が、部厚い膝をぐうっとすすめ、

「大川剋太いうもんでおます、はじめてお目にかかりますが、私の方は前からあんさんを、よう存じとりますわ、今日、突然、参上しましたんは、市内のあっちこっちに、そのままになっている花菱亭《おたく》の焼跡は、どないしはるつもりでっか」

「そら、寄席を建てるのに決まってますわ」

「え、寄席？　今からまた寄席《よせ》商いをしはりまんのんか、これからは映画館の時代だっせ、土地があってバラックを建てて、白黒のフィルムさえ廻してたら銭になる時代でっせ、芸人や、やれ名人や、いうてしんどい目せんかて、楽して早いとこ儲けられますねん、女でもあんたみたいな商人は、病気してはっても、こんなこと、ちゃんと解ってはりますやろ」

馴《な》れ馴《な》れしく、おっ被《かぶ》せるような口調になって来た。わざと使っている田舎訛《なま》りの大阪弁も、商人らしく見せようとするはったりが目だち、いやらしかった。

「おおきにお世話さん、わてには、ちょっと別の考えがおまして――」

軽く受け流して、多加が返事を逸《そら》しかけると、杉田が慌《あわ》てて、

「御寮人さん、えらい出しゃ張るようでっけど、大川さんが何やったら、金融して映画館をというてはりまんねん、まだ芸人も、なかなか戦地や疎開《そかい》から帰って来まへんし、ここで一つ映画へでも転向しはった方がええのやおまへんやろか」

「杉田はん、わてはこれからも寄席商いをするのに決めてるのや、女独りで三十二年かかってやっと覚えた商いやおまへんか」

こう云い切ると、多加は自分の敷いている座布団の向きを、ぷいと変えてしまった。

その後も、大川剋太は飽きずに、背の低い逞《たくま》しい体を何度も、多加の元まで運んだが、返事は変らなかった。


五カ月ぶりの四月の初めに、やっと多加の床上げが出来ることになった。前以《まえもっ》てガマロが、市内に住んでいる芸人たちに知らせておいたから、銘々に、僅《わず》かであったがお床上げ祝いの品を持って集まって来た。お梅も和歌山から出て来た。

「御寮人さん、おめでとうございます」

「おおきに、よう遠いところを来てくれはった」

「ぼんぼん、まだ還って来はれしまへんのでっか」

「ふん、あの子、どないしてるのやろ」

病後で気弱くなっているせいか、ふうっと涙ぐみそうになるのを押えて、

「案外、ひょっくり、明日にでも帰って来るかもわかれへんわ」

多加は、わざと陽気に笑ったが、お梅は白髪になった頭をうつ向けたまま、硬い姿勢で涙を眼に滲《にじ》ませた。

十一時を過ぎると、もう二十五、六人が集まった。ガマ口と女房のお兼の苦労で、すき焼の用意が出来ている。

内祝のしるしに出した酒で、席が賑《にぎ》やかになって来た。落語、講談、浪花節《なにわぶし》、漫才などの芸人で、大阪に住んでいる者は、殆《ほとん》ど全部集まって来ている。何で生活をたてているのか、細かいことは解らなかったが、田舎の寄席に臨時に出たり、小さな闇屋もしているらしかった。それでも、芸人たちは粗末な着物の上に、舞台へ出ろ紋付を重ねていた。突然、夫婦漫才のおめでた半吉、半子が立ち上った。

「では、一つ、御寮人さんのお床上げを祝いまして、わてらで俄《にわ》か寄席を開かして貰います、どうぞ、早よ、元の花菱亭を建てて、ほんものの舞台《いた》でやらしておくなはれ」

と前置きして、『借金置土産《おきみやげ》』という自作の漫才を、真面目《まじめ》くさったしゃべくりでかけ合ったから、どっと一座は笑いこけたが、二人はこの漫才に託し、改めて、借金

を反古にして貰った謝意を伝えたかったらしい。他《ほか》の芸人たちも、次々に十八番《おはこ》をやり出し、持込みの三味線まで入れたので、多加は数年振りに、寄席らしい華やいだ雰囲気に包まれ、気持が昂《たかぶ》って来るのが解った。ガマ口もすき焼鍋《なべ》の底をつつきながら、部厚い唇を油だらけにして、大きな声を張りあげ、木戸の呼込みの真似《まね》をしている。

部屋中に、いがらっぽい手巻き煙草《たばこ》の煙がたち籠《こ》めた。人いきれと、すき焼鍋の炭火で体中が熱《ほて》るように蒸せて来た。多加は悪酔いしたような胸苦しさを感じ、目だたぬように、席をたった。縁側のガラス戸を開けに行った途端、呼吸が乱れ、心臓が、苦しくなった。心臓の発作が来たようだった。胸もとをゆるめた途端、ガラス戸にそって体がずるずると、ずって行くのが、眼の暗《くら》む中で解った。

薄く眼を開くと、多加の周囲は暗く、天井の高いところに、黒いカバーをかぶせた小さな電燈《でんとう》が点《つ》いていた。昨日まで臥《ふ》していた同じ八畳の部屋であった。ガマ口にお兼、お梅、沢山の芸人たちが群がるように多加の廻りに集まっているようだったが、誰か判別出来なかった。はっきり解るところと、混濁して解らない部分とがある。口を動かしかけるとガマ口の体が近付いた。

「御寮人さん、しっかりしておくれやす、今、円太はんがお医者さんへ走ってまっさかい」

「ふん、大《だい》――」

意識はしっかりしていたが、体の力が隅々まで抜けてしまい、一言云うのも息苦しい。無理に喋ろうとすると、息切れがして喘《あえ》ぎそうになる。静かに眼を閉じると、そのまま、深い淵《ふち》へ陥《お》ち込みそうな暗さに襲われる。多加は、捉《とら》えようのない怖《おそろ》しさの中で、じっとガマロの顔を見ていたが、次第に睡気《ねむけ》が強くなるようだった。

大きな影が、眼の前を遮《さえぎ》ったような気がした。そして急に消毒薬の匂《にお》いがして、多加の腕に鋭い痛みがした。近所の医者であった。多加がものを云いかけると、医者は首を振って制した。医者とガマロが何か話し合っている。その度に、ガマロが頷いて多加の方を見た。

もう注射の痛みも、消毒薬の匂《にお》いもしなくなり、多加の寝ている布団が、時々、ざっと流れるような音をたてて、深い底へ押し流されて行くようだった。多加けその流れに抵抗するように、やっとものを云う力を取り戻した。

「ガマロはん、金の切れ目より、わての体の切れ目の方が先に来てしもうたらしい、……あんたには気儘《きまま》ばっかり……苦労のかけ通しやった……」

「御寮人さん、何いうてはります、まだ……」

ガマロの顔が掩《おお》いかぶさるように、多加の真《ま》上《うえ》に来て、多加の眼を吸い取るように見詰めた。

「わては解ってる、もう、あかん……そやけど、こないに人が一杯いてるとこで死ねるねんな……花菱亭《うち》の芸人さんも、たんといてくれてるやないか、おおきに」

「御寮人さん」

半吉と半子が、両側から大きな声を出した。ほかの芸人達も、泣いているようだった。多加は心臓の動悸《どうき》が激しくなり、息苦しい圧迫感が来たが、不思議に充《み》ち足りた静かな気持になった。

突然、ガマロが、多加の布団の中へ手を入れた。そして、その骨太な大きな手を、小さい多加の手ににじり寄せ、しっかり重ね合せて握りしめた。

「御寮人さん、これからのわては独りで商いして行きまんのか、わては……わては御寮人さんが在《い》はらんと……」

ガマロの眼から、いきなり、涙が噴き出した。多加の顔に、生温かいガマロの涙が降り落ちた。多加は、瞼《まぶた》の重くなって来た眼を見開き、大きく頷いた。そして、布団の中で、今、多加の身体《からだ》に残っているだけの力を振り搾《しぼ》って、ガマロの手を握り返した。

「御寮人さん！」

呻《うめ》くように叫んで、ガマ口は嗚咽《おえつ》した。お梅は、脂汗《あぶらあせ》の滲んだ多加の首筋を、そっと拭《ぬぐ》った。

「久男が……、還って来たら頼むぜ……」

こう云うのが、やっとだった。俄かに眼の前の暗《くら》みが深くなり、光がかき消された。多加は静かに眼を閉じて、口を噤《つぐ》んだ。

そうすると、再び眼の前がほのかに開けて、夜明けのような柔らかな風が吹き出し、藍地《あいじ》に四季の花々を染めぬいた花のれんが、かすかに音たててそよぎ出した。風にそよぐ度に、藍地に淡くおぼろに染まった花々が、花吹雪のように小さな庭石に散り敷いた。その上を音もなく、歩んで来る人影がある。

「あ、白い喪服……」

多加は、濁った視力と混迷した意識の中で、夫の柩《ひつぎ》を送った日を見た。二夫に目見《まみ》えぬ象徴《しるし》に白い喪服を纏《まと》い、明るい春の陽ざしの中を晴れがましく歩んだ自分——、眩《まばゆ》いばかりの白い喪服の亡霊にとり憑《つ》かれて、歩んだ生涯《しょうがい》だった。

再び、真っ暗な闇《やみ》になった。しかし、遠くの明るみで、白い喪服を着た多加が歩いている。歩く度に、花のれんが風にそよぎ、花吹雪が絶え間なく散る。

解説

山本健吉

一

山崎豊子さんは、さいきん『小説のなかの大阪弁』というエッセイを書き、そのなかでたいへん興味のあることを言っている。――それは、『暖簾《のれん》』『花のれん』『ぼんち』『女の勲章』と、大阪弁を使った長篇小説を書いて来て、大阪弁のもつ面白い性格と効果とに気づいた、というのである。

その面白い性格と効果というのは、まず、大阪弁が商業語、商人言葉として驚くほど複雑豊富なニュアンスを持っているということだ。もしそれが標準語だったら、さぞあざとさといやらしさに満ちた会話になったに違いないものが、大阪弁独特の柔らかさとまだるさに、融通無碍《むげ》ともいうべき巧みな曖昧《あいまい》さが加わって、角をたてずにスムーズにビジネスを推し進めることに役だっていることを指摘している。

だが、その代り、ラヴシーンと心理の独白のときには、大阪弁の弱さを感じる、と言っている。男が手を差し伸べて女を抱擁しようとするとき、「おいでやす」などと言ったのでは、まるで一杯飲屋の客引きのような恰好《かっこう》になってしまうと、苦笑してもいる。大阪弁で独白すると、心理の緊迫感がなくなってしまうと言っているが、これは例《たと》えば、ハムレットの有名な独白を、試みに大阪弁に翻訳してみれば、たれしも気づくことだ。

『花のれん』は、たくましい女の大阪商人の生涯を描いた作品である。そのたくましさを、作者は大阪商人の「ど根性」と言っている。その「ど根性」というものが如何《いか》なるものであるか、ここに説明することは不要である。なぜなら、その「ど根性」を書くために、作者はこの小説を書いた、と言ってもよいのだから——。それは、「ど根性」の権化《ごんげ》とも見える多加と、「ど根性」をまったく欠いている夫の吉三郎との対比の上に、はっきり示されている。彼女が如何にして船場の御寮人さんから、なりふり構わぬ場末の寄席《よせ》のお上さんに転身したか、小銭貸のきんという婆《ばあ》さんに如何にして取り入って、資本をつくったか、また冷し飴《あめ》を売ったり、客の残した蜜柑《みかん》の皮を薬屋に売ったり、下足札に広告を入れたり、四つ橋交叉《こうさ》点《てん》の公衆便所のなかで真打の師匠が来るのを待ち受けて札を撒《ま》いたり、競争相手の紅梅亭のお政というお茶了頭を、策略を用いて引き抜いたり、その大阪商人の「ど根性」に徹した生き方の数々は、作者が次から次へと読者の前に繰り広げて見せてくれる。

これは、吉本興業の女主人がモデルだと言われている。おそらく、大阪船場の商家に生れた作者は、彼女の人となりについて詳細に調べる便宜を持っていたであろう。ここには、春団治・松鶴《しょかく》などの落語家や、エンタツ・アチャコなどの漫才師など、実在の芸人たちも多数登場し、モデルとされた人についての聴書も、ずいぶん利用されていることと思われる。だが、ヒロインの性格は、もちろん作者の創造によるもので、われわれはそれが、どれほどモデルの真実を伝えているかなど、考える必要はない。

彼女が如何に根性のある商人であるかを示す一例として、彼女が金沢亭を買い受ける商談に成功するところがある。宗右衛門町の菱富《ひしとみ》の奥座敷で、七十近い金沢亭の席主と、彼女の番頭のガマロとが交渉しているところへ、彼女は遅れて顔を出す。そのとき、出来るだけ高く売りつけようとする席主と、出来るだけ値切ろうとする彼女との、大阪弁による虚々実々の商談が面白い。その会話の部分だけ抜書きしてみよう。

「ところで、お多加はん、今度はちょっと高うおまっせえ」

「いきなり、女なぶりは、きつうおます、なんし、後家の細腕一本でっさかい、気張って、まけておくれやす」

「後家はん云うたかて、あんたはたいした後家や、女や思うて甘うみてるうちに、ちゃんとした一本立ちの席主になって、こうしてわいにも買いに出てはる。……わいも寄席《こや》を手離すからには、もう齢《とし》だすし、あとは貸家業でもして楽隠居する気やさかい、まとまった銭を握らして貰《もら》いまっさ」

「まあ、そない、気忙《きぜわ》しゅう切り出しはって、フ、フ……」

「いや、この勘定次第で、酒の味まで違うて来まっさかいな」

そこで二人は、机の上の算盤《そろばん》を弾《はじ》きながらの駆引きとなる。相手は二万二千円、こちらは二万七百円と弾き出し、結局、二万一千円の三回割り払いで手を打つ。

「あんたも、なかなかしぶとい女《おなご》はんや、色気が無《の》うても、顔にちゃんと金気《かねけ》が出てる。さあ、この辺が、もう、取引のきりだっせえ」

「ほんなら、二万一千円で手を打ちまひょ、その代り銀行で借りる金でっさかい、三回割り払いということにしておくなはれ」

「それもあかん云うたら、親子ほど齢《とし》の違う女の尻《けつ》の穴までしゃぶりよったいうことになるやろ。……お多加はん、あんたはえらい女《おなご》の大阪商人や、値切られへん思うたら、せめて銀行利子だけでも浮かしたろいう根性やな。よっしゃ色つけて三回割り払いにしまひょ」

「おおきに、金沢亭を譲って貰《もろ》うた上に、女《おなご》の大阪商人やとまでいうて戴《いただ》いたら、わてなりののれんを、この寄席《こや》に掲げさして貰います」

作者の言う商業語としての大阪弁の妙味を、これは最大限に発揮した会話であろう。どちらもズケズケ言い合っているのだが、言葉の上では実に円滑に交渉が進行している。だが、裏には男と女と二人の大阪商人の、がっぷり取組んだ真剣な格闘がある。大阪弁の柔らかさと言われるものが、かえって、如何に単刀直入な表現を可能にしているかの、一つの見本と言ってもよい。その対話は、一種の緊迫感をさえ生み出している。しぶとくねばり抜いて、相手を降参させた挙句に、いったん手を打ったあとは、最大限に相手を立てて、「大見得きった台詞《せりふ》」で挨拶《あいさつ》している。

二

作者は多加の生涯を、ひたすら商いに賭《か》ける女として描いている。子への愛も、恋愛も、自分の生活も、彼女にとって第二義的なものである。だが一方、私は作者が、大阪弁は商業語としてはきわめて効果的だが、ラヴシーンにおいては弱いと言った言葉を思い出すのである。おそらく多加は、あれほど機智《きち》に富み、根性の通った商業語を駆使することができても、ラヴシーンにおいては唖でしかないような女なのである。彼女に恋愛を求める心、異性を求める体がないわけではない。いや、作者は、多加が伊藤の広い肩の厚みに、男の体を全部なまなましく感じてしまう女らしさを描いている。だが、大阪弁の達人である彼女からは、ついに一言も、恋の言葉は洩《も》れて出ることがない。あきれた伊藤に、「あんたは何を見ても、商売にしか見えんらしいね」と言わせている。

だから、作者にとって、ラヴシーンの表現に適さないという大阪弁の片輪な性格に、そのまま大阪女の悲しさを見ているのだ。多加のなかに、大阪商人の「ど根性」を見据えれば見据えるほど、作者はそこに、宿命的な孤独を見ないではいられなかった。彼女が商人として、華々《はなばな》しく成功すれば成功するほど、その孤独の影は深くなって行く。「大阪の街中へわての花のれんを、打揚げ花火みたいに幾つも、幾つも仕掛けたいのや」と言った彼女は、言葉通り念願を果した。「わては、伊藤さんみたいな寂しい死に方せえへん、わては人に沢山集まって貰うてるところで賑《にぎ》やかに死にたい」と言った彼女は、実際に、大阪の落語・講談・浪花《なにわ》節・漫才などの芸人が、ほとんど全部集まっている家の中で倒れてしまう。だが、それがはたして、女として幸福であったか、と作者は自分の胸に、繰り返し問いかけているもののようである。

市政という泥沼の世界にありながら、洗煉《せんれん》された趣味に生きる伊藤はまた、彼女の死んだ夫の吉三郎と違った意味で、彼女と対蹠《たいしょ》的な人間である。多加のように、むきになる激しい性分のない温厚な性質が、正反対の多加とのあいだに、求め合う気持を燃え上らせるのである。お互いに相手は、自分にない、自分がそうありたい世界の住人なのである。

多加は言う。――「わてみたいな商売人は、独楽《こま》みたいなもので、回ってる間だけがたっているので、動きが止まった途端に倒れますねん、商人て何時《いつ》まで経《た》っても、しんどいものだす」これは彼女の、真底からの溜息《ためいき》である。だが、本当を言えば、今日のめまぐるしく動く社会のメカニズムのなかに嵌《は》めこまれた人間なら、だれでも同様の歎《なげ》きを持つだろう。人は倒れることを欲しないならば、メカニズムの動きのなかで、間断なく行為していなければならぬ。絶えず行動すべき問題に直面し、絶えず行動を開始していなければならぬ。ただ行動するために、無目的に行動することを、自分に課していなければならぬ。

そういうことを、多加が意識しているわけではない。だが、彼女の商人的な「ど根性」が、彼女にそれを命令するのだ。何のために自分は激しく行動しつづけて来たのか、彼女は死の直前になっても、分らないのである。夫の葬式のとき白い喪服を着て、彼女は自分が生活を棄《す》てることを、皆の人たちに誓った。彼女は、たった一人の子供のために生き、働くという意義も棄て去った。では、何のためか。それは、花のれんのためだったのか。

倒れて意識が混濁した多加の眼に、藍地《あいじ》に四季の花々を染めぬいた花のれんが風にそよぎ、花吹雪《はなふぶき》が絶え間なく散る光景が映る。その上を、白い喪服を着た多加が歩いている。多加という、自分の一生を商いに賭けて、激しく生きぬいた女勝負師の、それは象徴と言ってもよかったのである。

（昭和三十六年六月、文芸評論家）

この作品は昭和三十三年六月中央公論社より刊行された。

山崎豊子著　暖（のれん）簾

丁稚からたたき上げた老舗の主人吾平を中心に、親子二代〝のれん〟に全力を傾ける不屈の大阪商人の気骨と徹底した商業モラルを描く。

山崎豊子著　ぼんち

放蕩を重ねても帳尻の合った遊び方をするのが大阪の〝ぼんち〟。老舗の一人息子を主人公に船場商家の独特の風俗を織りまぜて描く。

山崎豊子著　女系家族（上・下）

代々養子婿をとる大阪・船場の木綿問屋四代目嘉蔵の遺言をめぐってくりひろげられる遺産相続の醜い争い。欲に絡む女の正体を抉る。

山崎豊子著　しぶちん

〝しぶちん〟とさげすまれながらも初志を貫き、財を成した山田万治郎——船場を舞台に大阪商人のど根性を描く表題作ほか4編を収録。

山崎豊子著　女の勲章（上・下）

洋裁学院を拡張し、絢爛たる服飾界に君臨するデザイナー大庭式子を中心に、名声や富を求める虚栄心に翻弄される女の生き方を追究。

山崎豊子著　花紋

大正歌壇に彗星のごとく登場し、突如消息を断った幻の歌人、御室みやじ——苛酷な因襲に抗い宿命の恋に全てを賭けた半生を描く。

山崎豊子著

沈まぬ太陽 (一)アフリカ篇・上 (二)アフリカ篇・下

人命をあずかる航空会社に巣食う非情。その不条理に、勇気と良心をもって闘いを挑んだ男の運命。人間の真実を問う壮大なドラマ。

山崎豊子著

沈まぬ太陽 (三)御巣鷹山篇

ついに「その日」は訪れた——。520名の生命を奪った航空史上最大の墜落事故。遺族係となった恩地は想像を絶する悲劇に直面する。

山崎豊子著

沈まぬ太陽 (四)会長室篇・上 (五)会長室篇・下

恩地は再び立ち上がった。果して企業を蝕む闇の構図を暴くことはできるのか。勇気とは、良心とは何か。すべての日本人に問う完結篇。

織田作之助著

夫婦善哉《めおとぜんざい》 決定版

思うにまかせぬ夫婦の機微、可笑しさといとしさ。心に沁みる傑作「夫婦善哉」に、新発見の「続 夫婦善哉」を収録した決定版！

宇野千代著

おはん

野間文芸賞受賞 女流文学者賞受賞

妻と愛人、二人の女にひかれる男の情痴のあさましさを、美しい上方言葉の告白体で描き、幽艶な幻想世界を築いて絶賛を集めた代表作。

開高健著

日本三文オペラ

大阪旧陸軍工廠跡に放置された莫大な鉄材に目をつけた泥棒集団「アパッチ族」の勇猛果敢な大攻撃！ 雄大なスケールで描く快作。

有吉佐和子著
紀ノ川
小さな流れを呑みこんで大きな川となる紀ノ川に託して、明治・大正・昭和の三代にわたる女の系譜を、和歌山の素封家を舞台に辿る。

有吉佐和子著
香（こうげ）華
小説新潮賞受賞
男性遍歴を重ねる美しく淫蕩な母、母を憎みながら心では庇う娘。肉親の絆と女体の哀しさを、明治から昭和の花柳界を舞台に描く。

有吉佐和子著
華岡青洲の妻
女流文学賞受賞
世界最初の麻酔による外科手術――人体実験に進んで身を捧げる嫁姑のすさまじい愛の葛藤……江戸時代の世界的外科医の生涯を描く。

瀬戸内寂聴著
女徳
多くの男の命がけの愛をうけて、奔放に美しい女体を燃やして生きた女――今は京都に静かに余生を送る智蓮尼の波瀾の生涯を描く。

瀬戸内寂聴著
夏の終り
女流文学賞受賞
妻子ある男との生活に疲れ果て、年下の男との激しい愛欲にも充たされぬ女……女の業を新鮮な感覚と大胆な手法で描き出す連作5編。

瀬戸内寂聴著
手毬
寝ても覚めても良寛さまのことばかり……。雪深い越後の山里に師弟の契りを結んだ最晩年の良寛と若き貞心尼の魂の交歓を描く長編。

新潮文庫最新刊

山本一力著
べんけい飛脚
関所に迫る参勤交代の隊列に文書を届けなければ、加賀前田家は廃絶される。飛脚たちの命懸けのリレーが感動を呼ぶ傑作時代長編。

安部龍太郎著
冬を待つ城
天下統一の総仕上げとして奥州九戸城を囲んだ秀吉軍十五万。わずか三千の城兵は玉砕するのみか。奥州仕置きの謎に迫る歴史長編。

北原亞以子著
似たものどうし
―慶次郎縁側日記傑作選―
仏の慶次郎誕生を刻む記念碑的短編「その夜の雪」他、円熟の筆冴える名編を精選。ドラマ出演者の作品愛や全作解題も交えた傑作選。

早見俊著
濡れ衣の女
―大江戸人情見立て帖―
下級旗本、質屋の若旦那、はぐれ狼の同心。生い立ちも暮らしも違う三人の男たちが、市井の事件を解きほぐす、連作時代小説四編。

古谷田奈月著
ジュンのための6つの小曲
学校中に見下されるジュンと、作曲家を目指す同級生・トク。音楽に愛された少年たちの特別な世界に胸焦す、祝祭的青春小説。

月原渉著
使用人探偵シズカ
―横濱異人館殺人事件―
謎の絵の通りに、紳士淑女が縊られていく。「ご主人様、見立て殺人でございます」。奇怪な事件に挑むのは、謎の使用人ツユリシズカ。

花《はな》のれん

新潮文庫　や－5－3

昭和三十六年　八月十五日　発行
平成十七年　四月二十五日　五十刷改版
平成二十九年　十月　十日　七十六刷

著者　山《やま》崎《さき》豊《とよ》子《こ》

発行者　佐藤隆信

発行所　株式会社　新潮社

郵便番号　一六二―八七一一
東京都新宿区矢来町七一
電話　編集部(〇三)三二六六―五四四〇
　　　読者係(〇三)三二六六―五一一一
http://www.shinchosha.co.jp

価格はカバーに表示してあります。

乱丁・落丁本は、ご面倒ですが小社読者係宛ご送付ください。送料小社負担にてお取替えいたします。

印刷・大日本印刷株式会社　製本・憲専堂製本株式会社

ISBN978-4-10-110403-4　C0193